KB083802

7번째 여름이 남긴 기적

LES SEPT VIES DE LEO BELLAMI

Laffont.Versilio, 2019

All rights reserved

Korean translation copyright ⓒ 2022 by BOOK PLAZA

Korean translation rights arranged with SUSANNA LEA ASSOCIATES

through EYA (Eric Yang Agency)

이 책의 한국어판 저작권은 EYA(Eric Yang Agency)를 통해

SUSANNA LEA ASSOCIATES과 독점 계약한

북플라자가 소유합니다.

저작권법에 의하여 한국 내에서 보호를 받는 저작물이므로

무단 전재 및 복제를 금합니다.

7번째 여름이 남긴 기적

나타엘 트라프 지음

BOOK PLAZA

───차례───

—————————— Prologue

이제 나는 한 시간이 채 지나지 않아 죽을 것이다.

자정이 다 되어가는 이 시각, 나는 이 자리에 있지 않기 위해 내가 할 수 있는 모든 일을 전부 다 했다. 저 앞에서 출렁이는 시커먼 호수의 물, 소나무 꼭대기를 가만히 흔드는 바람, 맑은 밤하늘에 총총히 박힌 별들을 보면서 나는 내가 실패했음을 인정할 수밖에 없었다.

저 멀리 시내에서는 여전히 음악 소리가 들려왔다. 고등학교 학년말 축제가 한창이었다. 내 '친구들'이 춤을 추고, 웃고, 서로 껴안는 모습을 상상했다. 그들이 즐기는 소리가 쓸쓸하고 어렴풋한 파도처럼 일렁이며 나에게 와 닿았다. 그들은 자신과 고작 몇 백 미터 떨어진 곳에서 벌어지고 있는 비극을 전혀 알지 못했다.

별안간 차 한 대가 국도로 지나갔다. 자동차 엔진이 진동하는 소리가 밤을 할퀴듯 가르고, 나는 소스라쳤다. 얼마나 더 기다려야 하는 걸까?

호수 위에는 아주 엷은 안개가 감돌았다. 마치 호수 물의 일부가 증발하려다가 깊은 물의 싸늘함에 붙들린 것 같다. 물이 선창에 부딪히며 가볍게 찰랑이는 소리 말고는 아무 소리도 들리지 않았다. 이런 상황만 아니었다면 아름다운 밤일 것이다. 꿈의 한 장면 같이 별이 총총히 뜬 완벽한 여름밤.

나는 귀를 기울였다.

나뭇가지가 가볍게 흔들리는 소리, 높다란 소나무가 있는 쪽에서 들려오는 발걸음, 곧 내가 혼자가 아니라는 사실을 알려 줄 어떤 것이 감지될 것 같다. 내 주위를 배회하는 무언가가 있다는 사실을 알려 줄 그 어떤 것이.

죽음은 냄새를 풍긴다. 식물성이면서 광물성인 냄새, 회양목과 화강암이 섞인 냄새다. 돌멩이가 우물 깊이 떨어지듯 허파로 흘러드는 냄새. 나는 어떠한 것도 상황의 흐름을 바꿀 수 없으리라는 사실을 깨닫고 무기력하게 주저앉았다. 숲을 가로질러 주차장까지 난 작은 오솔길을 떠올렸다. 나를 죽일 사람이 그곳에 차를 세워 두었을 것이다. 그는 나를 향해 올 준비를 하고 있으리라. 그는 그곳에서 어둠 속에 몸을 숨긴 채 공격할 최적의 순간을 노리며 기다리고 있다.

소나무의 낮은 가지들이 가볍게 흔들리는 소리가 들렸다. 발걸음 소리가 가까워졌다. 드디어 그 순간이 왔다. 그가 저기에 있다.

나는 무의식적으로 손목에 찬 시계를 봤다. 우스꽝스러운 핑크색 시계, 너무 우스꽝스러워서 울고 싶어질 지경이다. 자정 1분 전.

나는 죽을 것이다.

그런데 이 모든 상황에서 최악은,
죽는 게 이번이 처음이 아닐 거라는 사실이다.

6일전

———————————————— 토요일

1

우리는 그 무엇으로부터도 자유롭지 않다.

방에 울려 퍼지는 아이폰 소리에 일단 힘겹게 한쪽 눈을 뜬 나는 지친 한숨을 내쉬었다.

7시 30분, 바닥에 놓인 휴대폰 화면에서 숫자가 환하게 깜빡였다. 경쾌한 벨 소리가 무슨 즐거운 일이라도 있다는 듯 울려 퍼졌다. 나는 마치 좀비처럼 손을 뻗어 그 빌어먹을 알람을 짓눌러 껐다. 또다시 멋진 하루의 시작이라고 되뇌었다.

내 또래 대다수에게 토요일 아침과 늦잠은 동의어지만, 내게는 아니다. 창밖으로 새 한 마리가 날아가며 짜증 섞인 휘파람을 내지른다. 저 녀석도 조금 더 자고 싶었나 보다.

나는 이불을 확 젖히고 온갖 잡동사니로 가득한 방을 가로질렀다. 책상 위에는 반쯤 빈 시리얼 그릇이 첩첩이 쌓여 있고, 양말들은 전혀 엉뚱한 곳에 얌전히 놓여 있으며, 만화책이 바닥에 여기저기 널려있다. 밤새도록 음악 스트리밍 앱을 켜놓은 컴퓨터에서는 얼핏 록 음악 같은 선율이 약하게 흘러나왔다. 벽에는 벼룩시장에서 산 오래된 권투 영화, 〈록키 3〉 포스터가 나를 향해 매서운 눈길을 보냈다. 그 포스터에는 '호랑이의 눈 Eye of the Tiger'이라고 쓰여 있었지만 지금 내 눈은 동태의 눈에 가까웠다.

"왜 고생을 사서 해?"

내가 토요일 아침마다 운동하러 체육관에 나간다고하자 학교 친구인 아레스키가 물었다.

아레스키가 보기에 그건 전혀 어울리지 않는 두 개념, 그러니까 토요일 아침과 운동을 억지로 결합한 것이었다.

"토요일 아침이란 존재하지 않아. 토요일은 정오에 시작하니까. 그게 바로 토요일의 본질이지."

나는 잠옷 바지에서 힘겹게 빠져나온 후, 손에 아이폰을 들고 방을 나왔다. 내 방문에는 애니메이션 〈원펀맨〉 포스터가 붙어 있고 그 위에는 '출입 금지'라는 문구가 크게 적혀 있다. 나는 포스터에 대고 주먹을 휘두르는 시늉을 한 다음, 욕실로 가 '토요일 아침'용 플레이리스트를 틀어 놓고 샤워를 시작했다. 아빠는 내가 샤워할 때조차 아이폰을 들고 다니는 모습을 보면 짜증을 내곤했다. 엄마는 그래도 너그러운 편이라 "우리도 어릴 때는 항상 워크맨을 들고 다녔잖아. 이것도 결국 마찬가지야."라고 아빠한테 말했다. 워크맨은 카세트테이프를 재생하는 그 옛날 물건을 말하는 거였다. 〈록키 3〉 포스터를 산 벼룩시장에서 본 적이 있다. 그러면 보통 아버지는 못마땅한 듯, 그 정도는 아니었다고 중얼거리다가 여느 때처럼 말이 없어졌다. 어머니는 그런 아버지를 보면서 '과 묵하다'고 표현하는 것을 좋아했다. 그 말이 정확히 무슨 뜻인지는 모르지만 '꽉 막히고 신경질적인' 무언가일 것이다. 그렇다면 맞다. 아버지는 과묵한 사람이다.

욕실에서 나와 아래층 부엌으로 갔지만, 아무도 없었다. 나는 형광 줄무늬가 있는 낡은 운동복 바지와 '기묘한 이야기Stranger Things' 라고 쓰인 빛바랜 티셔츠를 입었다. 엄마가 나가기 전에 냉장고 문에 메모를 남겼다. 아빠는 위층에서 코를 골며 자고 있다. 아빠는 엄마처럼 도시 반대편에 있는 신발 가게에서 점원으로 일하느라 새벽 6시에 일어날 필요가 없었다. 나는 '실업자인 게 꼭 나쁜 것만은 아니네.'라고 생각했다. 아빠도 그 의견에 동의할지는 모르겠지만.

블랙커피를 큰 컵으로 들이켜며 냉장고 문에 붙은 메모를 집어 들었다. 장을 보아야 할 목록이 여러 색 볼펜으로 휘갈겨 적혀 있고, 그 위에 빨간색으로 이런 문구가 덧붙어 있다. "레오, 슈퍼에 들러 줄 수 있지? 미리 고마워!" 빵, 파스타, 샐러드, 비스킷, 햄. 대단찮은 메뉴지만, 우리가 매일 저녁 캐비아를 먹을 형편은 아니니 별수 없다.

목록 옆에는 안에 '뽀뽀 쪽!'이라고 적힌 하트가 그려져 있었다. 나는 누가 보기라도 할까 봐 재빨리 종이를 접어 바지 주머니에 쑤셔 넣었다. 아무래도 엄마한테 내가 열일곱 살이라는 사실을 확실히 상기시켜 주어야 할 것 같다.

집을 나서자 구름 한 점 없는 푸른 하늘이 나를 맞이했다. 8시
도 안 됐는데 태양이 벌써 강하게 내리쬐고, 등을 따라 한 줄기
땀이 흘러내렸다. 일주일에 한 번 하는 조깅인데 끝나고 나면 몸
이 온통 땀으로 젖어 있을 것 같았다. 일주일 후면 여름 방학이
시작된다. 6월은 아마도 내가 가장 좋아하는 시기일 것이다. 이즈
음이면 시간이 느리게 흐르는 것 같아서다. 봄은 여름에게 자리
를 내주는 중이고, 9월에 있을 개학은 너무도 멀어서 조금은 비
현실적으로 느껴졌다. 허공에 무언가 알 수 없는 평온하고 가벼운
기운이 떠돌았다.

슬슬 뛰면서 우리 집 작은 정원에 난 대문을 통과해 주택 단지
를 가로질렀다. 모든 집이 비슷하게 생겨서 그 자리에서 지어진 것
이 아니라, 그냥 저렇게 나란히 가져다 놓아둔 것 같았다. 보폭이
점점 커지고 호흡이 길어지며 나는 평소에 달리는 리듬을 되찾았
다. 토요일 아침용 플레이리스트도 조깅용 플레이리스트로 바뀌
었다. 운동화가 콘크리트 바닥을 규칙적으로 내치는 소리를 들으
며 호수 길에서 올라오는 소나무 냄새를 가득 들이마셨다. 날은
화창하고 나는 열일곱 살이고, 이제 여름이다. 그러니 더 이상 무
엇을 바라겠는가?

체육관은 시립 경기장을 거쳐 가면 2킬로미터가 조금 넘는 거
리에 있었다. 아직까진 에너지가 넘쳤다. 그래, 미쳐 보자. 평소와
달리 호수로 이어지는 오솔길을 따라 숲을 가로지르기로 했다. 그

길로 가면 조금 더 멀긴 해도 계속 그늘에서 달릴 수 있다. 벌써부터 급할 건 없다. 이번 주는 꽤 금방 지나갈 테니까.

———◆———

내가 사는 발미쉬르라크는 다른 무수한 소도시와 비슷한 작은 지방 도시지만, 산으로 둘러싸여 있는 데다가 검푸른색 호숫가에 마을이 형성되어 있어서 그런지 끔찍한 이야기와 음산한 소문들이 많았다. 젊은 커플이 서로를 만지작거리려고 은밀한 장소를 찾다가 갈고리를 든 미치광이를 우연히 만나는 이야기라거나 어떤 남자가 히치하이크하던 여자를 차에 태웠는데 사실 유령이었다는 도시괴담 같은 이야기 말이다. 어디나 있을 법한 이야기지만 발미에서 그런 이야기들의 배경은 전부 호수 근처였다. 그런 소문을 믿지는 않았지만, 솔직히 유쾌한 장소는 아니었다.

나는 최대한 빠르게 황량한 지방 도로를 건너, 숲에 난 오솔길로 접어들었다. 멀리 시립 경기장에 설치 된 높다란 조명들이 얼핏 보였다. 여섯 달 전, 발랑틴이 내가 마음에 든다며 나에게 고백했던 바로 그곳이다. 그날 발랑틴이 바른 딸기 향 립글로스 때문인지, 키스할 때 아주 달콤하면서 부드러운 사탕을 먹는 것 같았다. 전에는 한 번도 경험해 본 적 없는 강렬한 느낌이었다.

발랑틴은 모두의 이상형이었다. 예쁘고 똑똑하고 친절하고, 학교 신문 편집장이자 반장이었다. 내게는 완벽한 여자 친구였다. 그래서 처음 키스한 지 한 달 반 만에 더 이상 나와 사귀고 싶지 않다는 말을 들었을 때 나는 그녀의 말을 받아들이기 힘들었다.

"네 잘못이 아니야."

발랑틴은 이렇게 말하며 나를 위로하려 했다.

"순전히 내 탓이야. 마음이 혼란스러워. 나 자신을 좀 되돌아봐야겠어. 무슨 말인지 알지?"

그때 우리는 시립 경기장에 있는 카페에 앉아 있었다. 안에서는 우리 학교와 생페르 고등학교가 축구 경기를 벌이는 중이었다. 나는 그 말을 듣고 들고 있던 맥주가 담긴 종이컵을 떨어뜨렸다. 머리 위의 확성기에서는 옛날에 유행했던 스콜피언스의 〈스틸 러빙 유-Still loving you〉가 흘러나왔다.

"아니, 모르겠는데."

나는 침을 힘겹게 삼키며 짧게 답했다.

발랑틴은 한숨을 쉬더니 내 뺨에 다정하게 한 손을 얹고 말했다.

"레오, 나를 더 힘들게 만들지 마."

일주일 만에 발랑틴은 스스로를 확실히 되돌아봤는지, 제레미 클라카르와 사귀기 시작했고 모두에게 그 사실을 과시하고 다녔다. 학교 운동장에서 다정하게 손을 잡고 걸어 다니고 등하교 시간에는 교문에서 진하게 키스를 했다. '자기 자신을 되돌아본다.' 영적인 대가들도 한평생이 걸린다던 그 일을 발랑틴은 고작 일주일 만에 해치웠고, 그것도 모자라서 학교에서 제일 인기 많은 남자애를 낚는 데 성공했다. 마치 록밴드에서 풍선껌을 씹으며 기타를 칠 것 같은 잘생긴 녀석이었다.

당연히 내가 느끼는 모멸감은 엄청났다.

"너무 상심하지 마. 걔가 부침개 뒤집듯 너를 뒤집어서 다시 제자리로 돌려놓은 것뿐이니까."

아레스키는 부침개 뒤집는 시늉을 하며 내 속을 더 뒤집어 놨다.

"고맙다! 아주 위안이 되네!"

아레스키는 요리로 비유하는 걸 좋아했다. 나중에 요리사가 되서 식당을 열고 싶다나? 장애 아랍인 최초로 셰프가 될 거라고 했다. 아레스키는 여덟 살 때부터 휠체어를 탔다.

발랑틴이 나와 어울리지 않는다는 건 나도 잘 알고 있었다. 모든 것을 가진 발랑틴에 비하면 나는 너무 평범했다. 내가 하는 일이라고는 집에서 뒹굴뒹굴하며 넷플릭스를 보거나 만화책을 읽는 것이 전부였다.

그래서 운동을 시작했다. 멋진 사람이 되어서 발랑틴과 헤어지기 전으로 되돌아가기 위해서 말이다. 발랑틴과 나, 우리 둘의 딱 붙은 입술, 단지 그뿐이다. 그 그림 속에 제레미 클라카르는 없다.

그 목표를 달성하기 위한 나의 계획은 단순했다. 일주일에 한 번 조깅을 하고, 시립 체육관의 한구석에서 낡은 샌드백을 치며 훈련하기. 옛날식으로. 〈록키 3〉처럼.

나는 오전 시간 대부분을 체육관에서 보냈다. 샌드백 주위를 경중경중 뛰면서 온 정성을 다해 힘껏 샌드백을 두드렸다. 훈련장을 나설 때는 온몸이 땀으로 젖었지만, 마음은 차분히 가라앉았다. 근육들이 두 배로 부풀어 오른 것 같았다. 솔직히 말해서 이런 나한테 발랑틴이 넘어오지 않고는 못 배길 것 같았다.

밖으로 나오니 체육관 관리인인 보비가 빗자루에 몸을 지탱한 채 담배를 피우고 있었다. 우리는 가끔 몇 마디 이야기를 나누는 사이다. 내가 인사하자 보비는 어렴풋이 미소를 지었다.

"다음 주 토요일에 봐요, 보비."

"잘 가라, 꼬마. 젊은 날을 즐겨."

피곤한 얼굴의 보비는 마흔 살은 훌쩍 넘어 보였다. 입고 있는 상의 옷자락 사이로 언뜻 용 문신이 보인다. 그에 대해서 잘 알지는 못하지만 분명 살면서 고생깨나 했을 것이다.

체육관을 나와서 대로를 따라 걷다가 '비디오 2000' 가게로 들어갔다. 그곳에서 한 달쯤 전부터 점원으로 일하고 있다. 이걸로 용돈을 조금 벌어서 플레이스테이션4 게임을 사거나 넷플릭스 구독료를 내고 있다.

'비디오 2000'은 오래 된 B급 영화와 컬트 영화를 주로 취급하는 작은 DVD 대여점이다. 좀비와 흡혈귀 그리고 액션 코너가 따로

마련되어있고 마니아를 위해 비디오테이프를 모아 놓은 작은 공간
도 있었다. 쇼윈도에는 다음과 같은 문구가 당당히 붙어 있다.

스트리밍을 모르는 모든 사람을 위한 최후의 비디오 클럽!

놀랍게도 '비디오 2000'은 결국 마니아와 사이비 힙스터들을
끌어 모으는 데 성공해서 이따금 저녁 시간이면 가게가 가득 찰
때도 있다. 이 대여점은 이제 동네에서 '핫한' 장소 중 하나였다.

나는 주말 대부분은 이곳에서 일하며 보냈다. 평일에도 며칠은
여기서 일했는데 학교 수업이 끝나면 일을 시작해서 자정이 다 될
때까지 있기도 했다. 공부에 도움이 되지 않을 거라는 것은 나도
알지만, 내가 아인슈타인이 되고 싶은 것도 아니니까 상관없었다.

가게에 도착하니 아이폰 화면이 10시 5분을 가리켰다. '젠장, 5
분 늦었네.'라고 생각하며 옷을 갈아입으러 황급히 가게 뒤쪽으로
갔다. 벨린다가 이미 와 있었다. 그녀는 계산대 뒤에 자리를 잡고
앉아서 언제나처럼 소설책에 흠뻑 빠져 있다.

"미안…"

나는 벨린다에게 다가가 옆에 앉으며 말했다.

"야, 레오! 너 오늘은 정각에 올 뻔했다? 조심해."

벨린다가 나를 놀리며 웃었다.

그녀는 내가 제목을 보기도 전에 책을 덮어 가방에 넣었다. 아
마 시간 여행이나 우주 괴물이 나오는 SF 소설일 것이 분명했다.

우리는 손님이 아무도 없는 가게에서 몇 분 동안 이야기를 나눴다. 벨린다는 커다란 검은 테 안경을 썼고, 진갈색 앞머리가 눈을 조금 가렸다. 그녀는 독특한 편이다. 언젠가 자신을 "신경쇠약증이 있고, 강박적이고, 조금 어리바리하고, 패션에 완전히 미쳤고, 약속에 자주 늦고, 어설프지만, 절대로 못된 사람은 아니"라고 묘사했다. 시간이 흐르고 보니 대부분 맞는 말이었다.

우리가 하는 '카운터의 조언자' 일은 주로 DVD 바코드를 찍고, 회원 카드를 확인하고, DVD를 제자리에 갖다 놓는 것이다. 엄청나게 흥미로운 일은 아니지만, 더 시시한 아르바이트도 있으리라 생각한다.

쌓여 있는 DVD들을 정리하던 벨린다가 갑자기 기억난 듯 외쳤다.

"참, 세르조한테 문자를 하나 받았어. 자기 사무실에 우리가 깜짝 놀랄 만한 일이 있다던데."

세르조는 비디오 2000의 괴짜 사장이다. 아르바이트 면접 때 내가 〈사탄의 인형〉을 세 번 봤다고 하자 "아들아, 내 품에 안기렴."이라며 바로 나를 합격시켰다. 약간 양심에 찔리기는 했지만, 그렇다고 거짓말을 한 것도 아니었다. 나는 그 영화를 반복 재생 모드로 틀어 놓은 채 잠이 들었고 영화는 밤새도록 돌아갔다. 세 번 정도.

나는 굳은 표정으로 말없이 벨린다를 쳐다봤다.

"어느 쪽이야?'서프라이즈! 너희 오늘 일 그만하고 집에 가도 돼!' 같은 거? 아니면 '서프라이즈! 내가 또 너희를 위해 귀찮은 일을 하나 만들었지!' 같은 거?"

"모르겠어. '사무실에 너랑 록키가 깜짝 놀랄 만한 게 있어.'라는 걸."

록키는 바로 나를 가리킨다. 세르조는 내가 토요일 아침에 권투 연습을 한다는 사실을 알게 된 후부터 나를 록키라고 불렀다.

"'귀찮은 일' 쪽일 것 같은 느낌이 드는데."

나는 풀썩 쓰러지는 시늉을 해 보이며 말했다.

벨린다는 어쩔 수 없다는 듯 나에게 가볍게 미소를 지었다. 우리는 떨리는 마음으로 세르조의 사무실로 향했다. 문을 살짝 밀어 보니 옷걸이에 초록색과 빨간색으로 반짝이는 의상 두 벌이 걸려 있는 게 보였다. 산타를 도와주는 꼬마 요정 의상이다.

"세상에!"

나는 마치 악령에 씐 옷이라도 본 것처럼 천천히 다가갔다. 의상 한 벌에 이런 말이 적힌 쪽지가 핀으로 꽂혀 있다.

> 서프라이즈!
> 이번 주에는 크리스마스 영화 대작전이다!
>
> DVD 대여 원 플러스 원!
> (무식한 너희들을 위해서 참고로 말하면, 이런 걸 '상황극 마케팅'이라고 부른단다)
> 그러니 꼬마 요정들, 어서 어서 일하셔!

"지금 6월인 건 알고 계신 거지?"

벨린다는 내 질문에 답도 없이 의상 한 벌을 집어 들었다.

"그래도 품질은 꽤 좋은데. 소매에 작은 종들 달린 것 좀 봐!"

벨린다가 의상을 흔들자 지옥에서 들려오는 듯한 작은 종소리가 울렸다. 의상 두 벌에는 각각 기다란 니트 양말과 발끝이 뾰족하고 빨간 방울 술이 달린 벨벳 신발이 딸려 있었다.

"더 비참할 일은 없을 줄 알았는데…"

나는 의상을 보며 나직이 중얼거렸다.

난쟁이 의상(벨린다가 "꼬마 요정!"이라고 정정한다)으로 갈아입기 위해 가게 뒤로 가던 바로 그 때, 첫 손님들이 들어오기 시작했다.

멋지다. 나의 삶은 참으로 멋지다.

— ◆ —

세르조는 오후 내내 〈빅 트러블Big Trouble in Little China〉이라는 옛날 영화를 가지고 나를 못살게 굴었다. 내가 그 영화를 반드시 봐야 한다는 것이다.

"그러니까 이 영화는 역대급이라니까. B급 액션 영화의 마스터 피스라고!"

나는 그의 말을 들으며 공손하게 머리를 끄덕였다. 움직일 때마다 내 꼬마 요정 모자가 가벼운 종소리를 냈다.

"하지만 빌려가도 볼 수가 없어요. 그 영화는… 비디오테이프잖 아요."

"설마?! 집에 비디오 플레이어가 없어…?"

세르조는 충격을 받은 듯 자기 가슴에 한 손을 얹고 심장마비 가 오는 것 같은 시늉을 했다.

벨린다와 나는 최고의 크리스마스 영화로 〈그렘린〉, 〈가위손〉, 〈나 홀로 집에〉, 〈다이하드〉 그리고 〈죽음의 밤〉까지 다섯 편을 뽑는데 합의하고 비디오 2000을 나왔다. 밖은 어느새 어두워져 있었다.

거리를 걸으며 주위를 둘러보니 테라스와 커피숍에는 아직도 사 람들이 꽤 있었다. 어디든 완연한 여름이지만, 무언가가 부족한 느 낌이 들었다. '일주일 후면 발랑틴은 나랑 같이 학년말 축제*'에 갈 거야. 그러면 모든 게 나아질 거야.'라고 생각했다. 앞으로 더 좋은 일이 생길 거라고 확신하며 기운차게 도시를 가로질렀다.

학년을 마무리하는 마지막 몇 주 동안, 마르셀비알뤼 고등학교 의 복도에는 전체적으로 흐리멍덩하고 이상한 분위기가 감돌기 시 작했다. 학생 대부분은 공부하러 학교에 와 있다는 사실을 잊어버 리고 벌써부터 여름방학 기분을 내고 있었다. 물론 이 작은 도시 를 떠나기 위해 열심히 대학 입시를 준비하는 학생들도 있었다. 하

---

* 프랑스는 우리나라와 다르게 9월에 1학기가 시작되기 때문에 6월에 학년이 끝난다.

지만 지금 모두의 공통된 관심사는 바로 축제였다. 옷을 어떻게 입을까? 부모님을 어떻게 설득해야 자정까지 밖에 있을 수 있을까? 그리고 무엇보다, 누구랑 같이 축제에 갈까?

해마다 그렇듯 축제는 학교가 학생들에게 중독의 위험성을 상기시킬 기회였다. 마르셀비알뢰 고등학교 페이스북 페이지의 프로필에는 눈에 확 띄는 슬로건이 하나 덧붙었다. '알코올 제로, 마약 제로, 사고 제로.' 별로 독창적이지는 않지만 짧아서 효율적이었다. 실은 30년 전인 1988년에 비극적인 사건이 하나 있었다. 한 여학생이 축제 도중에 갑자기 실종된 것이다. 많은 사람들이 그 여학생을 찾아 헤맸지만 헛수고였다. 결국 그녀는 2주 후에 시신이 되어 호수 위로 떠올랐다. 당시에 그녀의 남자친구가 잠시 의심받았지만, 경찰은 결국 술에 취해 호수에 빠져 익사한 것이라는 결론을 내렸다.

그 비극적인 사건은 사람들의 마음에 큰 충격을 남겼고, 매년 봄이 끝날 무렵이면 고등학교 곳곳에 다음과 같은 포스터가 붙었다.

제시카 슈타인
1971~1988

올해는 그녀의 사진에 #벌써30년이라는 해시태그가 덧붙었다. 모든 발미 주민과 마찬가지로 나는 정면을 바라보며 순진하게 미소 짓는 그 얼굴을 속속들이 알고 있다. 금발 머리, 초록색 눈, 장밋빛 피부, 완벽한 미소. 사진에서 제시타 슈타인은 하늘색 원피스를 입고 있었고, 머리에는 핀을 하나 꽂았다. 그녀는 여느 고등학교 여학생들과 다르지 않았지만 어린아이 같고 천사 같은 무언가가 얼굴에 감돌아 더 아름답고 순수해보였다. 시간이 지나면서 결국 그녀는 지역의 아이콘이 되었다. 호수의 어두침침하고 신비로운 이미지와 영원히 이어진 일종의 전설이 되어버린 것이다.

제시카 슈타인의 죽음은 발미에서 오랫동안 격렬한 논란을 불러일으켰다. 시신을 발견한 낚시꾼은 그녀의 몸에 얻어맞고 싸운 흔적이 있었다고 단언했다. 경찰은 그 말을 철저히 부인했고, 그저 공식적인 발표, 즉 사고로 인한 익사라는 설명만을 반복했다.

하지만 누구도 그 말을 진짜로 믿지는 않았다.

———◆———

집에 들어가기 전에 기메 거리에 있는 실베스트르 아저씨의 슈퍼마켓에 들렀다. 녹슨 간판이 붙어 있는 소박한 작은 가게였다. 그 가게 옆에는 나이 든 술꾼들이 즐겨 찾는 '완벽 그 이상'이라는 이름의 카페가 있었다. 엄밀히 말해서 이곳은 발미쉬르라크에서 깨끗하거나 근사한 동네는 아니었다.

슈퍼마켓의 문을 통과하자 전기 벨이 울렸다. 천장에서 형광등이 깜빡거리고, 작은 라디오에서는 오래된 가요가 흘러나왔다.

계산대 뒤에 서 있던 실베스트르 씨가 내게 몸을 돌렸다.

"안녕, 레오."

"안녕하세요, 실베스트르 아저씨."

실베스트르 씨는 말하자면 지역 명사다. 그는 육십 평생을 이 도시에서 살았고, 발미에 모르는 사람이 없다. 하루 중 언제 가게에 들르든 항상 계산대 뒤 똑같은 곳에서 잡지를 뚫어져라 바라보며 읽고 있다. 아저씨는 라디오 음량을 줄이고 미소를 지으며 나를 바라봤다.

"그래, 하늘 아래 무슨 새로운 일 있냐?"

아저씨가 여느 때처럼 물었다.

"뭐, 아무 일도 없어요."

나도 여느 때처럼 답했다.

"아무 일도 없다…. 아직까지는 말이지!"

아저씨는 웃으며 덧붙였다.

실베스트르 씨는 무슨 얘기를 해도 웃으면서 고개를 끄덕이는 게 전부였다. 아무 일도 없다고 하는 게 나았다. 아저씨가 라디오 볼륨을 높이자 노랫소리가 더 크게 울려 퍼졌다.

나는 엄마가 적어 준 목록을 꺼내 들고 빠르게 장보기를 마쳤다. 물건을 계산한 후에 실베스트르 아저씨에게 인사를 하고 드디어 집으로 향했다.

현관문을 열자 거실에 있는 아빠가 보였다. 아빠는 소파에 앉아 어깨를 잔뜩 웅크린 채 TV를 보고 있었다. 이상한 자세를 보니 아빠가 무엇을 하는지 정확히 알 수 있었다. 1980년대에 나온 닌텐도 게임기로 '젤다의 전설'을 하는 중이다. 아버지는 향수에 잠기거나 심하게 울적할 때면 가끔 그 게임기를 다락에서 꺼내오곤 했다.

"아빠, 안녕. 저 왔어요."

나는 작게 말했다.

아빠는 화면에서 눈도 떼지 않는다.

"별일 없죠?"

내가 물었다.

소용없다. 기껏해야 무심하게 '으음'하고 중얼거리는 소리만 들릴 뿐이다. 아버지는 마치 딴 세상으로 떠나 있기라도 하듯 멀리 있는 느낌이다.

"장 봐 왔어요."

"으음."

"그럼 저는 방으로 올라갈게요."

"으음."

"이따 봐요."

"으음-음."

내가 2층에 올라갈 때도 아빠는 돌아보지 않았다. 발소리가 콘크리트 계단에 부딪히며 마치 빈방에서 메아리치듯 울렸다. 아빠한테 상황이 틀림없이 잘 풀릴 거라고, 그러니 이제 그만 불안해하라고, 마음을 다잡고 자신을 돌볼 때라고 말하고 싶었다. 지금 그실직 상태가 영영 지속되지는 않을 거라고 말이다. 하지만 단 한

마디도 입 밖으로 내뱉지는 않았다. 이건 내가 부모님을 대할 때 정한 규칙이었다. 내 진심을 절대로 부모님께 드러내지 않기.

부모님이 그런 것을 감당할 만큼 충분히 어른스럽지 않으니까.

———————————————— 일요일

2

텁텁하고 이상한 기분을 느끼며 잠에서 깼다. 한쪽 뺨이 베개에 붙어 있고, 침 한 줄기가 입에서 흘러나오는 게 느껴졌다. 방에는 평소와 다른 냄새가 감돌았다. 초강력 접착제와 썩어가는 양말이 섞인 냄새 같다. 방문 너머에서 목소리가 들렸다.

"다니! 일어나라, 다니!"

나는 천천히 한쪽 눈을 떴다. 아침인데 방이 어두웠다. 다니라고? 이상하다, 어제 블라인드를 닫은 기억이 없는데. 나는 침대에서 몸을 반쯤 일으켜 팔꿈치로 지탱한 채 몇 초간 가만히 있었다. 내 앞에 있는 벽이 평소와 달랐다. 일단 〈록키 3〉 포스터가 사라졌다. 그 대신에 잡지에서 오려 낸 낯선 배우와 가수, 음악가 사진이 무수히 붙어 있었다. 그 사진 중 하나에는 커다랗게 이런 글이 적혀 있다. '록 밴드 더 큐어 런던 콘서트, 작년 1월 8일.' 가수는 지나치게 헐렁한 원색적인 셔츠를 입고 있다. 폭탄 맞은 헤어스타일에 호리호리한 체형을 한 그 가수는 자주색과 보라색 네온 불빛이 번쩍이는 콘서트장에서 미니멀리즘한 안무를 펼치고 있었다.

이게 대체 무슨 상황일까? 내 방이 어째서 내 방 같지 않고, 벽에는 왜 이상한 가수들 사진이 붙어 있는 거지? 나는 주위를 휘둘러 봤다. 젠장, 내가 알만한 건 아무것도 없다.

침대에서 천천히 몸을 일으키려는데 생소한 감각이 나를 놀라게 했다. 묵직한 느낌이 다리에서 뇌까지 올라왔다. 팔이 짧아진 것 같았고, 등이 아팠다. 운동을 심하게 했을 때 비슷한 근육통을 느끼곤 했지만, 이렇게까지 아픈 적은 없었다.

침대에서 내려와 처음 보는 벽장 앞에 섰다. 거기에는 커다란 거울이 달려 있었다.

블라인드를 열거나 불을 켜지 않아도 거울에 비친 모습이 나를 전혀 닮지 않았다는 사실을 알 수 있었다. 평소의 얼굴과 실루엣 대신에 어린아이 같은 잠옷을 입은 작고 토실토실한 내 나이 또래의 남자애가 보였다. 배에 한 손을 얹으니 탄력 있는 지방질이 느껴졌다. 얼굴을 만져 보니 뺨의 피부가 물렁물렁하게 쑥 들어갔다. 나는 거울에 비친 내 모습을 공포에 찬 눈길로 바라봤다.

"이… 이…" 목에서 말이 잘 나오지 않았다. 무슨 말을 하기에는 너무 놀란 상태였다. 대체 여기는 어디지? 그리고… 이건 대체 누구야?

방문 너머에서 부르는 목소리가 더 다급해졌다. 여자 목소리였다.

"다니! 아직 안 일어났니?"

나는 깊이 생각하지 않고 기계적으로 답했다.

"갈게요, 엄마!"

나의 뇌는 전달되는 정보들을 다급하게 기록했다. 그러니까 지금 내 이름은 다니인 것 같다. 너무 평범해서 맘에 안 들지만, 지금은 그걸 따질 때가 아니었다.

벽장 앞에 꼼짝하지 않고 서 있는데 방문이 세차게 열렸다. 70대로 보이는 부인이 주름치마에 하얀 앞치마 차림으로 들어오더니 엄한 표정으로 나를 쳐다봤다.

"엄마?! 아니 얘가 도대체 무슨 소릴 하는 거야? 어서 서둘러라."

그녀가 방에서 나가자 다시 온갖 질문들이 머릿속에 떠올랐다. 이 황당한 상황은 대체 뭐지? 거울 속에서 나를 쳐다보는 이 통통한 애는 또 누구고? 내가 지금 여기서 뭘 하고 있는 거지?

잠시 방 안을 서성이다 책상으로 갔다. 카세트테이프가 잔뜩 쌓인 책상 한가운데에 파일과 노트들이 아무렇게나 던져져 있었다. 티어스 포 피어스, 킴 와일드, 프린스 같은 1980년대에 유행했던 가수들 음반과 미키 루크가 표지를 장식하고 있는 오래된 영화 잡지 한 권, 가장자리가 닳은 스티븐 킹의 소설책 《그것》이 보였다. 작은 쪽지 한 장에는 이렇게 적혀있었다.

[축제 / 엘리즈 브로솔레트에게 전화할 것 / 아니오]

크게 쓰인 마지막 단어에는 밑줄이 두 개 그어져 있었다.

뭐가 뭔지 점점 더 알 수 없었다. 왜 다니의 방에는 이렇게 오래

된 물건만 있는 걸까. 나는 심호흡을 하고, 나무로 된 책상의 모퉁이를 손끝으로 만져 봤다. 내가 진짜로 이곳에 와 있는 걸까? 상상력이 나를 가지고 장난치는 건 아닐까? 만약 이게 꿈이라면, 이제껏 꾼 꿈 중에서 가장 이상했다. 모든 게 너무… 너무… 심하게 진짜 같았다.

이런 의문을 확인하기 위해 나는 책상의 첫 번째 서랍을 열었다. 그 안에는 노트 몇 권과 초록색 비닐 커버에 '발미쉬르라크 마르셀비알뤼 고등학교'라고 적힌 학생수첩이 들어있었다.

'자, 침착하자. 오늘 아침에 나는 내 몸이 아닌 다른 사람의 몸으로 잠에서 깼어. 확실히 이런 일은 불가능해. 뭔가 잘못된 거지. 매트릭스에 생긴 버그 같은 걸 거야.'

나는 학생수첩을 손에 든 채 소리 내어 말했다.

"곧 모든 게 다시 원래대로 돌아갈 거야."

정말 이 말대로 될 것 같은 생각이 들었다. 마음이 안정되자 스스로에게 질문을 던졌다. '내가 이런 상황이 생기게 할 만한 뭔가를 한 걸까?'

어제 저녁의 기억을 순서대로 떠올렸다. 방으로 올라가서 아레스키랑 온라인으로 포트나이트 게임을 했고, 음악을 들었고, 숙제를 잠깐 했다. 별다른 일이라고는 하나도 없었다.

학생수첩을 펼치자 사진이 한 장 보였고, 그 위에 '다니엘 마르퀴조, 2학년 B반'이라고 적혀 있다. 몇 분 전에 거울 속에서 나를 쳐다보던 그 소년이었다. 다니엘 마르퀴조? 완벽하게 생소한 이름

이었다. 나는 거의 7년 내내 마르셀비알뤼 중학교와 고등학교에 다
녔는데 말이다.

펼쳐진 페이지를 좀 더 살펴보는데 왼쪽 아래에 파란색 잉크로
쓰인 짤막한 한 줄이 내 시선을 사로잡았다. 나는 놀라서 눈을 뗄
수 없었다. 손이 떨리기 시작했다.

"아니야⋯, 이건⋯ 이건 불가능해."

나는 누군가 정성스럽게 쓴 그 짧은 글을 읽고 또 읽었다.

'1987~1988학년도'

별안간 싸늘한 감각이 온몸으로 퍼졌다.

—◆—

잽싸게 옷을 챙겨 입고 아래층으로 내려갔다. 다니엘 마르퀴조
는 발미 변두리에 있는 이 집에서 할머니와 단둘이 사는 모양이었
다. 1층에 내려가니 자질구레한 먼지투성이 장식품들과 오래된 사
진 액자들로 가득한 거실 옆으로 부엌이 보였다. 새로운 몸에 아
직 익숙하지 않은 상태라 아무것도 넘어뜨리지 않도록 조심하면
서 체크무늬 식탁보가 덮인 작은 식탁 앞에 앉았다. 입고 있는 후
줄근한 운동복 바지와 모자 달린 후드 티가 불편했다. 옷장에서
손에 잡히는 대로 대충 꺼내 입은 옷이었다. 어수룩한 내 모습이

보기 좋지 않을 게 분명했지만, 지금 그런 건 중요한 문제가 아니었다. 게다가 오늘은 일요일이다. 젠장, 1988년 일요일이라니! 이 말을 속으로 반복해보지만, 아직도 내게 벌어지고 있는 일이 믿기지 않았다.

왼쪽에 있는 냉장고에서는 이상한 소리가 났다. 식탁 반대편에서 할머니가 수상하다는 눈빛으로 나를 쳐다봤다. 무언가 의심하는 표정으로. 할머니는 뭐라고 말하려다 입을 다물고 입술을 꽉 오므린 채 고개를 좌우로 흔들었다. 나는 가능한 한 똑바른 자세로 조용히 앉았다. 할머니는 결코 만만해 보이지 않았다.

내 앞에는 기름이 번들거리는 소시지와 스크램블드에그가 접시 한가득 담겨 있었다.

"안 먹냐?"

할머니는 나를 책망하듯, 내가 마치 접시에 놓인 그 거무스름하고 역겨운 소시지 조각이라도 되듯 바라봤다.

"네, 죄송해요."

나는 고개를 저으며 접시에서 올라오는 냄새를 들이마시지 않으려 애썼다.

"왠지 모르겠는데, 배가 안 고파요."

"이 집안에서 그런 말을 들어 보는 건 처음인 것 같구나."

할머니는 한숨을 쉬며 말했다. 그런 다음 자리에서 일어나 내 앞에 있던 접시를 거칠게 집어 싱크대 안에 팽개치듯 놓았다.

작은 부엌 안의 공기는 숨쉬기 힘들 정도로 텁텁했다.

할머니가 말을 이었다.

"너, 어젯밤에 쓰레기 내놓는 거 잊어버렸던데, 다시는 그런 일이 없도록 해라! 대체 무슨 생각을 하는 거냐? 응?"

나는 무어라 대충 작게 웅얼거리고 고개를 수그렸다. 마치 숨고 싶다는 듯. '불쌍한 다니엘 마르퀴조.'라는 생각을 하며 숨죽인 채 주위를 둘러봤다. 실내 장식은 50년대쯤 스타일이다. 벽지는 귀퉁이가 군데군데 떨어져 있고, 문 위에는 오래된 검은색 나무 십자가가 못으로 박혀 있다.

두꺼운 커튼 사이로 길거리와 햇볕이 언뜻 보였다. 별안간 알 수 없는 공포가 몰려왔다. 나의 몸, 아니 다니엘 마르퀴조의 몸 깊숙한 곳으로부터 올라오는 어떤 본능 같았다. 이상하게도 사람의 정신은 별로 인식하지 못하는 걸 몸이 아는 경우가 있다. 그런 생각이 드는 순간, 할머니가 다시 맞은편 자리에 앉으며 강철처럼 싸늘하고 엄한 눈길로 나를 쳐다보자, 내 몸이 나에게 명령을 내렸다. '도망쳐!'

"저 좀 나가볼게요. 볼일이 있어서요."

급하게 자리에서 일어나자, 의자가 바닥으로 넘어졌다. 할머니는 나를 뚫어지게 쳐다봤다.

"뭐, 일요일 아침에?!"

나를 보는 할머니의 시선에서 무언가를 의심하는 기색이 느껴졌다. 할머니는 눈살을 찌푸리고 다문 입을 살짝 내민 채 나를 빤히 올려다봤다. 금방이라도 공격할 태세였다. 블라인드 사이로 들어오는 빛에 비친 할머니의 얼굴은 못마땅한 듯 일그러져있었다.

"하지만 너 아무것도 안 먹었…."

"죄송하지만 안 먹을게요. 나가 봐야 해요. 미리 말씀드리는 걸 잊었어요."

부엌문을 향해 몸을 돌리는데, 할머니가 내 앞을 가로막았다. 양 손을 허리에 얹고 두 다리로 튼튼하게 버틴 채로.

"다니, 집에 있어라!"

할머니는 거의 고함치듯 말했다. 나는 잽싸게 움직여 할머니를 살짝 피해 부엌에서 빠져나가는 데 성공했다. 할머니는 나를 붙들 려 했다. 할머니의 얼굴은 주름이 잔뜩 잡히며 더욱더 일그러졌다. 그런 표정을 짓게 만드는 것이 사랑인지 분노인지, 아니면 두려움 인지는 모르겠다. 어쨌거나 이곳에서 벗어나야 한다!

할머니는 부엌에서 현관문으로 훌쩍 뛰어가서 순식간에 문고리 를 걸어 잠갔다. 분노에 못 이긴 듯 온몸을 부들부들 떨면서 턱을 쳐든 채 매서운 눈빛으로 나를 노려봤다.

"집에 있어라."

할머니가 다시 말했다.

얼굴에서 드러나는 분노를 마주 보며 나는 할머니에게 저항하 는 일이 아무 소용이 없다는 사실을 깨달았다.

"알았어요, 알았어요."

나는 무기력하게 말하며 계단을 올라가 방으로 들어갔다.

2층에 올라온 나는 우리에 갇힌 짐승처럼 서성였다. 도망칠 방법을 찾아내야만 했다. 계단으로 살금살금 내려가서 소리 내지 않고 슬쩍 나가는 방법을 생각해 보지만, 통하지 않을 게 분명했다. 저 할망구는 굴에 가만히 숨어 사는 드래곤만큼이나 귀가 밝을 게 틀림없다. 나는 주위를 둘러보며 방을 면밀히 탐색했다. 책상, 정리된 학교 물건들, 아직 이불을 정돈하지 않은 침대, 록밴드 더 큐어의 포스터, 밖으로 난 작은 나무 창문, 별 볼 일 없는 옷들로 가득 찬 옷장….

잠깐…. '밖으로 난 작은 나무 창문'이라고? 바로 이거다!

조심스럽게 손잡이를 돌려 창문을 열고 몸을 밖으로 내밀어 아래를 내려다봤다. 그리 높지 않았다. 빗물받이 홈통이 있으니 그걸 타고 바닥까지 미끄러져 내려가면 된다. 다행히도 창틀은 오른쪽 아랫부분이 약간 부서져 있었다. 그러니 만에 하나 할머니가 정원 쪽으로 순찰을 한 바퀴 돈다고 해도 아무것도 눈치채지 못하게 창문을 다시 닫아 놓을 수 있을 것이다.

나는 더 이상 주저하지 않고 다리 하나를 창밖으로 내밀었다. 창틀에 말을 타듯 걸터앉은 채 바깥 공기를 들이마셨다. 대낮의 밝은 빛이 얼굴을 비추니 조금은 살 것 같았다. 정말이지 밖에서 한 바퀴 걷고 싶어졌다. 조심스럽게 다른 다리도 창밖으로 뻗은 다음, 생각했던 것보다 더 미끄러운 홈통을 붙들려 애썼다. 꼴사나운 모습이었지만 되돌리기에는 너무 늦었다. 눈을 꼭 감고, 철로 된 홈통을 양손으로 감싸 쥐었다. 그런 다음, 겁에 질린 외침을 억누르며 2층에서 미끄러졌다.

내려오는 데 1초도 걸리지 않았다. 너무 요란하지 않게 착지하긴 했지만 다니엘 마르퀴조의 묵직한 몸무게 때문에 바닥에 떨어지며 받은 충격에 정신이 조금 없었다. 근육이 쑤시고, 관절 주위로 막연한 통증이 느껴졌고, 숨을 들이쉴 때마다 허파에서는 끼긱대는 이상한 소리가 났다.

하지만 그런 건 상관없었다. 나는 살아 있다. 아니 그보다 더 나았다. 나는 자유롭다. 기쁨과 두려움이 뒤섞인 묘한 감각이 내 안에 퍼졌다.

—◆—

발미쉬르라크의 거리는 행인과 구경꾼, 호기심 많은 사람으로 가득했다. 많은 사람이 비치웨어 차림에 파라솔을 들고 호수로 향했다. 도시는 정확히 내가 아는 그대로지만, 뭔가 달랐다. 도로에서는 오래된 자동차들이 폭음과 같은 큰 소리를 내며 엄청난 양의 온실가스를 내뿜었지만, 아무도 신경 쓰지 않는 것 같았다. 쇼윈도에는 파격적인 헤어스타일을 한 마네킹이 화려한 형광색 옷을 입고 있었고, 횡단보도에서 마주친 젊은 여자는 핫 핑크색 운동복을 입고 워크맨으로 음악을 들으면서 롤러스케이트를 타고 지나갔다. 길을 건너면서 '80년대는 정말 미쳤구나!'라고 생각했다.

시내를 걸어가면서 머릿속으로 질문이 밀려들었다. 내가 어떻게 이곳에 오게 된 걸까? 왜 하필 나일까? 왜 하필 다니엘 마르퀴조일까? 설마 남은 평생을 이 애의 몸으로 살아야 하는 걸까? 믿기지 않는 마음으로 주변의 건물들을 바라봤다. '팰리스' 영화관은 아직 싸구려 옷 가게로 바뀌지 않았고 대로 한가운데를 번듯하게 차지하고 있었다. 현재 상영 중인 영화는 〈다이하드〉, 〈크로커다일 던디 2〉, 〈그랑블루〉였다. 나는 잠시 멈춰 서야했다. 키 큰 남자 하나가 엄청나게 큰 카세트 플레이어를 어깨에 아슬아슬하게 걸치고 내 앞을 지나갔기 때문이다. 그는 80년대 스타일의 노래에 맞춰 댄스 스텝을 밟으며 "요, 맨!"을 외치더니 길모퉁이로 사라졌다. 나는 손으로 눈을 비볐다. 이게 다 진짜라고?

지금 벌어지는 상황 때문에 혼란스럽고 몽롱한 상태라 내가 어디로 가는지도 확실히 알지 못한 채 계속 걸었다. 발걸음을 인도하는 것은 다니엘 마르퀴조의 다리가 아니라 나의 무의식이었다. 왼쪽 벽에는 '내 친구한테 손대지 마'라고 적힌 노란색 손 하나가 그려진 작은 포스터*가 보였고, 바로 옆에는 '레 네그레스 베르트(Les Négresses Vertes)'라는 처음 보는 그룹의 콘서트 광고도 붙어있었다.

10여 미터 떨어진 곳에 낯익은 가게가 보였다. 이제야 내가 어디에 와 있는지 깨달았다. 머리 위에는 '기메 거리'라고 쓰인 간판이 있었다. 나는 실베스트르 아저씨의 슈퍼마켓을 향해 천천히 걸었다. 그 가게는 내가 알고 있는 것과 똑 닮았다. 단지 간판이 조금

---

* 인종 차별에 반대하는 프랑스 단체 '에스오에스 라시즘SOS Racisme'이 80년대에 사용한 로고

덜 녹슬고 자동문은 아직 설치되지 않았을 뿐이다. 그 대신, 파리 방지용 망사 커튼이 쳐져 있었다. 별안간 카랑카랑하고 친숙한 목소리가 들려왔다.

"뒤테이 부인, 안녕하세요! 하늘 아래 무슨 새로운 일 있나요?"

"아 네, 별일 없죠. 실베스트르 씨…."

"별일 없다…. 아직까지는 말이죠!"

가게 안의 라디오 소리가 밖에까지 흘러 나왔다. 당장이라도 가게에 들어가 실베스트르 아저씨에게 내게 벌어진 일을 말하고 싶은 심정이었다. 혹시라도 아저씨가 평소처럼 사려 깊고 친절한 태도로 정다운 미소를 지으며 나를 도와줄 수 있지 않을까? 하지만 아저씨한테 뭐라고 설명하지? "오늘 아침에 30년 전에 사는 낯선 사람의 몸으로 잠에서 깼는데, 집으로 어떻게 돌아가야 할지 모르겠어요…."

나는 문 앞에서 고민하다 실베스트르 아저씨의 가게 옆에 있는 '완벽 그 이상'이라는 카페에 들어가기로 했다. 입구에 붙은 스티커에는 이렇게 적혀 있었다. '마음을 가라앉히고 시원하게 프싯 Pschitt* 한 잔!' 젠장. 아무리 그래도 80년대는 좀 심하게 촌스러운 거 아닌가?

문턱을 넘어서자 연기구름이 얼굴로 몰려들었다. 나는 가게 안을 둘러봤다. 놀랍게도 그 카페는 내가 아는 오래되고 지저분한 가

---

* 프랑스에서 가장 오래된 청량음료

게가 아니었다. 1988년에 '완벽 그 이상'은 발미에서 가장 쿨한 장소인 것 같다. 미국 스타일의 긴 의자에는 커플들이 부둥켜안고 있었고, 카운터 테이블에서는 가죽 재킷을 걸친 라이더 세 명이 맥주를 마시면서 걸걸한 웃음을 한바탕 터뜨렸다. 카운터 위에 달린 TV에서는 나도 알고 있는 배우인 이자벨 아자니의 젊은 시절 모습이 나오고 있었다.

나는 탁자와 의자들 사이로 조심스레 나아갔다. 작은 접촉으로 타임 패러독스를 일어나는 건 아닌지 불안했다. 내가 지나가자 몇 사람이 나를 향해 고개를 돌렸다. 회색 운동복 바지에 후드 티를 입은 내가 이 장소에 어울리지 않는다는 사실이 똑똑히 느껴졌다. 사람들의 웅성거림 속에 조롱하는 듯한 웃음소리도 섞여 있었지만 상관없었다. 나는 아무런 내색을 하지 않고 카운터 자리에 앉아서 프싯 하나를 주문했다.

"마음을 가라앉히고 시원하게 한잔하고 싶어서요."라고 나는 미소를 지으며 말했다.

바텐더가 불쾌한 표정으로 나를 쳐다봤다. 내가 그곳에 있다는 사실 자체가 가게의 명성에 해가 될 수 있다는 표정이었다.

"5프랑입니다."

주머니에서 동전 하나를 꺼내 아무 말 없이 카운터 테이블에 내려놓았다. 오늘 아침에 다니엘 마르퀴조의 옷장을 뒤지다가 그의 지갑을 발견한 덕분이다.

내 주위에 있는 손님들은 대체로 젊어 보였다. 라이더 세 명과 아프로 머리를 한 남자 외에는 대부분이 고등학생이었다. 1988년에는 일요일 오후에 할 일이 별로 없었을 거라는 생각이 들었다. 인터넷도 없고 스마트폰도 없으니 근처의 카페라도 가야 했을 게 뻔했다.

홀을 한 바퀴 둘러봤다. 담배 연기가 푸른 소용돌이를 일으키며 나른하게 떠돌았다.

바의 한쪽 구석에서 청소년 한 무리가 웃으며 TV에서 나오는 음악의 리듬에 맞추어 고개를 까딱이는 모습이 보였다. 그 중심에 있는 한 소녀가 내 눈을 사로잡았다. 초롱초롱한 눈빛이 왠지 익숙했다. 섬세한 이목구비에 시원한 이마를 지닌 그녀의 표정은 장난스럽게 보였다. 아는 얼굴인 것 같은데 왜인지는 모르겠다.

"자, 여기요!"

바텐더가 프싯 병을 쾅 내려놓더니 5프랑 동전을 가져갔다.

금발 여학생은 자기보다 훨씬 덜 예쁜 두 여학생에게 둘러싸여 있었다. 그들 주위에서 남학생 세 명이 매력을 과시하느라 애쓰는 중이었다. 그중 한 명이 농담을 던지는 것 같아 보였다. 금발 여학생이 웃음을 터뜨리고, 그 입술 모양으로 보아 '바보 같긴!'이라고 말하는 듯했다. 농담을 한 남학생은 크게 웃으며 자신이 거느린 부관 두 명 중 하나의 어깨를 쳤다. 금발 여학생은 머리를 흔들어 머리카락을 뒤로 젖히고 혀로 입술을 핥았다.

그 모든 장면이 슬로모션으로 진행되고 있는 것 같았다. 친구의 귀에 뭔가를 속삭이던 그녀는 내 시선을 느꼈는지 이쪽을 쳐다봤다. 그녀의 시선이 담배 연기로 가득 찬 홀을 가로질러 똑바로 나를 향했다.

바로 그 순간, 나는 깨달았다.

나는 그녀를 알고 있다.

그녀와 학교 복도에서 매일 마주쳤었다.

*#벌써30년*이라는 해시태그가 적힌 포스터에 있던 바로 그 제시카 슈타인이었다.

———◆———

제시카 슈타인은 나에게서 시선을 떼지 않은 채 의자에서 천천히 몸을 일으켰다. 그녀는 홀을 가로질러 나를 향해 다가왔다. 그 눈매에서 드러나는 표정, 그녀의 얼굴에서 느껴지는 진지하면서도 경쾌한 느낌이 친숙했다. 제시카는 내가 이제껏 본 그녀의 사진보다 훨씬 더 예뻤다. 카운터에 놓여있는 신문을 힐끔 봤다. 오늘은 1988년 6월 12일. 내가 날짜를 정확하게 본 거라면, 그녀는 일주일도 지나지 않아 죽을 것이다.

제시카는 줄지어 놓인 탁자들 사이로 의자들을 살짝 비켜 가며 내게 다가왔다. 그 뒤로는 두 여학생이 경호원처럼 따랐다. 한 명은 갈색, 다른 아이는 빨간 머리였다. 둘 사이에는 완벽한 금발인 제시카가 있었다. 그녀의 얼굴에는 연필로 슬쩍 그려 넣은 것 같은 가벼운 미소가 떠올라 있었다.

제시카는 내 앞에 오더니 나를 위아래로 훑었다. 내가 머뭇거리며 무언가를 말하려 하는데 그녀가 먼저 입을 열었다.

"여기서 뭐 해, 삼겹살?"

내가 홀린 듯 바라보는 가운데, 그녀의 목에서 커다란 웃음이 터져 나왔다. 그녀의 양쪽에 서 있던 두 경호원도 나를 손가락으로 가리키며 깔깔대고 웃었다.

"네 생각은 어때, 카퓌신?"

그러자 붉은 머리 여자애가 다가와 나를 혐오스럽다는 눈길로 바라봤다.

"여기가 너 같은 루저들이 올 데는 아니지."

그러자 제시카가 덧붙였다.

"알아들었지? 그럼 빨리 꺼져!"

그녀는 마지막 말을 협박조로 내뱉었다. 뒤편에는 남학생 세 명이 나를 무서운 표정으로 노려보고 있었다.

예상치 못한 상황에 당황한 내 입에서 작은 한마디가 새어 나왔다.

"제시타 슈타인…."

빨간 머리 여자애가 내 어깨를 주먹으로 치면서 빈정대는 어조로 이렇게 말했다.

"왜 그래, 삼겹살? 무슨 유령이라도 봤냐?"

그러더니 다시 한번 크게 웃었다. 쩌렁쩌렁 울리는 견디기 힘든 웃음이었다.

—◆—

　제시카 슈타인은 최악이다.

　나는 이 정보를 받아들이는데 시간이 걸렸다. 이제껏 나에게 제
시카는 언제나 완벽한 얼굴, 천사 같은 눈빛, 어린아이 같은 명랑
한 미소를 지닌 존재였다. 수년간 학교에서는 제시카가 모범적이며
모든 점에서 훌륭하고 공손하며 말썽부리지 않는 학생이라고 소개
해 왔다. 매년 그녀를 추모하는 행사가 열렸고, 그녀를 주제로 쓴
시 작품들이 지역신문에 실렸다. 그런데 지금 내 눈앞에 있는 진
짜 제시카는 비뚤어지고 성격 못 된 여자애였다.

　제시카는 뱀 같은 눈으로 나를 처다봤고, 내 뺨에는 가느다란
땀이 한 줄기 흘러내렸다.

　"오늘은 카메라 안 가져왔냐? 찰칵찰칵?"

　무슨 말인지 알 수 없어서 일단 이 당혹스러운 상황이 지나가기
를 꾹 참고 기다리기로 했다. 지금까지 나는 한마디도 하지 않았다.

　"그런데 말이야, 왜 항상 카메라를 들고 다니는 거야? 어, 다니
엘? 너 혹시 변태야?"

　제시카가 웃음을 터뜨리자, 그녀의 두 경비견도 따라 웃었다. 뒤
쪽에 있던 세 남학생 중 하나가 우리를 향해 다가왔다. 그는 녹색
호랑이가 그려진 가죽 재킷과 빨간색 티셔츠를 입고, 〈탑건〉에서
톰 크루즈가 꼈던 선글라스를 쓰고 있었다.

그가 내게 다가와 말했다.

"변태가 누구야? 다니엘 너냐?"

"아-아니…."

나는 더듬거렸다.

그는 팔을 뻗어 나를 때리는 시늉을 해 보이더니, 앞에 놓인 프싯 병을 들어서 내 다리 사이로 쏟아 부었다.

"어머, 삼겹살한테 문제가 생긴 것 같네."

제시카가 웃으면 말했다.

"할머니한테 기저귀를 갈아 달라고 해야겠어."

다른 두 여학생도 거들었다.

차가운 액체가 허벅지 사이로 흘러내리는 가운데 참을 수 없는 수치심이 관자놀이를 타고 올라왔다. 그 고문이 지속되는 내내— 나에게는 영원처럼 느껴지는 몇 초 동안— 나는 마비된 듯 꼼짝할 수 없었다.

제시카는 눈 한번 깜짝 않고 자기 얼굴을 아주 천천히 내 얼굴 가까이로 들이밀더니 부드러운 목소리로 속삭였다.

"이거 마지막으로 말하는 거야, 다니엘. 당장 꺼져."

세 명의 라이더들이 재미있다는 듯 지켜보는 가운데, 나는 수치심을 느끼며 운동복 바지가 축축이 젖은 채로 가게 문을 나섰다. 난생처음으로 핏덩이처럼 무겁고 시커먼 감정이 마음속으로 퍼지는 것을 느꼈다. 그 감정은 뇌 속으로 파고들어 가슴을 부풀게 하고 근육을 단단하게 만들었다. 그 감정은 더 이상 수치심이 아닌,

증오였다.

— ✦ —

나는 다니엘 마르퀴조의 집으로 돌아가 남은 시간을 보내기로 했다. 그게 곧 무시무시한 할머니를 마주해야 한다는 뜻이라 해도 어쩔 수 없었다. 나는 광장을 빠르게 가로질러 오늘 아침에 내가 눈을 떴던 한적한 교외로 되돌아갔다.

나는 다니엘 마르퀴조의 삶이 얼마나 슬픈지 깨달았다. 온갖 조롱을 당하고 미친 할머니한테 과잉보호 받으면서 자질구레한 장식품과 레이스가 달린 식탁보 따위로 들어찬 먼지투성이 교외의 작은 집에서 사는 외로운 소년. 나는 말없이 고개를 가로저었다. 내가 여기에 머무를 수밖에 없다면, 이 상황을 바꿔야만 한다.

이런 생각을 하고 있는데 어디선가 목소리가 들렸다.

"야! 다-다-다니엘!"

돌아보니 어떤 여자애가 크게 손짓하며 나를 향해 달려오고 있었다.

그녀는 키가 크고 말랐으며, 알이 두껍고 둥근 안경을 끼고 있었다. 머리에 꽂은 꽃 모양 머리핀 때문에 어려 보였다. 다가오는 그녀의 얼굴에 밝은 미소가 번지며 자동차 엔진만큼 큼직한 금속 치아 교정기가 드러났다.

"아, 안녕."

나는 젖은 바짓가랑이를 감추려 애쓰면서 희미한 목소리로 말했다.

"벼-별일 어-없지?"

여자애가 나에게 물었다.

말을 할 때마다 그녀의 얼굴이 일그러졌다. 이 여자애도 제시카와 그 패거리한테 얼마나 놀림을 받을지 상상이 갔다. 그런데 그녀는 나를 만나서 반가운 것처럼 보였다.

오늘 아침에 다니엘의 책상에서 발견한 작은 쪽지가 떠올랐다.

[축제 / 엘리즈 브로솔레트에게 전화할 것 / 아니오]

내가 이제껏 본 사실로 판단하건대 다니엘에게는 다른 친구가 많지는 않을 것 같다. 혹시나 하는 생각에 그 이름을 한번 불렀다.

"엘리즈? 엘리즈 브로솔레트?"

"그-그-그래, 다니-니-니엘 마르퀴조!"

그녀는 내 질문이 우습다는 듯 대꾸했다.

엘리즈는 소심한 태도를 보이면서도 내 가까이에 서서 양다리를 부딪쳐 흔들며 미소 띤 얼굴로 나를 응시했다. 나는 어리둥절해서 잠시 멍하니 있었다. '얘 완전 다니엘한테 홀딱 반했잖아!' 나는 어색해 보이지 않으려 애쓰면서 엘리즈의 얼굴을 유심히 살폈다. 좋게 말하면 정이 가는 얼굴이었다.

"축제 때문에 그래?"

나는 확신 없이 물었다.

"어-어때? 예-예야 아니면 아-아-아니오야?"

그녀는 나를 불안한 표정으로 바라봤다. 예라고 말하고 싶지만, 쪽지에 쓰인 지시를 따르기로 했다.

"그게…. 아니오야."

순간적으로 엘리즈의 눈빛이 침울해졌다. 그녀는 고개를 푹 숙그리고 제 발을 뚫어지게 쳐다보다가 중얼거렸다.

"그래. 아-아-알았어. 네 하-하-할머니 때무-무-문이지?"

"응. 너도 알잖아. 내가…."

나는 얼버무렸다.

"… 하-하-할머니 혼자 노-노-놔둘 수 없는 거지."

"맞아…. 그게… 그래서야…."

엘리즈가 실망한 얼굴로 나를 쳐다보자 후드 티 아래로 다니엘의 심장이 와지끈 소리를 내며 산산이 부서지는 게 느껴졌다. 그리고 내 머릿속에서는 퍼즐 조각이 맞추어졌다. 엘리즈가 학년말 축제에 같이 가자고 했지만 다니엘은 할머니가 못 가게 할까 봐 겁이 나서 그냥 거절하기로 했을 것이다. 우스운 일이었다. 이 불쌍한 소년의 삶에서 모든 것이 바뀌어야 할 때가 왔다. 누군가가 정리를 해 줘야한다.

"아니다…."

나는 불쑥 말을 꺼냈다.

"사실, 대답은 예야. 말 바꿔서 미안."

엘리즈는 잠시 어리둥절한 표정을 짓더니 교정기가 보이는 가벼운 미소를 지으며 느릿느릿 고개를 끄덕였다.

"화-확실해? 그냥 나-나-나를 노-놀리느라 그-그렇게 말하는 거지?"

"그런 거 절대 아니야. 금요일에 데리러 갈게."

"그-그래, 조-좋아!"

엘리즈의 얼굴이 환해지며 입에서 작은 웃음소리가 새어 나왔다.

나는 빨리 대화를 마치고 싶었다. 햇빛을 받아서 프싯이 마르긴 했지만, 운동복 바지에 둥근 얼룩이 남았고 끈적끈적한 느낌이 들었다.

"그럼 나중에 봐!"

나는 발걸음을 떼며 말했다.

"그래, 그-그-금요일에 봐!"

엘리즈가 손을 살짝 흔들며 답했다.

엘리즈를 꿈꾸게 놔둔 채 공원을 빠져나왔다.

—◆—

집 근처에 다다르자, 최대한 남의 눈에 띄지 않도록 조심했다. 정원에 있는 작은 접이식 사다리를 집어 나의 방 창문 아래에 놓은 후, 2층까지 올라가 창문을 열고 방 안으로 들어갔다. 아무도 못 보게 감쪽같이 해치웠다.

날이 아직 저물지 않았지만 작은 방은 어둑했다. 방은 마치 자기

만의 어둠을 간직하고 있는 것 같았다. 나는 몇 초가 지난 후, 어둠에 익숙해지고 나서야 침대에 걸터앉은 가늘고 메마른 할머니의 실루엣을 알아챘다. 그녀는 상반신을 꼿꼿이 세우고 양손을 무릎 위에 겹쳐 얹은 채 나를 책망하는 무거운 눈길로 바라보고 있었다. 작고 무수한 독화살이 그녀의 눈에서 뿜어져 나왔다.

"그래, 만족하냐?"

할머니는 메마른 목소리로 말했다.

그녀는 나를 경멸과 혐오에 찬 눈길로 쳐다봤다. 나는 아무 대답도 하지 못했다. 할머니 뒤에 있는 거울에 내 모습이 비쳐 보였다. 나는 지나치게 큰 옷을 입고 바짓가랑이는 짙게 얼룩진 채 불행한 광대 꼴을 하고 있었다.

"만족하냐?"

할머니는 더 크고 위협적인 목소리로 다시 묻는다.

"그 애들이 너를 실컷 골려 주더냐? 우리 다니를 두고 실컷 웃었냐고?"

나는 나도 모르게 할머니한테 나가라고, 이 방에서 나가라고, 나를 혼자 두라고 말했다. 예상과 달리 할머니는 내게서 눈을 떼지 않으며 침대에서 일어난다. 주위로 싸늘한 냉기가 감도는 것이 느껴지고 강렬한 오한이 등뼈를 타고 내려오지만, 나는 약해지지 않는다. 나는 버틴다.

"내버려두라고요!"

이런 말이 저절로 튀어나왔다. 그 말이 오른손 스트레이트처럼 할머니의 심장을 정통으로 때린 것 같았다. 할머니는 깜짝 놀라서 아무 대꾸도 하지 않았다. 분노가 서린 눈을 감추지 못한 채 느릿 느릿 방에서 나가며 마치 자기 자신에게 말하듯 중얼거렸다.

"후회할 게다…."

마침내 방에 혼자 있게 된 나는 침대에 풀썩 주저앉으며 길고 고통스러운 한숨을 내쉬었다. 이 악몽에서 벗어나려면 어떻게 해야 할까? 남은 평생을 다니엘 마르퀴조로 살아야 할 운명일까? 그럴 수는 없다, 절대로. 집으로 되돌아갈 방법을 반드시 찾아내야 했다. 잘나가는 멋진 애로 깨어났다면 모르겠지만, 발미쉬르라크를 통틀어서 가장 루저인 녀석으로 사는 건 사양하고 싶다. 전날 있었던 일들을 다시 한번 돌이켜 봤다. 대체 내가 무슨 일을 했기에 이런 상황이 벌어진 걸까? 숙제를 마치고 침대에 누워서 발랑틴을 생각하며 한숨을 크게 쉬었다. 그것만으로 우주의 시공간 질서가 흔들릴 수 있을까? 아무래도 그건 절대 아닐 것 같았다.

하지만 다른 뾰족한 수도 없어서 어제의 상황을 재연해보기로 했다. 침대에 천천히 누운 다음, 머리를 베개에 얹고 다리를 뻗어 긴장을 완전히 풀었다. 최선을 다해 호흡을 조절하면서 아무 생각도 하지 않으려 애썼다. 허파로 공기가 드나듦에 따라 가슴이 오르락내리락하는 것을 느꼈다. 그 일은 어떻게 벌어질까? 〈광속인간 샘〉*에서처럼 섬광과 함께 번개가 치는 걸까? 아니면 그냥 잠이 들

---

* Quantum Leap 1989년부터 1993년까지 방영 된 미국 드라마로 한국에서는 〈광속인간 샘〉이라는 제목으로 방영됐다.

었다가 2018년인 내 방에서, 〈록키 3〉 포스터가 붙어 있는 진짜 내 방에서 깨어나는 걸까? 모르겠다. 어쨌거나 너무 깊이 생각해서는 안 된다. 긴장을 풀어야 했다.

나는 침대에서 뒤척이며 이상적인 자세를 취하려 했다. 그런데 등 밑에서 무엇인가 걸리적거렸다. 매트리스 아래에 무언가를 넣어 둔 것 같았다. 몸을 일으켜 침대 가장자리에 걸터앉아 확인해 보려고 몸을 수그렸다. 철제 용수철 소리가 나는 묵직한 매트리스를 들어 올리고 그 밑으로 팔을 뻗었다. 무언가가 잡혔다. 길이가 15센티미터쯤 되는 작은 금속 물체였다. 그것을 꺼내어 불에 비춰봤다.

그것은 직육면체의 작은 금속 상자였다. 나는 그것을 미심쩍게 바라봤다. 이런 곳에 두었다면 무언가 금지된 물건이 담겨 있는 게 틀림없었다. 그 상자를 몇 초 동안 손으로 이리저리 돌리며 관찰했다. 상자에는 '사진'이라고 쓰인 라벨이 붙어 있었다.

얼굴로 뜨끈한 기운이 몰려들었다. 다니엘이 자신의 비밀을 감춰 두는 곳이 바로 이 상자가 분명했다. 나는 잠시 망설였다. 상자 안을 들여다보고 싶지만, 그건 마치 누군가의 사생활을 침범하는 일처럼 느껴졌다. 모르는 누군가가 내 물건을 함부로 뒤진다면 기분이 나쁠 것이다. 하지만 나는 모르는 누군가는 아니라고 되뇌었다. 지금은 내가 바로 다니엘 마르퀴조니까!

호기심을 이기지 못하고 그 작은 상자의 뚜껑을 열었다. 시큼한 냄새가 얼굴로 훅 풍겼다.

그 안에는 사진들이 뒤죽박죽 담겨 있었다. 50장쯤 되는 것 같았다. 조심스럽게 첫 번째 사진을 집어 들고 뒤이어 사진을 한 장씩 차례로 넘겼다. 별안간 머리가 핑 돌았다. 사진에 찍힌 얼굴들이 내 손을 거치며 줄지어 지나가는 가운데, 강렬한 두려움이 전신으로 퍼졌다. 그건 얼굴들이 아니었다. 모두 같은, 한 사람의 얼굴이었다.

그건 단순한 사진들이 아니었다. 제시카 슈타인의 아름다움을 기리며 세운 기념비였다. 모든 사진에는 그녀가 불시에, 거리에서 우연히, 남몰래 찍혀 있었다. 파파라치 아니 그보다 더 심각한, 피해자를 강박적으로 쫓아다니는 스토커의 작품처럼 보였다.

머릿속에서 무시무시하고 견딜 수 없는 생각이 떠올랐다. 다니엘이 정말로 변태라면?

만약에, 내가 제시카 슈타인을 죽인 사람의 몸으로 잠에서 깨어난 거라면?

3

아침 햇살이 창문으로 비쳐 들었다. 아직 이른 시간이었다.

나는 힘겹게 한쪽 눈을 떴다. 블라인드 사이로 비쳐 드는 빛 속으로 무수한 먼지가 떠다녔다. 지금이 도대체 몇 시일까? 침대 옆을 손으로 더듬어 아이폰을 집어 들었다. 8시 5분. 아래에 작게 쓰인 날짜가 빛을 발했다. 6월 10일 일요일.

아직도 둔한 몸을 가만히 일으켰다. 이상했다. 전날과 같은 감각이 느껴지지 않았다. 오히려 좋은 느낌이 들었다. 몸이 가볍고 컨디션이 좋았다. 한 팔을 쭉 뻗은 다음에 다른 팔을 뻗고, 관절을 꺾어 두둑 소리를 낸 다음 가볍게 한숨을 내쉬었다. 작은 방을 가득 메운 공기가 마치 일시 정지된 것 같았다. 무언가 이상한 일이 금방 벌어질 것 같은 기분이 들었다.

퍼뜩 어떤 생각이 들어 아이폰의 스크린을 두드리고 오늘 날짜를 다시 확인했다. 일요일이라고? 어제가 일요일인 줄 알았는데…

나는 서서히 정신을 차리고 주위를 둘러봤다. 벽에는 〈록키 3〉

포스터가 나를 호랑이의 눈으로 노려보고 있었다. 내 물건들이 책상 위 제자리에 있었고, 세탁해야 할 옷가지들과 이미 사용한 머그컵들 사이로 만화책과 교과서들이 기분 좋게 뒤죽박죽 쌓여 있었다. 원펀맨 피규어와 아레스키에게 빌린 플레이스테이션4도 보였다. 밤새도록 켜져 있던 컴퓨터의 음악 스트리밍 앱에서는 아직도 약한 선율이 흘러나왔다.

나는 잠시 시간이 흐르고 나서야 이 상황을 이해할 수 있었다. 모든 것이 정상이다!

침대에서 뛰쳐나와 옷걸이 위에 달린 작은 거울로 달려갔다. 나를 마주 보는 사람은 다니엘 마르퀴조가 아니라 바로 나, 레오 벨라미였다. 기쁨에 외마디 소리를 질렀다. 내 팔을, 가슴을, 배를 만져 봤다. 진짜였다. 다시 미래로 돌아왔다!

칙킥이 아님을 확인하려고 숨을 한 번 크게 들이쉬면서 잠시 상황을 생각해 본다. 어제는 무슨 일이 벌어진 것일까? 어째서 아직 일요일일까? 옷장에서 '워킹데드' 티셔츠를 꺼내 입으며 춤추듯 가볍게 발을 놀린다. 학급에서 가장 인기 있는 애가 형광색 스카프나 두르고 다니고 옛날 노래만 듣고 살아야 한다는 게 얼마나 괴로울지 상상했다. 80년대에 옴짝달싹 붙들려 있지 않아도 된다니 얼마나 다행인가! 그렇다면 그 모든 일이 꿈이었던 걸까? 너무 진짜 같았는데….

나는 쏜살같이 계단을 내려갔다. 식탁에서 아침 식사를 하고 있

는 엄마 앞을 허둥지둥 지나며 시리얼 상자에 손을 넣어 시리얼을
한 주먹 가득 움켜쥐었다.

"레오, 잘 잤니?"

피곤해 보이는 얼굴로 엄마가 물었다.

"정말이지, 그릇에다 좋게 담아 먹을 수 없니?"

"시간이 없어. 하지만 괜찮아! 지금은 2018년이니까!"

"지금은… 뭐라고?"

"아, 아무것도 아냐. 저녁에 봐요!"

"그래, 저녁에…."

나는 허둥지둥 집을 나섰다. 한 시간 후면 '비디오 2000'에서 아
르바이트를 시작해야 했지만, 오늘 아침에는 조금 걷고 싶었다.

내 시대에 내 몸으로 잠에서 깨어나는 것이 매일 있는 일은 아
니니까.

———◆———

오늘 아침, 발미쉬르라크의 거리는 새로운 빛을 발했다. 공기 중
에는 가볍고 기분 좋은 향기가 감돌았다. 모든 것이 다시 정상으
로 돌아왔다. 거리의 광고 스크린, 투덜대며 스마트폰에 얼굴을 처
박고 걸어가는 행인들, 귀에 꽂힌 블루투스 이어폰들. 도시 중심가
를 향해 가다가 호수 쪽으로 걸어가는 고등학생 한 무리를 마주쳤
다. 남학생 세 명과 여학생 세 명이 바짝 붙어 걸어가고 있었다. 그

들은 등에 비치백을 맨 채 수영복을 입고 있었다. 나는 그 애들을 모르지만, 마치 아는 사람인 양 쳐다보며 미소를 지었다. "그래, 지금은 2018년이야!"라고 말하듯. 남학생 중 하나가 나를 보며 눈살을 찌푸렸다. 내가 얼간이처럼 보였을 게 틀림없지만 아무 상관 없다.

그리웠던 21세기의 오염된 공기를 달콤하게 들이쉬며 비디오 2000을 향해 걸어가다 시청 앞 광장에서 걸음을 멈췄다. 심장이 갑자기 빨리 뛰기 시작했다. 그곳에는 내 키보다 두 배 높은 커다란 포스터가 붙어 있었다. 포스터에는 미소를 활짝 띤 제시카 슈타인의 얼굴이 있고, 그 아래에 손으로 휘갈겨 쓴 글을 흉내 낸 서체로 #벌써30년 해시태그가 강조되어 인쇄되어 있다. 제시카는 아름다웠다. 거의 숭고하다고 말할 정도로 아름다웠다. 그녀의 금발 머리는 천사 같은 얼굴 주위로 후광처럼 빛났다.

순간 온몸에 불쾌한 전율이 일었다. 전날 '완벽 그 이상'에서 겪은 장면이 떠올랐다. 제시카의 입가에 맺힌 악랄한 미소도.

"여기서 뭐 해, 삼겹살?"

그 장면을 떠올리기만 했는데도 숨이 턱 막히고 가슴으로 피가 쏠렸다. 제시카 슈타인의 진짜 얼굴을 아는 사람은 이 세상에서 오직 나뿐인 건가? 그런 생각을 하자 별안간 두려운 마음이 들었다. 그 생각은 더 이상 하지 말자, 레오, 생각하지 말자.

악몽은 이제 끝났다.

가게에 도착하니 벨린다가 이미 와 있었다. 그녀는 계산대 너머로 나에게 가볍게 미소를 지어 보이며 쓰고 있는 초록색 모자를 흔들어 종을 울렸다. 딸랑딸랑.

"안녕, 벨린다."

"안녕, 레오. 별일 없지?"

나는 굳이 대답하지 않았다. 그 대신, 계산대 뒤에 있는 의자에 풀썩 주저앉았다. 내 머리 위 벽에는 큼직한 〈미지와의 조우〉 포스터가 붙어 있고, TV 화면에는 〈런던의 늑대인간〉 예고편이 나오고 있었다. 벨린다는 읽고 있던 표지가 번쩍거리는 소설책을 덮고 반쯤은 의아하고 반쯤은 걱정스러운 눈으로 나를 쳐다봤다.

"무슨 일 있어?"

벨린다가 조용히 물었다.

나는 양 팔꿈치를 계산대에 짚고 두 주먹으로 얼굴을 받쳤다.

"너 시공간 단절이란 게 존재한다고 믿어?"

"음, 그러니까… 〈터미네이터〉에서처럼?"

그녀는 갑자기 얼굴이 밝아지며 나를 의아한 표정으로 뚫어지게 쳐다봤다.

"응. 말하자면 그런 거."

내가 벨린다의 호기심을 자극한 것 같았다. 벨린다는 SF 영화와 맥 라이언이 나오는 로맨틱 코미디 그리고 뮤지컬 영화를 상당히 좋아했다. 벨린다에게 이상적인 영화는 〈프레데터〉와 〈쉘부르의 우산〉이 적절히 섞인 영화일 것이다. 그녀는 독창적이고 자유롭고 독

립적인 스타일이다. 그래서 다른 사람들이 자기에 대해 뭐라고 생각할지는 싹 무시하며, 내가 아는 그 어떤 사람과도 닮지 않았다. 우리 나이에 이런 말은 그 자체로 칭찬이었다.

벨린다는 꿈꾸듯 말했다.

"존재할지도 모르지. 시간이 반드시 고정된 무언가라고 믿지는 않거든. 시간은 사람이나 장소나 시대에 따라서 다르게 흐른다는 느낌이 들어. 가끔 나한테는 1초가 한 시간처럼 느껴져. 그 반대일 때도 있고."

벨린다는 두꺼운 안경 너머로 나를 잠깐 바라본 후 눈길을 아래로 향했다. 머리카락 몇 가닥이 모자 밑으로 흘러내려 얼굴을 살짝 가렸다.

"〈도니 다코〉라는 영화에서는 시간을 인간이 느끼는 감각이라고 봐. 시간은 그 자체로는 존재하지 않아. 바로 그 때문에 정신을 투사해서 시공간 연속체를 만들 수 있는 거지."

나는 아무 대꾸도 하지 않았다. 실은 바보처럼 보이기 싫어서 이해한 것처럼 보이려 애쓰는 중이었다. 벨린다는 내가 숨기려 했던 어리둥절한 표정을 읽었는지 터져 나오려는 웃음을 참고 있었다.

"그래, 하지만… 그걸 이해하려면 〈도니 다코〉를 봤어야 하겠지."

벨린다는 나를 흘깃 쳐다본 후, 주제를 바꾸려는 듯 활기찬 목소리로 말했다.

"너 학년말 축제에 갈 거야?"

나는 당연하다는 듯 곧바로 답했다.

"응. 너는 안 가?"

한순간 가벼운 망설임의 그림자가 벨린다의 눈에 비쳤다.

"모르겠어. 아직 멀었으니 조금 더 있다 결정해도 되겠지."

"그렇긴 하지만… 일주일 후잖아. 물론…."

"물론?"

나는 벨린다에게 미소를 지으며 대꾸했다.

"물론 우리가 시간 여행에 성공한다면 상황은 다르겠지만."

———◆———

나는 꼬마 요정 의상을 입고 하루 종일 유쾌하게 보이려고 노력했다. 가끔 다니엘 마르퀴조의 일이 생각났지만, 그 생각에 너무 집착하지 않으려고 애썼다. 지금 여기에서 내가 하는 일에 집중하고 싶었다. 이런 우스운 꼴을 하고 있어야 한데도 말이다. 그래도 방랑틴이 여기 오지 않는 게 다행이라면 다행이었다.

"야, 일곱 난쟁이! 백설 공주는 어디 있냐?"

떠들썩한 목소리를 듣고 나는 몽상에서 벗어났다. 천천히 뒤를 돌아봤다. 가게 입구에서 남자 고등학생 한 무리가 웃으면서 나를 쳐다보고 있었다.

"나는 난쟁이가 아니야. 꼬마 요정이라고."

나는 어벙하게 말했다. 그런 다음에 내 말이 맞음을 증명해 보이려는 듯 그 자리에서 옷에 달린 작은 종들을 흔들어 울렸다. 그러자 모두가 시끄럽게 웃음을 터뜨렸다. 나는 당황해서 꿈쩍하지 않고 말없이 웃음이 가라앉기만 기다렸다.

몇 초 후, 무리 중 한 명이 아이폰을 흔들며 소리쳤다.

"얘들아, 이것 봐!"

그가 '재생'을 누르자 투덜대는 듯한 우스꽝스러운 내 목소리가 들려왔다.

"나는 난쟁이가 아니야. 꼬마 요정이라고. 딸랑 딸랑 딸랑!"

그 무리들은 계속 상스러운 소리를 내뱉으며 방금 찍은 내 영상을 보며 웃어댔다.

벨린다는 계산대에서 애처로운 표정을 지으며 흘러내린 머리카락 사이로 나를 안 됐다는 듯 쳐다봤다.

—◆—

남은 하루 시간은 '정상적'으로 흘렀다. 이 '정상적'이라는 단어가 아직 어떤 의미를 지닌다면 말이다. 나는 내가 하는 일, 즉 DVD를 분류하고 영화를 무척 잘 아는 척하며 손님한테 조언하는 일에 집중한다.

"〈더 씽 The Thing〉은 '세상의 종말' 코너에 있어요. 저희는 1982년에 나온 오리지널 판만 취급해요. 나중에 나온 시시한 프리퀄 말고요."

세르조가 시켜서 외웠던 말이지만 이제는 그냥 자연스럽게 튀어나왔다. 저녁 8시까지 일하느라 피곤했지만 그래도 벨린다를 집까지 바래다주기로 했다. 걸으면 기분이 좋아질 것 같았다. 그리고 벨린다가 옆에 있으면 이상하게도 마음이 차분해졌다. 내가 어떤 행동을 하든, 무슨 말을 하든 그녀가 나를 평가하지 않을 거라는 확신이 들었다.

"너라면 어떻게 할 것 같아?"

공원을 따라 걸으며 내가 물었다.

"만일 네가 과거에서 미아가 된다면 말이야. 그러니까 네가 과거로 갔는데 완전히 혼자고 현재로 돌아올 방법이 하나도 없는 거지."

"너 요즘 그런 생각에 완전 빠진 것 같다?"

벨린다가 웃으며 말했다.

골목으로 들어가려고 길모퉁이를 돌 때 내 어깨가 그녀의 어깨에 살짝 부딪쳤다. 나는 좁은 골목에서 벨린다와의 거리를 적당히 유지하기 위해 노력하며 다른 주제를 꺼냈다.

"좋아. 시간 여행을 다룬 최고의 영화 다섯 편. 그냥 깊이 생각하지 말고!"

"하하! 그건 너무 쉽지. 〈백 투 더 퓨처〉…"

"인정."

"〈터미네이터〉…"

"좋아."

"〈이블 데드 3〉…."

"음…. 오케이."

"또… 음… 〈혹성 탈출〉!"

"응? 그건 시간 여행 영화가 아니잖아. 우주여행 영화지."

"아냐, 아냐."

벨린다가 반박했다.

"1968년에 나온 첫 영화에서 주인공은 자기가 우주여행으로 먼 행성에 불시착했다고 생각했지만, 그곳이 사실은 지구였지. 미래의 지구 말이야! 그러니까 그건 시간 여행이 맞아."

전문가처럼 능숙한 벨린다의 설명에 나는 졌다는 표시로 미소를 지어 보였다.

"좋아, 네 말이 맞아. 하지만 아직 하나 남았어."

"마지막은 당연히 〈도니 다코〉지!"

우리는 시청 광장을 가로질러 기메 거리에 도착했다. 둘 다 더 이상 아무 말도 하지 않았지만 그런 침묵이 불편하지 않았다. 나란히 걷다 보니, 길이 좁아지거나 울퉁불퉁할 때면 이따금 손이 서로 닿을 듯 스쳤다.

'완벽 그 이상'의 테라스에는 나이 든 술꾼 세 명이 자리 잡고 앉아서 마신 포도주를 소화하느라 연신 트림을 해댔다. 몇 걸음 더 가면 있는 실베스트르 씨의 슈퍼마켓은 문이 닫혀 있었다. 1988년에는 일요일에도 문을 열었는데.

우리는 몇 분 더 걸으며 재미있게 본 영화와 책에 대한 이야기를 나눴다. 벨린다는 대로변에 있는 어느 작은 건물 앞에 멈춰 섰다.

"여기야!"

벨린다는 파란색 페인트로 칠해진 문을 가리켰다.

"여기?"

"응, 여기가 우리 집이야. 고마워, 레오."

벨린다는 무대 위의 연극배우처럼 한 손으로 나에게 키스를 날리는 시늉을 하더니 도어 록 비밀번호를 누르고 어둑한 문틈으로 사라졌다. 그 모든 일이 너무 순식간에 지나가서 벨린다한테 잘 가라는 인사도 하지 못했다.

———◆———

집으로 돌아오는 길에 아이폰이 주머니에서 진동했다. 페이스북에 새로운 알림이 다섯 개 있었는데 그 중 첫 번째는 아레스키가 보낸 메시지였다. "와우, 이게 무슨 난리냐?"라는 이해할 수 없는 말과 함께 링크가 하나 첨부되어 있었다. 메시지에 첨부 된 링크를 클릭하니 우리 학교의 얼간이 중 하나인 오렐리앵의 페이스북 프로필로 연결됐다. 상단에 고정된 게시물에는 바로… 꼬마 요정 의상을 멋지게 차려입은 내 모습 위로 작은 삼각형 모양의 '재생' 버튼이 오버랩되어 있었다. 그것을 누르자 투덜대는 듯한 내 목소리가 이어폰에서 울려 퍼졌다.

나는 난쟁이가 아니야. 꼬마 요정이라고! 딸랑 딸랑 딸랑.

멈춰 선 채로 동영상을 반복해서 재생했다. 충격으로 완전히 넋이 나간 사람처럼 영상 속 내 모습을 바라봤다. 레오 벨라미의 전형적인 하루라는 생각이 들었다. 어이없는 개그와 존재론적인 질문들, 우스꽝스러운 옷차림의 참신한 조합. 한 인간이 처한 상황을 요약한 내용치고는 조금 우울했다.

그 동영상 아래에는 댓글이 벌써 25개나 달려 있었다. 가능한 한 빨리 집에 들어가려고 걸음을 재촉하면서도 그중 몇 개를 읽었다.

'OMG 완전 루저', '병신', '저 머저리는 누구?', '나는 난쟁이가 아니야! 찌질이라고!' 심지어 세르조의 댓글도 있었다. '비디오 2000은 때 이른 크리스마스 이벤트 중! DVD 대여 원 플러스 원!'

그 아래로 발랑틴의 프로필 사진이 보이고 그 옆에 짤막한 댓글이 달려 있었다. '대박!'

휴대폰을 끄고 천천히 집까지 걸었다. 분하다고 말로는 충분하지 않았다. 미친 듯이 고함을 질러대고 싶은 심정이었다.

내가 발랑틴과 함께 학년말 축제에 갈 가능성은 마술사의 모자 속으로 사라지는 토끼만큼이나 확실하게 사라져 가는 중이었다. 상관없다. 그래도 고개를 높이 쳐들고 당당하게 행동하고 싶다. 나는 빠르게 손을 놀려 아레스키에게 '신경 꺼, 넌 잘 모르겠지만 상황극 마케팅이라는 거야.'라고 보내고 아무 일 없다는 듯 계속 걸었다.

메시지를 보내자마자 아레스키에게 바로 전화가 걸려왔다. 좋은 생각이 아니라는 걸 알면서도 이미 전화를 받고 있었다.

"그게 다야? 일곱 난쟁이 의상은 벗었어?"

전화 너머 아레스키가 물었다.

"야, 난쟁이 아니라니까. 너까지 왜 그래, 같잖은 말이나 해대고."

"와, 지금 보니 난쟁이가 아니라 그린치네."

"그래, 그래, 그린치라고 치자. 계속해 보셔. 난 전화 끊고 집에 가서 잠이나 잘 테니까. 내일이면 네가 조금 덜 멍청해져 있을지도 모르지."

"그래 잘 자라, 잠만보."

"하. 하. 하."

작고 붉은 아이콘을 엄지손가락으로 누른 후, 휴대폰을 청바지 주머니에 거칠게 쑤셔 박았다. 아레스키가 나의 가장 좋은 친구인 것은 맞지만, 가끔 나를 너무 화나게 만들기도 했다.

나는 오로지 한 가지 생각뿐이었다. 방으로 올라가서 침대 위로 쓰러져 축 늘어진 넝마처럼 잠을 자고 싶다고. 내일이면 다시 일주일이 시작된다. 여름 방학 직전의 마지막 주다.

현관문을 열고 집으로 들어서자, 여느 날처럼 TV가 켜져 있었다. 부모님이 그 앞에 축 늘어진 자세로 말없이 앉아 있다. 관중들의 함성이 거실을 가득 메웠다. 부모님은 말이 없다. 서로에게 말을 걸지 않고, 서로를 쳐다보지도 않았다. 그들은 이미 오래전부터 서로 소통하기보다는 앞에 놓인 TV 화면과 더 많이 소통했다.

나는 그런 모습을 마주할 힘이 없다. 적어도 오늘 밤에는. 그래서 곧장 방으로 올라가 컴퓨터를 켜고 음악 스트리밍 앱을 열었다.

눈을 들어 창밖을 봤다. 하루의 마지막 햇살이 희미한 주황색 빛으로 된 다발을 이루며 도시 위로 떨어져 내렸다. 책상 위에는 발랑틴과 함께 찍은 사진이 이케아에서 산 스테인리스 액자 틀에 담겨 자랑스럽게 놓여 있었다. 환하게 미소 짓는 발랑틴은 매우 행복해 보였다. 발랑틴과 헤어졌다는 사실은 아직 부모님께 말하지 않았다. 이유는 모르겠지만 말할 수 없었다. 엄마는 자주 "발랑틴은 어떻게 지내니?"라고 물었다.

"잘 지내요."

나는 최대한 행복한 표정을 지어 보이며 거짓말을 했다.

침대에 누우니 어제 있었던 일이 떠올랐다. 다니엘은 지금 1988년 자신의 세상에서 뭘 하고 있을까? 숨겨둔 사진들을 정리하는 중일까? 할머니랑 싸우는 중? 엘리즈나 제시카를 생각하고 있을까? 모르겠다. 그저 그 일이 다시 생기지 않기만을 바랄 뿐이다. 정말이지 다시는 다른 사람으로 하루를 살고 싶지는 않다. 어딘가에 신 〈매트릭스 2〉에 나오는 수상한 남자 같은 인물 이 존재한다면, 나를 시공간 실험용 기니피그로 계속 사용하지 말아 달라고 사정하고 싶은 심정이었다. "제레미 클라카르를 쓸 수도 있잖아요."라고 생각하며 한숨을 내쉬었다. 그 빤질거리는 녀석이 80년대에 영영 처박혀 있는 상상을 하니 저절로 웃음이 났다.

컴퓨터에서 해리 스타일스의 느리고 우울한 노래가 흘러나왔다. 나는 마음을 가라앉히고 걱정하지 않으려 애쓰며 호흡을 조절했지만, 소용없었다. 나의 마음은 내 뜻과 달리 쉽게 동요하고 흥분했다. 만일 잠에서 깼는데 또 다른 사람의 몸이면 어떻게 하지? 다니엘 마르퀴조로 하루를 더 살 수 있을까? 아니, 난 못해! 그런 생각은 하지 말자, 레오, 생각하지 말자. 나는 분명 악몽을 꾼 거야. 아주 리얼한 악몽. 그런 일이 다시 일어날 리는 없을 거야!

그렇지만 혹시 모르니 아이폰을 손에 잘 닿는 곳에 두기로 했다. 머리맡에 있는 탁자 다리에 균형을 잘 맞춰 기대어 놨다. '내일 아침에 여기 있어야 할 텐데…'라고 생각하며 고개를 들어 다시 창문을 쳐다봤다.

날은 이제 완전히 저물었다. 별과 가로등이 함께 빛나는 가운데 발미에는 밤의 정적만이 감돌았다. 저 바깥에 있는 무수한 사람들을 생각해봤다. 나처럼 의심하고, 괴로워하고, 웃고, 우는 모든 영혼들과 아레스키와 다니엘 그리고 제시카처럼 고통 받는 모든 육체에 대해서. 다들 시공간의 한 구석에서 누군가 자신을 구해 주기를, 삶이 나아지기를, 더 나은 미래가 있기를 바라고 있을까? 그런 생각을 하자 견딜 수가 없었다. 이미 벌어진 일은 벌어진 일이다. 그 누구도 바꿀 수 있는 건 없다.

몇 분 동안 그런 생각을 깊이 했다. 서서히 근육이 이완되며 온몸으로 잠이 퍼졌다. 눈꺼풀이 감기며 반사 신경이 둔해졌다. 그리고 뇌는 온갖 꿈과 악몽으로 요동치는 수면 밑으로 가라앉았다.

———————————— 월요일

4

잠에서 깨어나며 처음 한 생각은 바로 이거였다. '내 아이폰이 어디에 있지?' 나는 침대 옆을 손으로 더듬었지만, 아무것도 없었다!

굴착기 같은 것으로 방문을 있는 힘껏 두드리는 소리와 더불어 외침과 괴성이 들렸다. 또다시 전혀 낯선 방에 와 있다는 사실을 서서히 깨달으면서 기운이 쭉 빠지고 공포에 사로잡혔다.

'안 돼… 왜 또….'

나는 또 다시 새로운 시간의 틈새로 떨어진 게 틀림없었다.

양손으로 얼굴을 감싸고 고통스러운 외침이 터져 나오려는 것을 간신히 참았다. 왜 하필 나야? 깔끔하게 정돈된 방을 보니 이번에는 다니엘 마르퀴조의 집이 아니었다. 천천히 고개를 돌려 보니 연한 색의 나무 책상 한구석에 색색의 노트들이 가지런히 쌓여 있고 맨 위에는 다이어리가 놓여 있었다. 벽에는 〈베티블루 37.2〉 포스터가 붙어 있었고, 그 옆에는 〈배드Bad〉를 부르던 시절의 마이클 잭슨이 담긴 작은 포스터가 있었다. 침대 옆에 놓인 탁자 바로 아래로는 별 모양의 스티커가 잔뜩 붙어 있는 핑크색 카세트 플레이어가 보였다.

천천히 몸을 일으켜 세우는데 곧바로 무언가 잘못되어 있다는 느낌이 들었다. 방문을 두드리는 소리는 점점 더 심해졌다. 머리가 아프고 뇌가 터질 것만 같았다. 누가 아스피린 한 알과 시원한 물 한 잔을 준다면 그 대가로 무엇이든 주겠다는 생각이 들었다.

"알았어! 알았다고! 나갈게!"

이 말이 내 입에서 나오는 순간, 나는 뭐가 잘못됐는지 깨달았다. 벌떡 일어나 옷장처럼 보이는 작은 붙박이장으로 가서 문을 황급히 열어젖혔다. 거기에 거울은 없었지만 색색 가지 옷이 잔뜩 걸려 있는 걸 볼 수 있었다. 이런 좁은 공간에 이렇게 많은 옷이 한데 모여 있는 건 난생처음 보는 광경이었다. 불길한 예감이 들었다.

문을 두드리는 소리가 점점 더 커졌다.

"나간다니까!"

나는 대충 대답하고 책상 위에 놓인 파우치 백에서 손거울을 꺼내 얼굴을 비추어 봤다.

"오, 안 돼…."

별안간 방문이 열리고 열한 살쯤 된 여자애가 불쑥 들어와 한 손을 허리에 짚고 화가 잔뜩 나서 일그러진 얼굴로 나를 쳐다봤다. 가슴에 주머니가 달린 알록달록한 잠옷을 입었다. 주머니에는 빨간 실로 '시빌'이라는 이름이 수 놓여 있었다.

"카뤼신!"

여자애가 내게 소리를 질렀다.

나는 다시 한번 작은 거울을 힐끔 쳐다봤다. 내 얼굴은 갸름하고 조화로우며, 얼굴 주위로는 붉은 머리가 흐트러져 있었다. 눈에는 아직 전날의 화장 자국이 남아 있었다. 잠에서 덜 깨고 부스스하긴 하지만 예쁜 편이었다.

"카뤼시이이인!"

시빌이 다시 소리쳤다. 이제는 화가 난 얼굴로 나를 쳐다보고 있다. '여동생이 있다는 게 이런 거로구나…' 나는 다시 패닉 상태에 빠지려는 마음을 억누르고 모든 것이 완벽히 정상인 듯 자연스럽게 행동하려 애썼다.

"왜? 무슨 일이야?"

평범하게 말하려 했는데 가늘고 높은 목소리가 나와서 깜짝 놀랐다. 이 모든 것에 적응해야 했다. 시빌은 소리를 지르며 나를 비난하는 말을 끝없이 퍼부었다. 내가 이해한 내용은 대충 이랬다. 그러니까 시빌이 이러는 건 내가 자기가 좋아하는 카세트테이프가 꽂혀있는 카세트 플레이어를 훔쳐 갔기 때문이고, 내가 자기 물건을 가져가는 데에 이제는 진력이 났으며, 만일 그런 일이 계속되면 엄마랑 아빠, 모든 사람한테 지난번에 자기가 본 것을 다 말해버릴 텐데, 그러면 나한테 확실히 좋지 않을 거지만, 카세트테이프만 돌려주면 그런 일은 없을 거라는 얘기였다.

나는 어안이 벙벙해서 꿈쩍하지 않고 여자애를 바라봤다. 시빌은 숨을 몰아쉬며 진정하더니 허리에 얹은 손을 내리고 빈정대는 표정으로 나를 쳐다보며 이렇게 덧붙였다.

"내가 무슨 말 하는지 잘 알지?"

물론 나는 시빌이 무슨 말을 하는지 짐작도 할 수 없었다.

"무슨 말을 하는 건데?"

"오, 모르는 척하기는!"

시빌은 나를 힐난하듯 눈을 가늘게 뜨고 말하더니 자기는 다 안다는 어조로 덧붙였다.

"언니랑 마르크올리비에 카스탱 말이야!"

그러더니 갑자기 양손의 검지를 서로 맞대고 마치 열렬하게 키스하는 두 사람인 양 배배 꼬며 이상한 소리를 냈다.

"으음, 으으으음, 마르크올리비에에에!"

그 장면은 보고 있기 민망할 정도로 오래 지속됐다.

"됐어, 시빌, 그만해!"

결국 내가 참지 못하고 소리쳤다.

침대맡으로 가서 별 스티커들이 붙은 카세트 플레이어를 집어 들었다.

"네가 찾는 게 혹시 이거야?"

시빌은 카세트 플레이어를 확 잡아채더니 혀를 내밀고 '메롱!'을 하며 유유히 방을 나갔다.

홀로 남겨진 나는 방금 벌어진 일 때문에 얼떨떨한 상태로 양팔을 축 늘어뜨렸다. 해는 이제 완전히 떠서 블라인드 사이로 밝게 비쳐 들었다. 머리맡 탁자에 놓인 라디오 알람 시계의 화면은 7시 9분을 가리켰다.

"마르크올리비에 카스탱이 대체 누군데?!"

큰 소리를 냈지만 목소리가 잘 나오지 않았다.

손에 쥐고 있던 손거울을 다시 들여다봤다. 이 가느다란 코랑 붉은 머리⋯. '카퓌신'⋯.

갑자기 내가 이 얼굴을 안다는 사실을 깨달았다. 제시카 슈타인의 두 친구 중 하나였다. '완벽 그 이상'에서 제시카가 다니엘에게 무안을 주었을 때 제시카 옆에 있던 애들 말이다. 그 사실을 깨닫자 갑자기 기운이 쭉 빠져서 침대에 잠시 누웠다. 7시 15분이 되자 라디오 알람 시계가 자동으로 울리고, 어떤 노래가 지직거리며 방 안에 큰 소리로 울려 퍼졌다. 사랑과 해변, 태양과 고통을 말하는 촌스러운 80년대 가요다.

카퓌신의 몸은 나와는 전혀 다른 느낌이었다. 이건⋯그러니까⋯ 여자애의 몸이다. 머릿속이 복잡했지만 이런 기회가 매일 오는 것은 아니다. 조금 망설이다 가슴 위에 가만히 손을 얹었다. 느낌이 조금 이상했다.

방문을 닫고 라디오 볼륨을 올렸다. 레트로한 신디사이저 소리가 순식간에 방을 채웠다. 나는 리듬을 느끼며 소심하게 춤을 추기 시작했다. 조금 망설이다가 볼륨을 크게 틀고 제자리에서 뛰기 시작했다.

곧바로 남자의 몸과는 좀 다르다는 걸 알 수 있었다. 움직일 때마다 가슴과 엉덩이가 예상치 못한 방향으로 흔들렸다. 신나서 뛰다보니 금방 숨이 차고 땀이 났다. 배를 타고 아래로 흘러내리는 땀방울이 느껴졌다. 밑에서 올라오는 자극적인 감각이 나를 사로잡고 있었다.

나는 마음을 졸이며 잠옷 바지의 고무줄을 천천히 잡아당겼다. 살짝 보기만 하는 거니까….

아레스키는 말해줘도 절대 믿지 않을 거다.

—◆—

카퓌신 쇼슈엥의 삶은 다니엘 마르퀴조에 비하면 정상적인 편이었다. 거실로 내려가자 카퓌신의 엄마로 보이는 사람이 깜짝 놀란 표정으로 나를 쳐다봤다. 그녀가 들고 있는 커피잔은 식탁과 그녀의 입 사이에 멈춰서 마치 공중에 떠 있는 것처럼 보였다.

"어… 카퓌신…?"

부인은 당황한 듯 더듬거리며 말했다.

그녀는 짧은 검은색 치마와 몸에 꼭 맞는 흰색 블라우스로 이루어진 날씬해 보이는 투피스차림이었다. 그걸 보니 지금 내가 아무렇게나 입고 있는 커다란 스웨터와 통 큰 바지가 문제라는 걸 알 수 있었다. 나름 튀지 않으려고 고른 거였는데.

시빌은 잼을 바른 빵을 잘근잘근 씹으며 비웃는 눈으로 나를 쳐다봤다.

"얘들아, 나 이제 간다!"

바로 뒤에서 남자 목소리가 들렸다. 돌아보니 바로 앞에 마흔 정도 되는 키가 크고 늘씬한 남자가 양복 넥타이 차림으로 서 있었다. 왼손에는 서류 가방을 들었고, 양복 상의의 소매 밑으로 금팔찌와 고급 손목시계가 언뜻 보였다. 포마드를 발라 단정히 넘긴 머리에 비즈니스맨 특유의 미소까지 완벽했다.

"어… 카퓌신…?"

그도 나를 보더니 당황한 듯 이렇게 말했다.

나는 한마디도 않은 채 그를 쳐다봤다. 이 가족은 모두가 TV 드라마에 나오는 등장인물 같았다. 젊고 잘 생기고 부자였다. 나는 드라마 〈가십걸 Gossip Girl〉 속에 들어와 있는 것 같은 느낌을 받았다. 1988년에는 아직 존재하지 않는 드라마지만.

"그렇게 입고 학교에 가려는 건 아니겠지?"

카퓌신의 아빠로 보이는 그 남자가 내게 물었다.

나는 고개를 숙여 내 옷을 살폈다.

"이게, 왜 안 되죠?"

나는 대답 대신 말했다.

남자는 경악한 표정으로 나를 쳐다보더니 아내에게 돌아섰다.

"에블린, 당신이 뭐라고 좀 해 봐!"

"그래. 카퓌신, 네 꼴을 좀 봐라! 화장도 안 했잖아! 꼭 무슨 던져 놓은 가방 같구나."

엄마가 맞장구를 쳤다.

카퓌신이 남자였다면 아무도 이런 지적을 하지 않았을 거라는 확신이 들었다.

"책가방이요, 아니면 서류가방이요? 둘은 엄연히 다르잖아요."

나는 웃으며 말했다.

"너, 너, 너!"

아빠가 호통을 치며 끼어들었다.

"건방지게 말투가 그게 뭐냐! 당장 방으로 돌아가서 머리하고 화장하고 제대로 된 옷 입고 내려와! 쇼슈앵 집안에서는 거지꼴로 돌아다니는 일 따위 용납되지 않아."

"옳은 말씀."

시빌이 고소하다는 얼굴로 속삭였다.

"여자는 특히 네 나이 때 항상 깔끔하고 남 보기에 부끄럽지 않아야 해. 안 그러면 반 친구들이 뭐라고 생각하겠니? 또 선생님들은?"

엄마가 덧붙였다.

나는 그 말을 들으며 할 말을 잊었다.

엄마는 계속 말했다.

"네 친구 제시카를 봐라. 항상 예쁘잖아. 머리도 단정하고. 그 애를 보고 좀 배워라! 걔가 너한테 좋은 영향을 미치는 것 같으니."

"하지만…"

나는 반박하려 했다.

"하지만 따위는 없어. 말은 이만하면 다 했고, 어서 가 봐라."

아빠는 나를 손짓으로 몰아내더니, 엄청나게 비쌀 것이 틀림없는 손목시계로 시간을 확인하더니 한숨을 내쉬었다. 그리곤 시빌의 이마에 입을 맞추고 현관문을 나섰다. 문이 큰 소리를 내며 닫혔다.

나는 엄마를 마주 보며 잠시 서 있었다. 못마땅한 표정으로 나를 바라보는 그 시선에서 어렴풋이 연민 같은 것도 느껴졌다.

"자, 어서어서!"

시빌이 깔깔대며 웃는 가운데 엄마가 나를 재촉했다.

나는 방으로 황급히 올라가 화가 났다는 티를 내려고 일부러 방문을 힘껏 소리 나게 닫았다. 〈라붐 La Boum〉에 나오는 소피 마르소가 된 것 같았다. 록 그룹 배지가 잔뜩 달린 가방을 집어 들고 노트를 손에 집히는 대로 집어넣었다. 학교에 가야 한다고? 좋다. 하지만 그저 부모님 마음에 들자고 옷을 갈아입을 생각은 없었다.

그 순간, 나는 여자애로 사는 것이 매일매일 얼마나 부담스러울지 조금은 알 수 있었다. 카퓌신의 삶에서 무언가가 바뀌어야 할 때가 왔다. 카퓌신의 다이어리를 펼쳐 오늘 시간표를 확인했다. 오늘은 월요일이고 첫 번째 칸에 이렇게 적혀 있었다.

9시~10시, 수학, 225b 교실.

낡은 운동화를 신고, 가방끈을 한쪽 어깨에 걸쳤다. 날은 덥고,

해는 이미 훤하게 떠 있지만 상관없다. 이 스웨터는 벗지 않을 거다. 이건 소신의 문제였다.

나는 정원이 내려다보이는 방 창문을 열고, 발을 창밖으로 내디딘 후 뛰어내렸다. 이제는 창문으로 나가는 데 익숙해지기 시작했다.

8시가 조금 넘었다. 먼저 카퓌신이 사는 곳이 어디쯤인지 가늠해봤다. 집 뒤쪽으로 살그머니 돌아가 그 누구의 눈에도 띄지 않고 호수 앞쪽 소나무 숲을 에워싼 작은 길로 들어섰다. 그곳은 발미의 부자 동네였다. 나는 활기차고 단호한 걸음으로 뒤도 돌아보지 않고 숲을 가로질러 시내로 향했다. 운동화가 바닥의 자갈에 부딪히며 따닥따닥 소리를 내고, 까치 한 마리가 아침 하늘로 날아가며 비웃는 듯 울음을 내질렀다.

10분쯤 후면 학교에 도착할 것이다. 그리고 또 다른 삶이 시작될 예정이다.

—◆—

발미 중심가 쪽으로 갈수록 숲 너머의 짙푸르고 고요한 호수와 호숫가 모래밭이 드문드문 보였다. 30년 후면 도시 여기저기에 나붙을 제시카 슈타인의 사진을 떠올리며 나는 전율했다.

카퓌신의 진짜 모습은 뭘까? 제시카의 가장 친한 친구? 다니엘을 괴롭히며 웃던 애? 아니면 오늘 아침에 만난 외모와 사회적 성공에만 집착하는 가정에서 억눌려 지내는 소녀일까?

이 중에 진실이 있을지도 모르지만 지금으로서는 정말이지 모르겠다. 제비가 쏜살같이 날아가는 아득한 푸른 하늘을 올려다보니 그런 건 아무래도 상관없을 것 같았다. 아름다운 날이었다. 그리고 나는 이날을 만끽하고 싶었다.

가만히 생각해보니 반드시 학교에 가야 한다는 법은 없었다. 논리적으로 학교에 안 간 건 내가 아니라 카퓌신이니까. 그리고 난 카퓌신이 아니다. 호숫가에서 하루를 보내면서 햇볕을 쬐며 수영을 해도 나에게 뭐라고 할 사람은 없었다.

여자애 몸으로 수영하는 건 어떤 느낌일까? 다를까? 난생처음으로—난생처음은 아니라도 아주 오랜만에— 내 마음대로 할 수 있는 자유가 생겼다. 오늘 내가 뭘 하던 내 삶에는 아무 영향도 없을 것이다. 그 일은 말하자면 카퓌신과 나 사이의 비밀로 남을 테니까. 하지만 무언가가 나를 주저하게 했다. 카퓌신이 내일 아침에 잠에서 깨어나 자기가 집에서 방 창문으로 빠져 나왔고, 부모에게 반항했으며, 헐렁한 낡은 스웨터와 도저히 밖에 입고 나갈 수 없는 바지를 입고 학교에 갔다는 사실을 깨달으면 뭐라고 생각할까? 내 인생이 아니라는 이유로 뭐든지 할 권리가 나에게 있을까? 오히려 자유에는 책임이 따른다. 결과를 생각하고 행동하는 게 좋겠다는 생각이 들었다.

마지못해 교문으로 향하면서 어제 '완벽 그 이상'에서 벌어진 장면을 회상해봤다. 다니엘을 놀리며 즐거워하던 카퓌신의 얼굴과 날카로운 웃음소리가 떠올랐다. 항상 완벽한 메이크업에 최신 유행 헤어스타일. 세련된 코디. 자기가 정말 쿨하고 잘 나간다고 생각할 것이다. 게다가 학교에서 가장 튀는 여자애의 제일 친한 친구이기까지. 어깨에 힘이 잔뜩 들어갈 만했다.

내게는 이 애의 삶을 망쳐 놓을 권리가 없지만, 약간의 교훈을 주는 건 괜찮을지도….

———◆———

1988년의 마르셀비알뤼 고등학교는 30년 후의 모습과 크게 다르지 않았다. 지금은 '과학실'로 불리는, 조립식 자재로 증축된 두 개의 커다란 정육면체 구역은 아직 없었고, 본관 건물 전면은 조금 덜 낡아 보였다. 그래도 나는 이 세계를 잘 알고 있다. 교실과 책가방, 벨 소리, 친구들끼리 장난치고, 얼싸안고, 손을 꼭 쥐는 그런 세계 말이다. 학교 운동장 한구석에는 인기 있는 학생들이 모여서 낱개로 사 모은 담배를 몰래 피우고 있었다. 그와 정 반대편에는 아직 '긱 Geek'이라는 말이 퍼지지 않은 시대라, 그저 '루저' 나 '찌질이'로 불리고 있을 법한 학생들이 모여 있었다. 영화와 음반이라던가 아니면 비디오 게임에 대해 이야기를 나누고 있을 것 같았다.

나는 학교 정문에 몰려 있는 학생들을 헤치고 걸어가다가 후자의 그룹에 조용히 끼어 있는 다니엘 마르퀴조의 통통한 실루엣을 알아봤다. 목에는 카메라를 걸고 있었다. 그는 나를 보자 눈에 띄지 않으려는 듯 고개를 숙였다. 그 반대편에는 제시카 슈타인이 벽에 기대어 서서 나에게 손을 흔들고 있었다. 전에 카페에서 본 진갈색 머리 여자애도 함께였다. 나는 아주 잠깐 망설이다가 길고 평화로운 그림자를 드리우며 공간을 둘로 나누고 있는 플라타너스 나무들 사이를 거침없이 빠른 걸음으로 가로질렀다.

다니엘은 내가 자신이 있는 곳으로 다가오는 것을 보자 공포에 질린 듯했다. 마치 무력한 작은 동물이 포식자 앞에서 몸을 웅크리듯 고개를 숙이고 어깨를 움츠리며 양팔로 제 몸을 감쌌다. 나는 햇빛이 밝게 비치는 아스팔트 바닥에 운동화 밑창을 요란스레 부딪치며 더욱 빨리 걸었다. 뒤에서 제시카 슈타인이 홀린 듯 나를 쳐다보는 시선이 상상이 됐다. 그녀를 보지 않아도 그녀가 짓고 있을 어리둥절한 표정을 속속들이 묘사할 수 있을 정도였다.

학교 운동장의 다른 한쪽 구석에는 다니엘에게 축제에 같이 가자고 한 여자애도 보였다. 엘리즈. 엘리즈 브로솔레트. 두꺼운 안경을 쓰고 조금 우스꽝스럽게 땋은 머리를 손으로 비비 꼬고 있는 모습을 보니, 그 애가 얼마나 조롱당할지 감히 상상해 볼 엄두도 나지 않았다. 모든 게 바뀌어야 할 때였다.

내가 다가설수록 다니엘을 둘러싼 몇 안 되는 학생 무리가 서서히 흩어졌다. 다니엘은 겁먹은 듯 그곳에서 한 발짝도 움직이지 않았다. 부스스하게 솟은 머리털이 별안간 겁에 질린 듯 아주 가볍게 떨렸다. 카퀴신이라는 존재가 그런 반응을 불러일으키고 있었다.

"다니엘?"

내가 말했다.

"으-응…."

"하려던 말이 있는데… 어…. 별일 없지?"

"응."

"있잖아, 지난번에, 카페에서…."

"어제 말이야?"

그날 이후로 2주는 지난 것처럼 느껴졌지만 그날은 엄연히 어제였다.

"그래, 맞아. 어제. 그러니까, 무슨 말을 하려고 했냐면…. 미안하다고."

그러자 다니엘의 얼굴에 가식 없는 놀란 표정이 떠올랐다.

"어, 그래…. 괜찮아."

다니엘은 내가 다시 신랄한 말을 퍼붓거나 놀리기는 건 아닌지 경계하며 말했다.

"내가 본심이 나쁜 애는 아니야."

그렇게 말하다 갑자기 확신이 없어져서 작은 목소리로 말을 이었다.

"그러니까… 난 내가 나쁜 애는 아니라고 믿어. 다만 나 자신에 대한 확신이 없어서 불안해서 그러는 거야. 무슨 말인지 알겠어?"

"아… 그래."

그는 고개를 끄덕이며 말했다. 내 말을 곧이곧대로 믿지 못하고 그 상황이 어떤 결과로 이어질지 불안해하는 것 같았다.

나도 마찬가지지만, 계속해서 말했다.

"사실은 지난 몇 년 동안 계속 미안했어. 오래전부터 널 못살게 굴었겠지…."

"중학교 1학년 때부터."

다니엘은 마치 수업 내용을 암기하듯 말했다.

"우리가 서로 알았던 때부터 그랬어. 처음 봤을 때부터."

"아…. 만일 다음에 또 그런 일이 생기면, 그냥 나를 파파걸 취급해."

"파파걸?"

"그래. 그럼 내가 무슨 말인지 알아들을 거야."

그는 당혹해하며 나를 쳐다봤다. 나는 그에게서 멀어지기 전에 윙크를 한번 해 보이고 안심하라는 듯 "기운 내."라고 말했다. 다니엘은 지금 벌어지는 상황이 아직 어리둥절한지 내게 미소를 지었다가 급하게 다시 고개를 숙였다.

나는 무언가 보람 있는 일을 했다고 느끼며 뒤돌아보지 않고 그 자리를 떴다. 운동장에 울려 퍼지는 수업 종소리에 시간표를 떠올렸다. 9시~10시, 수학, 225b 교실.

하루의 시작이 나쁘지 않다고 생각하며 B동 건물로 갔다. 물론 앞으로 닥칠 일이 더 힘들 거란 사실은 알고 있다.

제시카 슈타인을 상대해야 할 테니까.

수학 수업은 집중하는 분위기에서 진행됐다. 나는 교실의 맨 뒷자리에 앉아서, 미지수가 여러 개 있는 방정식들을 칠판에 쓰며 우리에게 곱셈 공식의 꼴을 가려내 보라고 요구하는 선생님의 설명을 따라가려 애썼다. 제시카가 여러 번 나를 돌아보며 무언가 묻는 듯한 눈길을 보냈다.

수업이 끝나자마자 제시카는 내게 와서 이렇게 말했다.

"오늘 너 이상해. 그 옷은 또 뭐야?"

"아, 그게…. 뭔가 새로운 걸 시도해 보고 싶었어."

"무슨 던져 놓은 가방 같잖아."

제시카는 아침에 엄마가 그런 것처럼 내 옷차림을 지적했다. 대체 왜 다들 가방을 찾는 건지 모르겠다.

"점심때 학교 식당에서 만나. '그 일'에 대해 이야기해야 하니까."

그러더니 제시카는 미술실 모퉁이를 돌아서 금세 사라져버렸다. 복도에는 벽마다 포스터가 붙어 있었다. 춤을 추는 커플을 그린 그라피티 스타일의 이상한 그림 위에 붉은 글자로 '학년말 축제 ― 1988년 6월 17일 금요일'이라고 인쇄되어 있다.

아주 잠깐이지만 제시카 슈타인에게 달려가 그 어깨를 붙들고 "같이 차를 타고 발미를 떠나자. 그 멍청한 축제에 갈 필요 없어…"라고 말하고 싶은 충동을 느꼈다.

나는 조금 아찔한 기분을 느끼며 내 사물함 앞으로 갔다. 사물함 문을 천천히 열고―자물쇠 비밀번호는 다이어리에서 찾아냈다

— 교과서들을 위쪽의 작은 선반에 정리했다. 주위에서는 마르셀 비알뤼 고등학교 학생들이 분주히 움직였다. 어떤 학생들은 이야기를 나누고, 다른 애들은 장난을 치고 있다. 어떤 여학생 하나는 벽에 딱 달라붙어 복습하느라 정신이 없었다. 그곳에서 몇 미터 떨어진 곳에서는 한 무리의 남학생들이 키스하는 커플을 비웃듯 쳐다봤다. 여기저기에서 외침과 웃음소리가 들려왔다.

평범한 고등학교의 평범한 하루다. 공기 중에는 자유로운 분위기가 감돌았다.

우리 중에 살인자가 숨어 있을지 모른다는 사실을 아는 사람은 오직 나뿐인 듯했다.

체육 수업과 영어 시험 때문에 힘겨웠던 오전 시간이 지나갔다. 고작 정오가 되었을 뿐인데 여자애로 사는 것이 남자애로 사는 것보다 훨씬 더 피곤하다는 사실을 깨달았다. 몇 번이나 이런 말을 들었다.

"야, 카퓌신! 아침부터 무슨 안 좋은 일 있었냐? 완전 거지꼴이잖아!"

조금 더 저속한 다른 놀림도 들려왔다.

"길고 힘든 밤이었나 보네! 하하."

80년대에 여자애로 살아가려면 얼마간 품위를 지켜야 한다는 사실을 깨달았다. 옷을 아무렇게나 입고 학교에 올 수는 없는 것이다. 옷차림과 머리 모양, 겉모습에 신경을 써야 했다. 오전 내내 주위에서 지적과 조소가 끊이지 않았다. 심지어 40대지만, 여전히 외모에 신경을 쓰는 것처럼 보이는 체육 선생님인 마예 씨조차 가세했다.

"카퓌신 양, 체육복을 입고 싶은 게 아니라면 최소한 조금 더 보기 좋게 차려입어야죠…"

나는 주변에 있는 남학생들을 쳐다봤다. 전부 아무렇게나 옷을 입고 있지만 아무도 뭐라고 하지 않았다. 그게 공동생활을 하는 암묵적인 규칙인 것 같았다. 여학생은 특정한 기대에 부응해야 한다는 규칙. 나는 입고 있던 옷을 전부 벗어 던지고 이렇게 외치고 싶었다.

"내가 입고 싶은 대로 입을 테니 좀 내버려 둬! 여성 억압 타도!"

하지만 진짜 그렇게 하지는 않았다. 여자로 사는 첫날에 불과하지만 벌써 급진적인 페미니스트가 된 것 같았다.

오후 1시, 점심시간이었다. 배가 너무 고파서 스파게티를 연속으로 세 접시는 먹어 치울 수 있을 것 같았다. 나는 급식 접시에 정원의 두더지가 파 놓은 흙더미처럼 스파게티를 높이 쌓아 올리고 소스를 듬뿍 뿌렸다. 그걸 가지고 제시카 슈타인과 진갈색 머리 여자애가 앉아 있는 식당의 구석자리로 갔다.

두 사람은 정확한 배치에 따라 앉아 있었다. 내가 앉아야 할 자리, 즉 제시카를 마주 보는 자리에 사과를 하나 놓아둔 것을 보고 나는 그 배치가 미리 고심해서 정해진 것임을 알 수 있었다.

"네 거야."

내가 자리에 앉자 제시카가 상냥한 목소리로 말했다.

이제야 빅투아르 드라살이라는 이름을 알게 된, 진갈색 머리 여자애는 자기 접시에 달랑 하나 놓인 샐러드 잎을 포크 끝으로 멍하니 두드리고 있었다. 한편 제시카의 접시에는 당근 한 조각과 무설탕 요구르트 하나가 놓여 있었다.

두 아이가 말없이 바라보는 가운데, 나는 포크를 게걸스럽게 스파게티 접시에 박아 넣었다.

"뭐?"

나는 질겁한 그들의 얼굴을 보며 말했다. 말할 때 틀림없이 토마토소스가 튀겼을 것이다.

"어… 카퓌신, 너 괜찮은 거 맞아?"

빅투아르가 물었다.

"괜찮아, 괜찮아. 그런데 여자애로 사는 게 지겨워지기 시작했어. 너희들은 안 그래?"

제시카는 잠시 멈칫하며 얼굴에 드러난 짜증스러운 표정을 감췄다. 그녀는 조금 열받은 것 같았지만, 그런 내색을 하지 않으려고 애썼다. 제시카는 무뚝뚝하게 당근 끄트머리를 입에 넣고 그 불쌍한 채소 위로 입을 다물었다.

"얘들아…"

제시카는 우리 둘을 한 명씩 바라보더니 말을 꺼냈다.

"축제에 대해서 얘기해 봐야지."

빅투아르는 전기 충격이라도 받은 듯 갑자기 몸을 곧추세우더니 손뼉을 치며 낮은 목소리로 "그래, 그래, 그래!"라고 반복했다. 제시카가 말을 이어갔다.

"너희들도 알다시피 나는 그날이 기억에 남길 바라. 완벽하게 기억에 남기를 말이야."

그 말을 듣고서 먹던 스파게티를 뱉을 뻔했다. 기억에 남길 바란다고? 하긴 그 점에 대해서라면 절대로 실망하지 않을 거야….

나는 아무 말 없이 제시카를 똑바로 바라봤다. 잔뜩 흥분한 빅투아르가 옆에서 온갖 음조로 계속 깔깔댔다. 하지만 제시카의 눈빛에서는 무언가 다른 것이 비쳤다. 사악한 빛이 서린 무언가 더 격렬한 것이. 그녀가 마치 어떤 못된 짓을 꾸미려는 것 같았다.

제시카도 헤아릴 수 없는 눈길로 나를 뚫어지게 쳐다봤다. 지금, 저 애의 머릿속에서는 무슨 일이 벌어지고 있을까? '기억에 남을 만한' 무슨 일을 계획하고 있는 걸까?

제시카의 속내를 알아내고 싶어 내가 눈을 더욱 가늘게 뜨는데, 별안간 식당 문이 요란하게 열리는 소리가 들렸다. 뒤돌아보니 접시와 포크 따위가 놓인 곳에서 남학생 세 명이 자신 있는 걸음으로 식당을 가로질러 왔다. 그들은 정복자처럼 좌우를 바라보며 식탁들 사이를 여유롭게 걸었다. 맨 앞의 남학생은 새하얀 반팔 티셔츠와 딱 달라붙는 청바지를 입고 빨간색 운동화를 신었다. 두 번째 남학생은 배지와 네오 펑크 문구가 잔뜩 달린 거친 천으로 된 재킷을 입었다.

세 번째 남학생은 양손을 파일럿 스타일의 가죽 재킷 호주머니에 푹 찔러 넣고 있었다. 나는 그 애를 바로 알아봤다. '완벽 그 이상'에서 본 녹색 호랑이 옷을 입은 애였다. 그는 자신감 있게 느릿느릿 걸었다. 길지도 짧지도 않은 머리카락은 무스를 발라서 완벽하게 한 다발을 이루며 이마 위로 솟아 있었다. 이때쯤 유행했던 가수 누군가와 비슷한 것 같았다. 아니, 그보다는 내가 상상하던 80년대 가수의 모습과 비슷했다. 어쨌거나 그는 자신이 주위 여자애들에게 발산하는 매력을 똑똑히 알고 있는 것 같았다.

녹색 호랑이가 우리가 있는 식탁을 향해 오자 제시카는 의자 등받이에 몸을 기대며 가볍게 승리의 미소를 지었다.

그는 제시카에게 다가가며 나와 빅투아르에게 가볍게 윙크를 보내더니, 제시카에게 몸을 수그려 입술에 진하게 키스했다.

그 커플은 한 30초 동안 그렇게 얼싸안고 있으면서 식당에 있는 모두가 그 장면을 감상하게 놔두었다. 나는 시간이 멈춘 것 같은 느낌을 받았다. 내 앞에는 마르셀비알뤼 고등학교 역사상 가장 멋진 커플이 있었다. 그 사실을 생각하자 등에 전율이 일었다.

그가 몸을 일으킬 때, 아주 잠깐이지만 내 심장이 들썩일 정도로 강렬하게 우리 둘의 시선이 마주쳤다.

"별일 없지?"

제시카가 물었다.

"그럼."

녹색 호랑이는 귀 뒤에 꽂아뒀던 담배 한 대를 꺼내 입술 사이에 끼우며 답했다.

"이 학교는 완전 우울하지만 말이야. 여름이 오기만 기다릴 뿐이지."

"맞아! 일주일만 지나면, 자기야… 일주일밖에 안 남았어."

"그렇지."

별안간 다른 두 남학생 중 펑크족처럼 차려입은 애가 사방에 울릴 만큼 엄청난 소리로 트림을 했다.

"아, 이 돼지 새끼!"

녹색 호랑이가 웃으며 소리쳤다.

제시카는 예의상 미소를 지어 보이지만 혐오스럽다는 기색이었다.

"자기야!"

그녀는 자기 옆에 있는 남자애를 보며 말했다.

"오늘 오후, 수업 땡땡이칠까?"

"그거 좋은 생각인데! 그래, 호수에 가자!"

"좋아아아아!"

녹색 호랑이의 외침에 빅투아르가 손뼉을 치며 호응하더니 나를 보며 물었다.

"너도 같이 갈 거지, 카퓌신?"

"어, 그게… 잘 모르겠어."

니는 자신 없이 말했다.

"가자! 날씨도 좋잖아…"

빅투아르가 졸랐다.

"제시카랑 마르코만 단둘이 가게 놔둘 순 없잖아!"

나는 한순간 멈칫했다. 몸의 근육이 뇌가 보내는 신호에 더 이상 응답하지 않는 것 같았다. 나는 눈조차 깜빡이지 못했다. 녹색 호랑이는 내 마음을 안다는 듯 나를 쳐다봤다. 그의 눈에서는 알 수 없는 광채가 빛났다. 불순한 무언가가 느껴졌다.

나는 시빌을 떠올렸다. 그 애가 양손의 검지를 맞대고 진한 키스 장면을 흉내 내던 모습이 생각났다. '언니랑 마르크올리비에 카스탱 말이야!'

마르크올리비에.

마르코.

제시카 슈타인의 남자친구.

5

다음 날 아침, 나는 내 이불에서 풍기는 친숙한 냄새를 맡으며 잠에서 깼다.

벽에 붙은 〈록키 3〉 포스터가 보였다. 모든 것이 평소대로였다. 나는 다시 나였고, 지금은 2018년이다. 아이폰은 내가 어제 놔둔 그대로 머리맡 탁자에 기대어 바닥에 놓여 있었다. 어젯밤 이후로 불과 몇 시간밖에 흐르지 않은 것 같았다.

또다시 월요일.

이제 조금 이해가 갔다. 그러니까 하루가 두 번씩 반복되고 있다. 한 번은 1988년, 또 한 번은 2018년. 물론 왜, 어떻게 그러는지는 여전히 알 수 없었지만, 이 상황을 조금이나마 파악할 수 있었다. 나는 침대에서 한쪽 발을 내밀고 손에 든 휴대폰의 터치스크린을 다시 두드렸다. 7시 31분.

전날의 몇몇 기억이 머릿속에서 맴돌았다. 카퓌신 쇼슈엥의 몸으로 하루를 보내면서 무슨 일이 있었더라…? 확실히 기억하는 첫 번째 사실은 호수에 가지 않겠다고 말한 것이다.

"공부해야 해."

나는 확신 없는 말투로 이렇게 변명했다.

"뭐? 공부?! 카퓌신⋯. 너 괜찮은 거 확실해?"

빅투아르가 또다시 물었다.

그런 다음 그 애들은 호수로 떠났는데, 식당에서 나가기 전에 마르코가 나를 돌아봤다. 그의 가죽 재킷에 그려진 녹색 호랑이가 형광등의 창백한 빛을 받아 번쩍였다. 그는 내게 살짝 미소를 지으며 윙크했다. "우리 사이, 너도 알지."라고 말하는 듯.

나는 얼굴에 떠오르는 역겨운 표정을 애써 지우고 차가워진 스파게티 접시를 향해 몸을 돌렸다. 스파게티가 갑자기 토사물처럼 보였다. 아니면 그저 내가 더 이상 배가 고프지 않을 뿐일지도 모른다.

나는 접시를 밀고 양손으로 머리를 괴며 혼잣말했다. 불가사의하고 위험천만한 주문을 외우듯.

"카퓌신 쇼슈앵과 마르크올리비에 카스탱⋯."

나머지 하루는 카퓌신의 다른 여느 저녁나절과 마찬가지로 평범했다. 적어도 내가 생각하기에는 그랬다. 가족 간의 말다툼과 귀여운 여동생의 협박 그리고 아버지의 훈계가 펼쳐졌고, 그 모든 일은 TV 앞에 앉아서 '앵테르빌Intervilles'이라는 제목의 이상한 TV쇼를 보면서 마무리되었다. 작은 소들로 가득 찬 경기장에서 두 도시를 대표하는 선수들이 관중들의 환호를 받으며 장애물 경주를 하는 방송이었다.

다행히도 오늘 아침에는 모든 게 정상으로 돌아와 있었다. 나는 방의 창문을 열고 책상 위에 늘어진 물건들을 가방에 넣은 다음, 오늘 하루를 헛되게 보내지 않겠다고 엄숙하게 결심했다. 서둘러 샤워를 하고, 허겁지겁 계단을 내려가 잠이 덜 깬 엄마가 깜짝 놀라서 쳐다보는 가운데 거실 탁자에 놓인 시리얼바를 집어 들었다. 아버지는 아직 2층에서 자는 중이었다. 나는 계속 달려가며 외쳤다.

"다녀올게, 엄마!"

그런 다음 현관문을 빠져나가 동네 거리를 황급히 달려 아레스키가 사는 건물 앞에 도착했다. 여느 아침과 마찬가지로 9시가 되기 전에는 문을 열지 않는 약국 쇼윈도에 기대어 아레스키를 기다렸다. "너 기다리는 중이다, 멍청아." 문자를 보내놓고 휘파람을 불기 시작했다. 태연한 척 하려는 것도 있었지만 어제 일을 떠올리지 않기 위해서이기도 했다.

오늘 아침에는 페이스북을 열어 보지 않았다. 왠지 안 보는 게 나을 것 같았다.

8시가 다 되어서야 마침내 아레스키가 내려왔다. 30분쯤 후면 첫 수업이 시작된다. 평소에 아레스키는 '자존심 문제'라며 내가 자기 휠체어를 밀지 못하게 하지만 오늘은 서둘러야 했다. 나는 아레스키가 뭐라고 말할 틈을 주지 않고 휠체어 손잡이를 움켜쥔 채 빠르게 걷기 시작했다.

"야! 너 뭐 하는 거야?"

아레스키가 웃으며 항의했다.

"서두르는 중이야. 첫 번째 수업을 놓치고 싶지 않거든."

"뭐, 수학? 이차 방정식에 갑자기 무슨 열정이 생겼냐?"

"그래, 그렇다."

나는 아레스키의 빈정거림을 무시하려 애쓰며 대꾸했다.

오늘 아침에 절대로 지각하면 안 되는 이유는, 바로 그 수업 시간에 발랑틴의 옆자리에 앉기로 마음먹었기 때문이다. 하지만 아레스키에게는 말하지 않을 거다. 단짝 친구 사이라도 못할 이야기가 있는 법이었다.

아레스키가 말하는 '자존심' 때문일지도 모른다.

———◆———

수학 수업은 내가 예상한 것처럼 흘러가지 않았다. 벨이 울리기 몇 분 전에 교실에 도착했지만, 책상들 사이로 걸어가는 동안 발랑틴의 옆자리에는 그 덜떨어진 레미 뒤프르가 앉아버렸다. 조금 당황했지만 침착하게 발랑틴의 바로 뒷자리에 앉았다. 작은 갈색 점들이 난 발랑틴의 맨팔이 드러나 있었다. 그녀가 무언가를 적으려고 고개를 숙일 때면 얼굴 위로 가느다란 머리카락이 흘러내렸다. 발랑틴은 그 머리칼을 귀 뒤로 넘길 때마다 내 가슴은 심하게 두근거렸다. 심장이 가슴을 때리고 피가 혈관을 따라 더욱 빠르게 흐르는 게 느껴졌다. 그런 상태가 오랫동안, 잘은 모르겠지만 한 몇 분 정도 지속됐는데 어떤 목소리가 나를 몽상에서 빠져나오게 했다.

"레오 군, 듣고 있나요?"

별명이 '크레이지'인 크라제브스키 선생님이 화가 난 얼굴로 나를 쳐다보고 있었다. 선생님의 얼굴에는 모든 희망을 저버린 듯, 철길 근처에서 풀을 뜯는 소들과 비슷한 침울하면서도 공허한 표정이 떠올라 있었다.

"아… 네…"

"좋아요. 그렇다면 반 친구들한테 다항식의 곱셈 공식에 대해 설명해 줄 수 있겠죠?"

이렇게 말하는 선생님의 얼굴은 굳어 있었다. 마치 밀랍으로 빚어 놓은 것 같았다.

학급의 모든 학생이 나를 돌아봤다. 발랑틴도 입가에 가벼운 미소를 띤 채 나를 바라봤다. 저 미소가 무엇을 뜻하는 것일까?

"어… 물론이죠."

나는 크레이지 선생님처럼 신경쇠약에 걸린 금붕어 같은 표정을 지어 보이며 답했다.

"다항식의 '곱셈 공식'이란 어떤… 어… 다항식에서 곱셈하는 거죠. 왜냐하면… 그게… 공식을 쓰면 더 쉬우니까요."

학생들은 이 애처로운 설명에 일제히 웃음을 터뜨렸다. 고개를 돌리자, 교실 뒤쪽에서 아레스키가 반쯤은 비웃고 반쯤은 유감스러운 표정을 지어 보였다. 그는 고개를 가로저으며 '저 한심한 녀석!'이라고 말하듯 양손으로 제 머리를 움켜쥐었다. 그가 원망스럽지는 않았다. 솔직히 나도 같은 생각이었다.

발랑틴도 다른 아이들과 함께 웃다가 칠판을 향해 몸을 돌리고 손을 들었다. 선생님이 발랑틴을 향해 고개를 끄덕였다.

"발랑틴 양이 말해볼까요?"

발랑틴은 고개를 조금 치켜들고 말하기 시작했다. 한 문장을 말하기 시작할 때마다 숨을 들이쉬느라 가슴이 부풀어 올랐다.

"'곱셈 공식'이란 풀이 방법이 항상 똑같은 수학 공식으로 이차방정식을 쉽게 전개하도록 해 주는 계산식입니다."

발랑틴은 마치 극소수의 전문가만 아는 몇 세기 전에 사라진 외국어를 말하듯 내뱉었다. 그녀의 입에서 나오는 말 하나하나가 오로지 나를 겨냥한 작은 모욕처럼 들렸다.

"쳇… 내가 한 말이나 그게 그거지 뭐…."

나는 나직하게 투덜댔다.

사실 나는 그 빌어먹을 곱셈 공식의 원칙을 아주 잘 알고 있다. 그건 미리 정해진 몇몇 도식, 모델이 되는 전개식이 존재하고 그 결과는 항상 똑같다는 수학 이론이다. 그러니까 거기에 대해 할 수 있는 일은 하나도 없고, 아무것도 바꿀 수 없다는 거다.

가만히 생각해 보면 사람도 약간 비슷했다. 모든 사람이 제각기 다르고 나름의 특징과 비밀, 별난 구석이 있다. 하지만 이미 정해진 상황, 알고 있는 범위, 미리 정해진 도식에 집어넣으면 그 결과는 어쩔 수 없이 매한가지일 것이다. 미리 계산된 방정식처럼 그무엇도, 그 누구도 그 결과는 바꿀 수 없다.

결국 우리는 모두 곱셈 공식의 전개식이다.

크레이지 선생님은 나를 나무라지도 발랑틴을 칭찬하지도 않고 말없이 칠판으로 돌아서서 수업을 이어갔다. 발랑틴은 제 앞에 놓인 종이 위로 다시 몸을 기울여 무언가를 적었다.

아무 일도 없었다는 듯 그녀의 머리카락이 또다시 흘러내렸다. 발랑틴이 머리카락을 귀 뒤로 넘기는 순간, 그녀의 얼굴에서 가벼운 만족감이 깃든 표정이 보였다.

그때 발랑틴의 무릎 위에 놓인 휴대폰이 진동했다. 나는 발신인의 이름을 보려고 몸을 약간 기울여 봤지만, 얼간이 레미에 가려서 보이지 않았다. 제레미 클라카르의 메시지일게 뻔했다.

나는 무의식적으로 교실 뒤쪽으로 몸을 돌렸다. 아레스키는 또다시 비웃는 눈길로 나를 쳐다봤다. 갑자기 삶이 우스울 정도로 힘겹고 무의미한 고난의 긴 연속처럼 느껴졌다.

—◆—

"어떤… 어… 다항식에서 곱셈하는 거죠. 왜냐하면… 그게…. 하하하! 너 때문에 웃겨 죽을 뻔했다."

아레스키는 내가 수업 시간에 보인 얼빠진 표정을 흉내 내면서 시끄럽게 웃어댔다. 정오가 조금 넘은 시간, 우리는 복도에 있었다. 학생 대부분은 벽에 도배된 제시카 슈타인의 사진 아래를 지나 구내식당을 향했다. 아레스키는 손으로 휠체어의 바퀴를 돌리며 계속 나를 놀려댔다.

"이제 그만하면 됐잖아!"

나는 참다못해 약간 지겹다는 어조로 말했다.

주위를 둘러봤다. 수많은 책가방들이 분주히 움직였다. 1988년 이후로 바뀐 것은 하나도 없었다. 물론 새로운 기술들이 등장했지만 그걸 빼면 사람들은 똑같다. 미래에 대한 불확실함도 그대로다. 삶은 더 쉽지도, 더 어렵지도 않다. 얼마나 많은 카퓌신이, 얼마나 많은 다니엘이 남의 눈에 띄지 않으려 애쓰고, 그들의 꿈과 내면의 두려움을 드러내지 않으려 하면서 우리 가운데에 숨어 지낼까?

나는 그런 생각을 계속하면서 아레스키에게 가볍게 손짓해 인사했다.

"이따가 봐, 얼빵아."

"그래, 등신아, 이따 보자."

아레스키는 오른쪽으로 돌아 식당으로 이어지는 복도로 휩쓸려 들어갔다.

배가 고팠지만, 아직 점심을 먹을 수 없었다. 수업이 한 시간 더 남았다. '마지막을 준비하는 철학적 사고 모임'이라는 선택 수업이다.

알고 있다. 말기 암환자를 위한 보충 수업 제목처럼 들린다는 사실을. 그런 건 아니지만 어쨌든 별로다.

112호 교실은 이미 대부분의 학생이 자리를 채우고 있었다. 담당인 제롬 선생님은 내가 교실에 들어서자 팔을 물레방아처럼 빙빙 돌리며 연극적인 몸짓으로 교실 뒤쪽의 내 자리를 가리켰다.

"자!"

그는 큰 소리로 말했다.

"이제 레오 군이. 와 주었으니. 시작할 수. 있겠군."

선생님은 늘 이런 식으로 말했다. 문장을 아주 짤막하게 끊어 말하면서 큰 소리로 숨을 쉬었다. 그 모습이 약간 스타워즈에 나오는 '다스 베이더'를 연상시켰다.

제롬 선생님은 키가 작고 활달한 30대 남자였다. 양털 조끼를 입었고, 머리가 조금씩 빠지기 시작했다. 한마디로, 조금 이르지만 서서히 노화하는 과정에 들어선 것이다. 나는 선생님이 집에서 양털 슬리퍼를 신고 있는 모습이나, 흘러간 유행가를 흥얼거리며 늙고 살찐 레트리버를 산책시키는 모습을 상상했다.

선생님은 카랑카랑한 목소리로 말했다.

"이번 주에. 우리가 다룰. 내용은…."

그는 마치 놀라운 발표를 하면서 뜸을 들이듯 말을 멈추었다. 그의 얼굴에 만족스러운 미소가 떠올랐다. 나는 교실을 둘러봤다. 전부 다른 반에서 모인 열다섯 명이 조금 못 되는 학생들이었다.

똑똑한 애, 열등생, 미녀, 루저가 전부 있었다. 2018년 마르셀비알 뤼 고등학교 전체 학생들을 대표하는 표본이라고 보아도 좋을 것 같다.

"바로 자유…!"

선생님은 마침내 학생들의 열광적인 반응을 기대하며 이렇게 외쳤다.

하지만 선생님이 문장을 끝냈다는 사실을 아무도 눈치채지 못했다. 다들 배에서 나는 꼬르륵 소리 때문에 온통 점심시간 생각뿐이었다.

선생님은 자기 뒤에 있는 칠판에 커다란 글자로 이렇게 썼다.

"자. 유."

그는 돌아서서 크리스마스 날의 산타라도 되는 양 우리를 환희에 찬 눈길로 바라봤다. 그리고 잠시 후, 속삭이듯 말했다.

"이것이. 무엇을. 뜻할까? 누가 말해 볼까?"

아무도 또렷이 대답하지는 않았지만, 몇 명이 자그마한 소리로 뭐라 중얼거렸다. 선생님은 그 소리에 힘을 얻은 듯 즉시 말을 이었다.

"지금. 여러분은. 자유로울까? 여러분. 생각은. 어때?"

"아뇨."

둘째 줄에 앉은 케빈이라는 학생이 바로 대답했다.

"만일 우리가 자유롭다면 여기에 와 있지 않겠죠."

그 말에 모두가 킥킥댔다. 선생님은 미소를 지으며 알았다는 듯 고개를 끄덕였다.

"바로. 그거야. 좋아. 케빈."

케빈은 쓰고 있던 챙 모자를 조금 더 깊이 눌러쓰고 자랑스러운 표정을 지었다.

선생님이 말을 이었다.

"2주 후면. 여러분은 방학이다. 자유롭지. 완벽하게 자유로워. 그게 여러분이. 모든 것을 할 수. 있다는 뜻일까?"

"어쨌거나 학교에는 더 이상 안 와도 되죠."

첫째 줄에 앉아 있는 여학생이 답했다.

"아! 그러니까 그건. 자유가 곧. 제약이 없음을 뜻한다는 거로군. 맞나?"

"으음."

여학생은 이렇게 말하며 고개를 끄덕이더니 노트에 무언가를 적었다.

이 이야기를 듣다보니 내가 카퓌신이 됐을 때의 느낌이 떠올랐다. 나 자신에게는 아무런 영향을 주지 않고 무엇이든 할 수 있다는 느낌말이다. 나는 완벽하게 자유로웠지만 무언가가 나를 가로막았다.

제롬 선생님이 다시 말했다.

"자유롭다는 것은. 따라서 우리가 하고 싶은 일을 할. 자유가 있다는 거다. 가령 내가 길거리를 걷다가. 어느 가게에서 내 마음에 드는. 물건을 본다면. 나는 그것을 가져갈 수 있지. 그냥 그렇게. 돈을 안 내고. 바로 그게 자유일까?"

"그건 아니죠."

교실 뒤쪽에 있는 남학생이 중얼거렸다.

"조금 더. 자세히 설명해 볼까. 빅토르?"

"그건… 만일 그렇게 하면, 그건 절도잖아요."

"그렇지. 하지만 방금 말했듯이. 자유는 우리가. 원하는 일을 하는 거야. 제약 없이. 그러니 절도도 할 수 있지. 그게 어째서 문제가 될까?"

"우리가 그렇게 하면, 음, 가게에서 경찰을 부르겠죠."

"아 그래? 왜지? 가게는 내가 자유롭기를. 원하지 않나?"

몇 명이 당황한 듯 작게 웃었다. 빅토르는 잘 모르겠다는 듯 어깨를 움츠렸다.

"빅토르 말고. 누구 다른 사람?"

선생님이 교실을 둘러보며 물었다.

"가게는 절도를 당하지 않으려 하죠. 그러면 돈을 잃으니까요."

맨 앞줄에 있는 아까 그 여학생이 답했다.

"가게에서 절도함으로써. 나는 가게가 돈을. 소유하지 못하게 하는 거지. 그 말은… 곧…. 누구 말해 볼까?"

아무도 답하지 않았다.

반응이 없자 선생님은 스스로 답했다.

"그 말은 곧. 내가 나의 자유를 사용함으로써. 다른 누군가의 자유를. 빼앗는 거다."

정렬된 의자와 책상들 위로 침묵이 흘렀다. 토론의 내용이 모든 학생의 마음속으로 서서히 파고드는 것 같았다.

"달리 말하면…. 어떤 사람들의 자유가. 시작되는 지점에서…."

"다른 사람들의 자유가 멈추죠!"

케빈이 외쳤다. 그는 완전히 바보스럽지 않은 무언가를 말해서 기쁜 것 같았다.

선생님은 만족스러운 표정으로 고개를 끄덕였다.

"좋아, 케빈!"

그러면서 말을 이었다.

"따라서 자유에는…. 레오?"

선생님은 나에게 격려하는 미소를 지어 보였다.

"음…. 자유에는… 책임이 따른다?"

나는 한번 말해 봤다.

"훌륭해! 바로 그거야! 자유롭다는 것은. 자기 행위에 책임을. 지는 것을 뜻하지. 그러면 그것은. 제약 아닐까?"

"음, 제약이 맞죠."

교실 뒤쪽에서 빅토르가 상심한 표정으로 웅얼댔다.

선생님은 말을 잠시 멈추고 우리들의 얼굴을 유심히 살폈다. 그리고 결론을 맺었다.

"하지만. 우리가 말했듯이. 자유롭다는 것은. 제약이 더 이상. 없는 거야. 아닌가?"

아무도 더 이상 답하지 않았다. 선생님은 전투에서 이제 막 승리한 것처럼 흐뭇한 미소를 지었다. 그리고 자기 책상으로 돌아가 자리에 앉았다. 동시에 복도에서 벨이 울렸다. 그는 만족스러운 듯 말했다.

"자, 오늘은. 여기까지. 이 문제에 대해. 생각해 보도록. 다음 시간에 보자. 모두 수고했다."

—◆—

하루 수업을 다 끝내고 나니, 이번 학년이 끝나간다는 확신이 들었다. 제롬 선생님이 아무리 우리에게 자유가 제약과 희생을 전제로 한다고 믿게 만들려 애써도 방학이 반가운 것은 사실이었다. 나는 어서 빨리 정오까지 늦잠을 자고 온종일 호수에서 헤엄을 칠 수 있기를 바랐다.

나는 아레스키를 집까지 바래다줬다. 아레스키가 자기 집이 있는 건물에 들어설 때 나는 작게 외쳤다.

"내일 봐, 등신아."

그는 뒤돌아보지도 않고 나를 향해 주먹을 흔들며 상스러운 몸짓을 해 보였다. 나는 큰 소리로 웃고 체육관으로 향했다. 한두 시간 정도 샌드백을 치면 기분이 좋아질 것 같다. 오른손 스트레이트를 연습해야지. "호랑이의 눈이야, 레오. 호랑이의 눈!"이라고 말하며 나 자신을 격려했다.

피곤하기는 했지만, 당장 집에 들어갈 필요도 없었다. 아빠는 여느 때처럼 TV 앞에서 80년대 닌텐도 게임기로 옛날 비디오 게임을 하고 있을 것이다. 학교에서 돌아왔을 때 굳이 보고 싶은 부류의 광경은 아니었다.

제롬 선생님의 말이 마음속에서 떠돌았다. 자유는 자기 삶에서 되는대로 아무 일이나 할 수 있는 능력일까? 그렇지는 않아 보였다. 아빠가 아무 일에도 신경 쓰지 않으면서 점점 더 침울해지기만 하는 상황, 이건 정말이지 엄마나 나한테 좋지 않았다. 엄마는 자유로운가? 엄마는 갚아야 할 집 대출금과 그럭저럭 생활을 꾸릴 돈을 벌기 위해 도시 반대편에서 일할 수밖에 없는 처지였다. 우리 삶에서 무언가가 망가진 게 틀림없었다. 어떻게 그런 일이 생겼고 그 이전으로 돌아가려면 어떻게 해야 하는지는 잘 모르겠지만, 어쨌거나 처음부터 이런 상황이었던 건 아니다.

내가 어렸을 때 아빠는 잘 웃었고 늘 자상했다. 내가 아홉 살 때 아빠가 다락방에서 오래된 상자들을 뒤지다 〈록키 3〉 비디오카세트를 발견한 날이 기억난다. 아빠는 "이야, 이거 엄청 오래된 건데!"라며 좋아했다. 나에게 그 영화를 보여 주는 모습에는 자부심이 넘쳤고 잔뜩 흥분해 있었다. 우리는 TV 앞에 앉아서 팝콘을 먹고 웃고 전율하며 두 시간을 보냈다. 그건 내가 경험한 가장 멋진 오후였다. 그저 그렇게 아빠와 함께 있는 것만으로도 충분했다. 우리는 거의 한 마디도 나누지 않았지만, 우리 사이엔 더없이 소중한 무언가가 통했다. 서로가 함께 한다는 그 연결 된 느낌이.

그로부터 몇 년이 지난 후, 지금 내 방의 벽에 붙어 있는 포스터를 산 것도 바로 그 순간을 추억하기 위해서였다. 나는 벼룩시장에서 돌아와서 그 포스터를 자랑스럽게 보여 주었지만 아빠는 아무 관심도 보이지 않았다. 아빠는 그 영화가 나에게 어떤 의미인지 잊은 것 같았다.

평소보다 조금 일찍 체육관에 도착했다. 권투장에서는 아직 성인 피트니스 수업이 한창이었다. 나는 시간을 때우러 기메 거리에 있는 슈퍼마켓에 다녀오기로 했다.

슈퍼마켓의 자동문을 지나 맨 앞에 있는 코너로 갔다. 실베스트르 아저씨가 고개를 까딱이며 내게 인사했다.

"잘 있었니? 레오. 그래, 하늘 아래 무슨 새로운 일 있냐?"

"뭐, 아무 일도 없어요."

"아무 일도 없다…. 아직까지는 말이지! 하하!"

아저씨가 껄껄 웃었다. 사람이 똑같은 농담에 몇 번이나 웃을 수 있을까? 나는 콜라와 닭고기-파프리카 향 감자칩 한 봉지를 잽싸게 집어 계산한 다음, 사람들로 붐비는 거리로 나섰다.

—◆—

두 시간 동안 권투 연습을 하고 나니 지쳐서 허리가 끊어질 것 같고, 온 근육이 욱신거리고 허파가 텅 빈 것 같다. 그래도 체육관을 나서자 이상하리만치 차분한 느낌이 들었다. 떠나면서 보비에게 가볍게 손짓해 인사한다. 그는 무기력하게 빗자루에 몸을 기대고 있다. 열린 옷자락 사이로 가슴에 새겨진 푸른 용 문신이 언뜻 보인다.

"다음에 보자, 꼬마!"

그는 마치 용이 소리를 내는 것처럼 굵고 갈라진 목소리로 나에게 인사했다.

오후 6시가 넘었지만 아직 발미 거리에는 햇살이 가득하다. 낮이 계속 길어진다. 건물들의 전면과 창문에 햇빛이 반사되어 공기 중에 베일을 드리운 것 같았다. 공원에 앉아서 하루가 저물어가는 모습을 만끽하고 싶어졌다.

나도 모르게 데누에트 공원으로 향했다. 엘리즈가 다니엘에게 학년말 축제에 같이 가자고 부탁한 바로 그 장소다. 신기한 일이다… 마치 아주 오래전의 일 같이 느껴졌다. 벨린다의 말이 맞았다. 시간은 이상한 것이다. 가끔은 1분이 영원처럼 길게 느껴지기도 하고, 긴 시간이 눈 깜짝할 사이에 지나가기도 한다. 이 세상에서는 모든 것이 상대적이다.

단, 그 말을 한 것이 벨린다였는지 아인슈타인이었는지는 잘 기억나지 않았다.

공원을 따라 대로변에 세워진 커다란 철책에는 #벌써30년 해시태그가 크게 적힌 제시카 슈타인의 사진이 붙어 있었다. 몇 시간 후면 나는 또 다른 사람의 몸으로 깨어날지도 모른다. 이번에는 누구일까? 그 새로운 하루를 어떻게 헤쳐 나가야 할까? 내가 옳다고 생각하는 일을 할 용기가 과연 나에게 있을까? 자유에는 책임이 따른다고 말했던 제롬 선생님이 떠올랐다…. 뭐가 이렇게 어려운지….

철책에 붙은 사진 옆을 지나가자 등줄기가 오싹해졌다. 제시카는 마르코가 자기 몰래 카퓌신을 만난다는 사실을 알고 있었을까? 제시카가 그 비밀을 알게 돼서 죽은 걸까? 아니면 제시카가 다니엘이 스토킹 같은 짓을 했다는 걸 알게 되서? 생각하면 할수록 상황은 혼란스럽고 복잡해졌다.

커다란 세쿼이아 나무 바로 아래에 있는 햇볕이 내리쬐는 벤치로 가서 앉으려는데, 흰 블라우스를 입은 작은 실루엣이 고개를 숙인 채 내 쪽으로 오는 모습이 보였다.

"어이, 곱셈 공식!"

나는 손을 가볍게 흔들어 인사했다.

발랑틴은 나를 알아보고 웃음을 터뜨렸다.

"그러니까… 다항식에서 곱셈하는 거… 그게… 공식을 쓰면 더 쉬우니까?"

발랑틴은 나를 흉내 내며 다가오더니 내 어깨를 가볍게 툭 쳤다. "나는 아직 너를 이렇게 놀릴 권리가 있어."라고 말하듯. 나는 당황한 미소를 억누르고 얼굴이 벌게지는 것을 참아보려고 했지만, 소용이 없다. 발랑틴이 있으면 나는 항상 이런 반응을 보이게 된다. 그녀는 가방끈을 한쪽 어깨에 걸치고 딱하다는 미소를 지어 보였다. 커다란 나무들 사이로 비쳐 드는 햇살이 그녀의 얼굴에 무수한 작은 그림자를 그리며 입술과 코, 뺨의 형태를 부각시켰다. 나는 그렇게 그녀를 바라보며 몇 시간이라도 가만히 있을 수 있을 것 같았다.

"여기서 뭐 해?"

나는 마침내 물었다.

발랑틴은 대답하지 않고 내가 몇 시간 전에 실베스트르 아저씨의 가게에서 산 감자칩 봉지를 가리켰다.

"닭고기-파프리카? 엄청나게 맛없을 것 같아."

"아니야, 나름 괜찮아. 먹어 볼래?"

"싫어. 제레미 만날 거라서… 알잖아…."

순간 거북한 표정이 그녀의 얼굴에 떠올랐다. 무얼 말하려는지 짐작됐다. 남자친구를 만날 테니 입에서 닭고기-파프리카 냄새를 풍기고 싶지 않은 거다. 당연한 일이었다. 물론 그녀가 이해는 됐지만, 이런 얘기를 들으니 심장을 한 방 얻어맞은 것 같았다. 발랑틴은 잠시 나를 뚫어지게 바라보더니 고개를 돌리고 속삭이듯 말했다.

"이렇다 늦겠어. 같이 걸을래?"

머리에 젤을 잔뜩 바르고 어깨가 떡 벌어진 제레미를 마주칠 생각을 하니 솔직히 별로 내키지는 않았다. 하지만 발랑틴과 시간을 같이 보내는 건 나쁘지 않다. 나는 그러겠다는 뜻으로 가볍게 고개를 끄덕이고 그녀를 따라갔다.

7번째 여름이 남긴 기적

"이번 여름에 뭐할 거야?"

내가 물었다.

"뭐, 매년 똑같지. 부모님하고 동생들이랑 해변에 있는 가족 별장에 갈 거야. 두 달 동안 태양과 바다를 만끽하며 게으름 피우기. 상상이 가?"

별로 상상이 안 갔다. 나와 달리 발랑틴네는 부자였다. 발랑틴은 내가 30년 전에 카퓌신의 몸으로 잠에서 깬 장소에서 멀지 않은 부유한 동네에 산다. 물론 그 일을 겪은 이후로 나는 부자라는 게 모든 문제에 대한 해답은 아니라는 것을 알게 됐다. 하지만 가난한 게 자랑할 만한 일이 아니라는 사실도 알고 있다.

"너는? 무슨 계획 있어?"

"알잖아, 너랑 똑같지, 뭐…. 아니, 물론… 바다랑 태양이랑 별장은 빼고. 그것만 아니면 똑같아."

발랑틴은 웃음을 터뜨렸다. 그녀의 미소는 가벼운 동시에 너그러웠다.

"그러지 말고, 진지하게 말해 봐. 아무것도 안 할 거야?"

그녀의 어조에서 무언가 동정하는 기색이 느껴져서 그런지 나는 마음이 불편해졌다.

"그게 '아무것도 안 하는' 건 아니라고 봐. 아레스키를 챙기겠지. 내가 없으면 그 녀석은 아무래도 쓸쓸할 테니까."

발랑틴은 다시 고개를 끄덕이고 더 활짝 웃었다. 우리는 도시 변두리에 있는 발미의 부자 동네에 다다랐다. 이곳의 집들은 더 크고, 더 깔끔하고, 더 잘 배치되어 있었다. 원래 그런 법이다. 제레미도 이 근처에 살고 있다. 나한테는 없는 또 다른 유리한 조건이다.

"학년말 축제에 갈 거야?"

발랑틴이 물었다.

그 목소리에서 주저하는 기색이 느껴졌다. 내가 괴로워할까 봐 신경 쓰는 게 분명했다.

"모르겠어. 아직 결정 못 했어. 혼자 갈 수는 없잖아."

조금 불쌍해 보인다는 건 잘 알고 있다. 발랑틴은 아무 말도 하지 않았다. 침묵은 불과 몇 초 지속됐지만, 나에게는 영원처럼 느껴졌다. 고마워요. 아인슈타인.

"혼자 가지 마."

발랑틴은 그저 그렇게 말했다.

"그건 사상 최악의 아이디어야."

"아니야. 사상 최악은 피넛 버터야. 솔직히 말해서, 누가 그런 걸 좋아할 수 있지?"

"그것보다 최악인 것도 있다고 확신해. 가령 스웨덴 메탈."

"조랑말 로데오."

"'조랑말 로데오?'"

발랑틴이 웃음을 터뜨렸다.

"그런 게 있기는 해?"

"아니길 바랄 뿐이야. 어쨌거나 스웨덴 메탈보다 더 최악일 거야."

"운동화 속에 집어넣은 운동복 바지."

"푸들."

"빈 디젤이 나오는 영화."

"뭐?! 나 그 영화들 엄청나게 좋아한단 말이야. 술 달린 카우보이 스웨이드 가죽 재킷."

"일요일 저녁."

"닭고기-파프리카 감자칩!"

나는 들고 있던 감자칩 봉지를 지나가던 길에 있는 휴지통에 던지며 말했다.

발랑틴은 내 어깨를 다시 한번 툭 쳤다. 그녀는 무척 행복해 보였다. 아주 잠깐 나도 행복감을 느꼈고, 발랑틴이 밝아 보여서 기뻤다. 곧바로 나를 찬 게 바로 발랑틴이라는 사실을 떠올렸다. 당하지 마, 레오. 호랑이의 눈이라고, 제길!

"조금 이상하다고 생각하지 않아? 제시카 슈타인의 사진이 어디에나 잔뜩 붙어 있는 거?"

발랑틴이 물었다.

"글쎄, 나는 신경 써본 적이 없어서…"

나는 발랑틴이 아무것도 의심하지 못하도록 완벽하게 무심한 말투로 말하려 애썼다. 하긴, 발랑틴이 지금 내게 벌어지는 일을 어떻게 상상이나 할 수 있겠는가?

"그래도 그렇지…. 조금 오싹하잖아. 상상이 돼? 열일곱 살에, 그런 식으로 죽다니…"

"응, 끔찍하지. 하지만 어쩌면 그 애가 자초한 일인지도 몰라…."

"뭐라고?!"

발랑틴은 걸음을 멈추고 내게 돌아섰다. 이해할 수 없다는 듯 나를 바라보는 눈빛에서는 분노한 기색도 느껴졌다. 그녀 뒤로 #벌써30년이라는 문구가 큼직하게 쓰인 또 다른 사진이 보였다.

"내 말은… 그러니까… 그게… 우리가 그 사람을 잘 모른다는 거야…. 어쩌면 아주 못된 애였을지도 모르잖아…."

무슨 말을 해야 할지 모르겠다. 땀 한 방울이 등줄기를 타고 흐르는 게 느껴졌다.

"그래서?"

발랑틴은 이상할 정도로 차분한 목소리로 말했다.

"그게 사람을 그런 식으로 살해할 이유가 된다는 거야?"

"아니지. 물론 네 생각이 옳아. 그저 내가 하려는 말은… 실제로 무슨 일이 있었는지는 아무도 모른다는 거지."

발랑틴은 나를 못마땅한 눈빛으로 쳐다보더니 내가 방금 한 말을 잊으려는 듯 고개를 저었다.

제레미의 집에 거의 다 왔을 때, 진짜 사상 최악이 생각났다.

바로, 열일곱 살에 죽는 거다.

——————————— 화요일

다음 날 아침, 처음 들리는 소리는 창밖에서 우는 새 소리였다. 나는 다른 사람 몸으로 깨어나는 것에 이제는 조금 익숙해졌다. 오늘은 당황하지 않고 천천히 방을 둘러봤다. 방은 널찍하고 환했다. 벽지는 베이지색 톤이고, 벽 위쪽으로는 꽃문양의 와인색 프리즈 장식이 둘러져 있다. 내 앞쪽의 벽에는 잡지에서 오려낸 록 그룹과 이때 인기 있었던 톰 크루즈, 패트릭 스웨이지 같은 미남 배우들 사진이 잔뜩 붙어 있었다.

'이런, 또 여자애 방이잖아….'

이상하게도 이곳이 익숙하게 느껴졌다. 하지만 카퓌신의 방과는 전혀 달랐다. 이곳은 인형의 집처럼 장식되어 있지 않은 평범한 여자애의 방이었다. 왼쪽 책장에는 문고본 책들이 잔뜩 꽂혀 있었다. 대부분 소설이었지만 만화책도 몇 권 보였다.

고개를 숙여 내 몸을 확인했다. 손이 가늘고 긴 편이고, 작고 파란 보트가 그려진 면 잠옷을 입고 있었다. 내가 카퓌신이었을 때 느꼈던 이상한 감각이 느껴졌다. 마치 몸이 둥둥 떠다니는 것 같았고 몸의 균형을 잡기가 조금 힘들었다. 아마도 무게 중심의 문제인 것 같다. TV에서 본 내용인데, 여자는 남자보다 무게 중심이 더 낮다고 했다. 아니 더 높다고 했던가, 정확히 기억나지 않았다.

어찌 됐든 나는 책상으로 가서 첫 번째 서랍을 열었다. 그 안에는 색색의 비닐 커버로 싸인 노트 몇 권이 잘 정돈되어 있었다. 책상 앞에는 이때 인기 있었던 걸로 보이는 어느 남자 가수의 사인이 적힌 사진이 있었다. 사진 속의 가수는 짙은 갈색 머리를 올백으로 넘겼고 머리카락 몇 가닥이 아무렇게나 얼굴 위로 흘러 내려와 있었다. 붉은 셔츠의 깃을 세웠고, 반짝이가 달린 재킷의 소매는 걷어 올렸다. 신비롭고 접근할 수 없는 인상을 주려 애쓰는 것 같았다. 사진은 촌스러웠지만, 가수는 상당히 잘생긴 편이었다.

고개를 돌려 벽에 붙은 사진들을 자세히 보니 대부분이 남자 사진이었다. 상반신을 벗은 남자 사진도 하나 있다. 복근이 선명하게 드러나 있고 팔뚝에는 작은 하트 모양 문신이 있었다.

"이자벨! 일어났니?"

벽 사진들을 살피고 있는데 갑자기 방문 너머에서 부르는 소리가 들려서 깜짝 놀랐다.

침대 머리맡 탁자에 놓인 작은 자명종 시계가 7시 33분을 가리키고 있었다.

"네! 갈게요!"

하지만 내가 몸을 돌릴 세도 없이 한 여자가 문을 열고 들어왔다. 그녀는 나에게 다가오더니 다짜고짜 뺨에 입을 맞췄다.

"우리 아가, 잘 잤니?"

"어… 네… 잘 잤어요…."

나는 방에서 분주히 움직이며 세탁한 옷가지를 옷장에 차곡차곡 정리하는 여자를 가만히 바라봤다. 나이는 30대에 진갈색 단발머리, 짙은 초록색 눈, 약간 휜 콧등 그리고 장난기 있는 저 표정. 이 모든 것이 친숙했다. 2018년에 내가 알고 있는 사람인 걸까? 선생님? '비디오 2000'의 손님?

왜 이리 낯이 익은지 곰곰이 생각하고 있는데 갑자기 한 사람이 떠올랐다.

"할머니?!"

나도 모르게 공포에 찬 외마디 비명처럼 입 밖으로 튀어나왔다. 그녀가 몸을 돌려 이상하다는 표정으로 나를 쳐다봤다.

대꾸하고 변명할 겨를도 없이 나는 황급히 옷장 안쪽에 걸린 거울로 향했다. 그녀는 약간 놀란 것 같지만 아무 말도 하지 않았다. 나는 거울 앞에 서서 얼굴을 꼼꼼히 뜯어보면서 이게 모두 진짜인지 확인하는 것처럼 뺨과 코를 만져봤다.

"이건 아니야…."

메슥거리는 감각이 배에서 올라왔다. 토할 것 같았다. 나는 침대로 돌아가 가슴에 총알을 한 방 맞은 사람처럼 주저앉았다.

"얘, 너 괜찮니?"

그래, 괜찮다. 아니 오히려… 더 나은 걸지도 모른다. 나는 아무 말도 없이 가만히 있었다. 상의를 벗고 있는 사진 속 남자가 관능적인 눈길로 나를 바라봤다.

나는 숨을 깊이 들이쉬었다. 머릿속에서 여러 이미지와 소리가 맞부딪쳤다.

지금은 1988년이고 나는 열일곱 살이다. 그리고 이제 막 내 엄마의 몸으로 잠에서 깨어났다.

—◆—

그 직후에 벌어진 일들은 뭐라 설명하기 힘들었다. 일단 충격이 가시자 나는 다시 거울 앞으로 가서 혹시 내가 착각한 건 아닌지 확인했다. 지금 내 엄마, 그러니까 할머니는 당황한 표정이 역력했지만 다시 미소를 지으며 말했다.

"아침 식사 준비됐으니 와서 먹으렴."

그런 다음 방문을 살짝 열어 둔 채 방을 나갔다. 나는 방을 다시 둘러봤다. 몸에 달라붙는 티셔츠를 입은 톰 크루즈가 나에게 이렇게 묻는 것 같았다. "별일 없지, 베이비?" 다시 몇 초가 지나서야 상황을 실감했다. 엄마가 이렇게나 감상적인 소녀였다니! 잠시 숨을 멈추고 말없이 방의 장식을 천천히 뜯어봤다. 내 나이였을 때 엄마의 삶은 바로 이런 모습이었구나….

넘지 말아야 할 어떤 선을 넘어 버린 것처럼 이상하고 불쾌한 감각이 느껴졌다. 나는 열일곱 살인 엄마를 한 번도 상상해본 적이 없었다. 여느 남자애들처럼 나도 내가 태어난 이후의 엄마만을 엄마라고 여겼고, 그 이전의 일들은 엄마에게 별로 중요하지 않다고 생각했다.

나는 천천히 고개를 돌려 책장에 있는 모퉁이가 닳은 책들을 다시 살폈다. 〈호밀밭의 파수꾼〉같은 책들은 몇 번이고 다시 읽은 것 같았다.

에티엔 다오 Étienne Daho*의 카세트테이프 컬렉션도 보였다. 30년 후에도 여전히 에티엔 다오는 엄마가 가장 좋아하는 가수다. 엄마는 안 좋은 일이 있을 때마다 에티엔 다오의 노래를 들으며 다시 힘을 냈다.

어린이용으로 보이는 작은 핑크색 빗 옆으로 엄마가 한 여자아이와 함께 액자 안에서 포즈를 취하고 있었다. 둘 다 어렸다. 기껏해야 열 살, 열한 살 정도. 두 아이는 아무런 근심 걱정도 없는 것처럼 밝게 웃고 있었다. 사진 위에는 어린아이 글씨체로 '영원한 베프'라고 적혀있었다. 이상했다. 엄마한테 이렇게 친한 친구가 있었나?

옷장으로 쓰는 작은 벽장에는 가볍고 화려한 여름 원피스가 대여섯 벌 걸려 있었다. 엄마가 이런 옷을 입은 모습은 한 번도 본 적이 없었다. 엄마는 평소에 튀지 않는 어두운색의 옷을 주로 입었다. 30년 동안 엄마에게 대체 무슨 일이 있었던 걸까?

침대에 걸터앉아 침대맡 탁자의 서랍을 열었다. 작은 파란색 노트가 보였다. 일기장이라는 생각이 들어 왠지 열어 보기가 꺼려졌

다. 만화영화에 나오는 작은 천사마냥 제롬 선생님이 내 어깨에 앉아서 지켜보는 것 같았다. 내가 맘대로 열어봐도 될까? 아니다. 그건 나쁜 짓이다. 완전 나쁜 짓.

노트를 다시 서랍에 넣으려는데 거기서 쪽지 같은 게 한 장 떨어졌다. 애써 읽지 않으려고 했지만 연필로 적힌 문구가 눈에 확 들어왔다.

'로랑한테 다시 전화??'

물음표 두 개는 문장 부호라기보다는 무슨 그림처럼 힘을 주어 그려져 있었다. 별안간 손이 떨리기 시작했다. 급하게 노트를 펼쳐 보니 일기장이 아니라 연락처를 적어놓은 전화번호부였다. 서로 다른 색깔 볼펜으로 쓰인 이름들 옆으로 여덟 자리 전화번호가 적혀 있었다.

"불가능해. 이건 꿈이야. 꿈이야. 꿈이야."

나는 노트를 다시 서랍에 넣으며 이 말을 반복해서 되뇌었다. 이 황당한 상황에서 벗어나기 위한 마법의 주문이라도 되는 것처럼.

하지만 아무 일도 벌어지지 않았다. 나는 꿈쩍도 하지 못했다. 손으로 급하게 휘갈겨 쓴 것 같은 메모가 눈앞에서 유령처럼 일렁였다.

'로랑한테 다시 전화??'

물음표 두 개. 그건 무슨 의미일까? 엄마가 망설인다는 걸까?

나는 물론 로랑이 누구인지 알고 있다.

로랑은 아빠의 이름이다.

"이자벨!"

거실에서 부르는 소리에 나는 정신이 들었다. 이번에는 남자 목소리였다. 아마 할아버지일 것이다. 단호하면서도 따뜻한 그 음색을 나는 바로 알아들었다. 그 목소리는 이미 오래 전에 잃어버렸다고 생각했던 마음 밑바닥에 남아있는 기억들을 떠오르게 했다. 나는 할아버지를 잘 모른다. 내가 여섯 살 때 돌아가셨기 때문이다. 하지만 할아버지는 내 오래 된 기억 속에 아주 분명하게 남아 있었다.

"이자벨!"

벽이 흔들릴 것 같은 할아버지의 목소리에 나는 자리에서 일어나 좀비처럼 거실로 향했다.

할머니는 찻잔 몇 개와 빵이 놓인 식탁에 앉아서 약간 걱정스러운 미소를 지으며 나를 바라봤다. 등을 돌린 채 앉아있던 할아버지는 내가 약간 휘청거리며 다가가자 재미있다는 듯 나를 돌아봤다.

"왜 그래? 아침부터 기분이 안 좋니?"

할아버지의 커다란 푸른 눈이 내 눈을 깊숙이 들여다봤다. 피곤해 보이는 할아버지의 얼굴은 30년 후의 엄마 얼굴과 많이 닮았다. 똑같이 초췌한 얼굴, 똑같이 격려하는 표정, 똑같이 넓은 이마.

나도 모르게 할아버지에게 다가가 그 품에 안겼다. 할아버지는 조금 놀란 듯했지만 커다란 손으로 내 어깨를 감쌌다.

나는 그 자세로 웅크린 채 눈을 감고 한숨을 내쉬듯 속삭였다.

"할아버지…"

"어…"

할아버지는 갑자기 포옹을 풀며 말했다.

"이자벨, 너 오늘 왜 이러니?"

그는 나를 이상하다는 듯 쳐다봤다. 할머니는 내 이마에 손을 얹어보고는 고개를 저으며 말했다. "열은 없는데…" 그런 다음, 자기로 된 잔에 커피를 조금 따라 내게 건넸다.

"이거 마시면 좀 나을 거야."

나는 의자에 앉아 자기 딸을 걱정하는 할아버지와 할머니를 바라봤다. 두 분은 나이 차이가 많이 났다. 할머니는 서른여덟 살이고 할아버지는 아마 예순 살쯤 되었을 것이다. 할아버지는 이미 나이가 많아 보였다. 머리칼은 희끗희끗하고 얼굴에는 주름이 가득했다.

예닐곱 살쯤에 할머니한테 할아버지 이야기를 해 달라고 한 적이 있었다. 아직도 똑똑히 기억난다. 그때는 여름이었고, 우리는 할머니가 가족끼리 휴가를 보내려고 프랑스 남부 지방에 빌린 집의 정원에 있었다. 할머니는 허공을 뚫어지게 쳐다봤고 목소리가 떨렸다.

"있잖니. 네 할아버지하고 나는 정말 특별한 연애를 했단다. 그

7번째 여름이 남긴 기적

걸 말로는 다 할 수는 없어. 직접 겪어 봐야해."

나는 천천히 커피를 마셨다. 따뜻하고 진하고 맛이 좋았다.

"오늘은 설탕 안 넣어 먹니?"

할아버지가 물었다.

나는 고개를 저었다. 할머니가 자신의 잔에 커피를 따르며 말을 꺼냈다.

"이번 금요일에 모두 같이 영화관에 가면 어떨까! 모리스, 당신은 어떻게 생각해요?"

할아버지는 "그러지, 뭐. 당신이 가고 싶다면." 정도로 가볍게 중얼거렸다. 할머니는 짐짓 미소를 지으며 내 표정을 살폈다.

"이자벨, 너는 어떠니?"

"음…. 금요일 저녁에 학교 축제가 있어."

나는 커피를 마저 후루룩 마시며 말했다.

"아 맞다, 그렇구나! 내가 정신이 없네!"

나는 할머니가 일부러 그런 질문을 했다고 확신했다. 학교 축제 이야기를 꺼내고 싶었지만, 직접적으로 물어보기 난처해서 말이다. 할아버지는 가볍게 안도의 한숨을 쉬었다.

"어떻게 할 예정이니?"

할머니가 내게 물었다.

"로랑 벨라미랑 갈 거니, 아니면 에마뉘엘 르블랑이랑 갈 거니?"

그 순간, 몇 분 전에 발견한 쪽지가 생각났다. 내 심장이 빠르게 뛰기 시작했다.

"그게, 잘 모르겠어…."

나는 눈을 내리깔며 말했다.

"네 말이 맞다."

할아버지가 말했다.

"남자들은 경계해야 해. 특히 네 나이 때에는. 전부 별 볼 일 없는 놈들이라니까. 내 말이니 믿어도 돼."

"모리스!"

할머니가 외쳤다.

"그런 말 말아요! 얘도 이제 외출하고 조금쯤 즐겨도 되잖아요. 특히 에마뉘엘은 참 착하고 좋더라고요. 지난번에 가게에서 마주쳤는데, 얼마나 예의가 바르던지."

"흥, 그럴 리가!"

할아버지는 그렇게 말하고 잼을 바른 빵 한 조각을 다시 그 큼직한 입으로 밀어 넣었다.

나는 입을 벌리고 멍하니 앉아 있었다. 무슨 말을 해야 할지 모르겠다. 단 하나의 질문만이 마음을 온통 뒤흔들었다.

에마뉘엘 르블랑이 도대체 누구야?????

—◆—

그 이후로 아침 식사 시간은 별 대화 없이 흘러갔다. 할아버지는 커피를 다 마신 후에 자리에서 일어나 현관문 옆에 있는 커다란 거울로 갔다. 매고 있던 넥타이를 가다듬은 후 우리를 향해 돌아서며 물었다.

"괜찮나?"

마치 학교에 가는 첫날 옷을 제대로 차려입지 못했을까 봐 걱정하는 초등학생 같았다.

"멋있어요."

할머니는 미소를 지으며 할아버지에게 대답했다.

그는 식탁으로 돌아와 내 이마에 입을 맞춘 후에 할머니에게 다가가 할머니의 얼굴에 부드럽게 뺨을 갖다 댔다. 그 단순하고 애정 어린 몸짓 하나가 이루 말로 표현할 수 없을 만큼 내 마음을 흔들었다. 그런 작고 따스한 몸짓, 친근한 대화, 말없이도 통하는 눈길. 나는 이런 것을 우리 집에서 한 번도 본 적이 없었다. 우리 부모님도 한때는 서로 사랑했을지 모르지만 내 앞에서는 그런 모습을 보인 적이 없었다.

서로 애틋하게 사랑하는 할머니와 할아버지를 보면서 나는 2018년을 사는 엄마의 삶이 1988년에 엄마가 지녔을 꿈과 기대와는 많이 다를 거란 생각이 들었다. 우울증에 빠진 남편, 시시한 직업, 시끌벅적한 대가족도 아닌 달랑 아들 하나. 조용하고 평범한 삶. 조금쯤 망친 삶.

내 가슴 깊은 곳에서 패배감과 분노가 스멀스멀 올라왔다. 할아버지가 일하러 나간 후, 나도 현관문 옆에 있는 커다란 거울로 갔다. 할머니는 부엌에서 설거지를 하고 있었다. 나는 나를 마주 보는 소녀를 쳐다봤다. 장난기 어린 자그마한 얼굴. 조만간 사라질 뺨에 난 희미한 주근깨. 눈에 서린 쾌활한 저 표정. 너무나 사랑스러운 모습이었다. 그녀는 자신을 기다리는 삶이 어떨지 알고 있을까? 생각만 해도 눈물이 날 것 같았다.

나는 부엌으로 갔다. 할머니가 라디오를 들으면서 싱크대 앞에서 분주히 손을 놀리고 있었다. 라디오에서 지직거리며 작게 흘러나오는 경쾌한 노랫소리는 싱크대로 빠지는 물소리 때문에 잘 들리지 않았다. 나는 아무 말 없이 할머니를 바라봤다.

"할머… 어… 엄마?"

내가 말했다.

"왜 그러니?"

그녀는 뒤돌아보지 않고 답했다.

"나 오늘 학교에 안 가면 안 될까? 그냥 엄마랑 같이 있으면 안 돼? 몸이 별로 안 좋은 것 같아서…."

할머니는 수도꼭지를 잠그고 홱 돌아서더니 눈을 가늘게 뜨고 나를 뚫어져라 쳐다봤다.

"그래, 뭔가 이상하다했어."

그녀는 가만히 다가오며 말했다.

"무슨 일이야? 어디 아프니? 설마! 너 임신한 거니? 그런 거야??!"

"뭐라고?! 아-아니야! 말도 안 돼…. 임신하려면 적어도… 13년쯤은 있어야지. 서른 살은 돼서 말이야."

할머니는 반쯤은 의아하고 반쯤은 안도하는 눈길로 나를 봤다.

"그래…. 그럼 생리는 하는 거지?"

나는 코를 찡그리고, 입을 꾹 다문 채 고개를 흔들었다. 엄마의 생리 이야기만큼은 할머니랑 하고 싶지 않았다.

"그런 게 아니라고!"

나는 분통을 터뜨렸다.

"그냥 엄마랑 같이 있고 싶어서 그런다니까."

"그래, 그래. 알았다. 알았어."

할머니는 한숨을 내쉬었다. 다시 싱크대로 돌아가서 수도꼭지를 틀고 설거지를 계속했다.

"엄마…."

나는 아주 작은 목소리로 말했다. 너무 작아서 할머니는 내 말을 듣지 못했다.

갑자기 모든 걸 할머니에게 묻고 싶었다. 제대로 살려면 어떻게 해야 해? 어떻게 해야 할머니처럼 그렇게 행복하게 빛날 수 있어? 비결이 뭐야? 비밀이 있어?

묻고 싶었지만, 감히 그러지 못했다. 한 마디도 입 밖으로 나오지 않았다. 그 대신 나는 할머니에게 다가가 조금 전 할아버지에게 했듯 할머니를 양팔로 가만히 감싸 안았다. 할머니는 놀라서 그런지 잠시 꿈쩍도 하지 않았다. 그렇게 가만히 있더니 별안간 외쳤다.

"얘, 이자벨, 무슨 일 있는지 당장 말하지 못해! 너 마약 하니?"

나는 할머니를 안심시키려는 듯 팔에 더욱 힘을 주어 끌어안았다.

"그런 거 아냐, 엄마."

나는 웃으며 말했다.

할머니도 웃음을 터뜨렸다. 그 소리가 거실을 가득 메우며 내 마음에 위로가 됐다.

"엄마는 대체 어떻게 한 거야?"

나는 물었다.

"그러니까 아빠랑. 어떻게 그렇게 행복해?"

할머니는 놀란 듯 나를 바라보더니 한숨을 쉬고 나직한 목소리로 말했다.

"너도 알다시피, 쉽지만은 않았어. 네 아버지가 나보다 서른 살이 더 많지 않니. 너도 상상할 수 있겠지만 우리 부모님은 우리 관계를 탐탁하게 여기지 않았어. 그래서 부모님께 맞서야 했고. 결국 내가 임신하자 그때 내가 스물한 살이었어 , 아버지는 앞으로 나를 도와주지 않겠다고 했지. 그러니 나 혼자 알아서 해야 한다고 말이야."

할머니의 눈빛이 흐려지며 후회의 빛 같은 것이 서렸다.

"그래서 어느 날 저녁에, 더 정확히 말하면 어느 밤중에 네 아버지가 나를 데리러 왔어. 그래서 둘이 도망쳤지. 네 아버지랑 같이 살려고 모든 것을 버린 거야. 조금 미친 짓이라는 건 알았지만… 뭐라고 해야 할까? 그렇게 해야 한다는 확신이 들었어. 그게 올바른 일이라고 말이야, 무슨 말인지 알겠니?"

7번째 여름이 남긴 기적

나도 모르게 고개를 끄덕였다. 사실 그게 무슨 말인지는 정확히 이해하지 못했지만, 할머니 말을 끊고 싶지 않았다.

"어쨌거나…"

할머니는 코를 한 번 훌쩍이더니 행주를 싱크대 가장자리에 올려놓고 말을 이어갔다.

"그렇게 하지 않으면 남은 평생을 후회하며 살 거라는 걸 알았어. 직장도 없고, 사회적으로 자리도 못 잡았고, 애를 낳는다는 게 뭔지도 전혀 모르면서 말이야. 그래도 그게 올바른 일이라는 걸 알았어. 내 삶은 그렇게 흘러가야 한다는 사실을 말이야."

그 이야기는 할머니가 말을 마친 다음에도 내 마음에 길게 여운을 남겼다.

"혹시 학년말 축제가 걱정되는 거니?"

할머니가 나를 내려다보며 물었다.

"마, 맞아."

나는 더듬거렸다.

"그러니까… 어떻게 해야 할지 잘 모르겠어…."

그 메모—'로랑한테 다시 전화??'—가 떠올랐다. 만일 엄마가 아빠한테 전화하지 않았다면 어떻게 되었을까? 아빠 없이 계속 삶을 살아갔다면? 물론 그건 나, 레오가 더 이상 존재하지 않을 것임을 뜻했다. 하지만 결국, 그렇게 했다면 엄마가 더 행복하지 않았을까? 우리가 없었다면? 머릿속에 그 질문이 떠오르자마자 나는 극심한 불안에 사로잡혔다. 일종의 의혹, 호수처럼 깊고 어두운 의심이 들었다. 내 삶, 나 자신의 삶이 과연 꼭 필요한 것일까? 그러니까 내가 말하려는 것은, 지금, 이 순간에는 아직 모든 것의 가능성이 열려있었다. 엄마한테는 아직 아빠를 만나지 않을 자유가 있다. 학교 축제에 아빠와 함께 가지 않을 자유 말이다. 그런데 만일 그렇게 된다면 나에게는 과연 무슨 일이 벌어질까? 난생처음으로 나는 나 자신이라는 존재가 당연한 것이 아님을 깨달았다. 내가 태어나지 않았을 수도 있다는 사실을.

이런 존재론적인 생각의 소용돌이를 잠재우려는 듯, 할머니는 내 손을 살며시 잡더니 손끝으로 가만히 쓰다듬었다.

"그건 고작 축제일 뿐이야…"

할머니는 무슨 비밀이나 되듯 속삭였다.

'고작 축제일 뿐이라고?' 하지만 나의, 나 레오의 온 인생이 거기에 달려 있었다. 물론 할머니의 말이 틀린 건 아니다. 미래를 바꾸지 않기 위해서라거나 내가 존재하기 위해서가 아니라 바로 엄마스스로 원하는 걸 선택할 자유가 있다는 것도 알고 있다.

할머니는 다정한 미소를 지으며 덧붙였다.

"얘 이자벨, 너는 이제 겨우 열일곱 살이잖아! 꿈꿀 시간을 좀 가져야지. 그러지 않아도 삶이 알아서 네 희망을 하나하나 깨뜨릴테니. 무슨 일이 생기더라도 네 삶을 책임져줄 사람은 바로 너뿐이라는 사실을 잊지 마. 행복해지기 위해서 다른 누군가에게 의지하면 안 돼. 특히 남자한테는 절대로."

할머니가 이 말을 하는 어조가 냉소적이었다. 나는 할머니가 70

년대에 초창기 페미니스트였다고 말했던 게 기억났다. 그러니까 할머니는 길거리에서 브래지어를 불태우고 더 큰 자유를 얻으려고 투쟁한 그런 사람이었다.

"스스로 선택하고 그 선택을 감당하는 건 너야. 그게 바로 제대로 사는 길이란다."

할머니는 이렇게 결론을 내렸다.

나는 말없이 고개를 끄덕이고 다시 할머니의 품에 안겼다. 할머니는 내 머리를 가만히 쓰다듬었다. 어린 내가 잠들지 못할 때면, 엄마도 이렇게 머리를 쓰다듬어주곤 했었다.

"자, 이제 가서 옷 챙겨 입어라!"

할머니는 나를 위아래로 쳐다보더니 웃으며 말했다.

나는 아직도 어린애나 입을 것 같은 작고 파란 보트가 그려진 잠옷을 입고 있었다.

———◆———

아늑한 누에고치 같은 방으로 돌아온 나는 다시 침대로 뛰어들어 벽에 붙은 사진들을 마주했다. 상반신을 벗은 남자는 그대로였다. 그는 "너를 내내 기다렸어."라고 말하듯 나른한 눈길로 나를 바라봤다. 나는 침대 위에서 엄마의 청소년기와 엄마의 꿈과 욕망을 생각하며 잠시 몽상에 잠겼다. 그런 생각과 동시에 이미 벌어진 일들을 돌이켜보니 기이한 느낌, 재미있으면서도 슬픈 느낌이 들었다. 할머니는 삶이 알아서 희망을 하나하나 깨뜨릴 거라고 했다. 경험에서 우러나오는 말이었다.

할머니는 행복은 스스로 선택할 수 있는 자유에 달려 있다고도 했다. 나는 이 말이 참 마음에 들었다. 침대에서 돌아누우니 책상 위에 있는 엄마의 어린 시절 사진이 보였다. '영원한 베프'라고 적힌 다른 여자애와 함께 찍은 사진이다. 두 소녀는 서로 허리를 붙든 채 얼굴을 나란히 바짝 붙이고 있었다. 배경은 놀이공원 같았다. 놀이 기구들과 길거리 공연이 보였고, 길이 사람들로 가득했다.

엄마 옆의 소녀는 손에 솜사탕을 들고 있었다. 그 얼굴이 이상하게 낯설지 않았다. 하지만 나는 엄마가 친구와 같이 있는 모습을 단 한 번도 보지 못했다.

나는 침대맡에 있는 탁자 서랍을 열어 그 쪽지를 집어 들었다.

'로랑한테 다시 전화??'

어떻게 해야 할까? 엄마가 과거의 실수를 반복하더라도 스스로 선택하게 놔두어야 할까? 아니면 태어나지 못할 위험을 무릅쓰더라도 엄마가 계속 미래를 꿈꿀 수 있도록 내가 나서야 할까?

나는 다시 사진을 향해 고개를 돌렸다. 별안간 뇌가 전기 충격을 받은 듯 찌릿했다. 나는 엄마 옆에서 솜사탕을 들고 서 있는 소녀를 알고 있다. 그 얼굴, 그 가녀린 실루엣, 그 맑은 눈. 그 이름도 알고 있다. 어쩌면 발미의 모두가 그 소녀의 이름을 알지도 모른다.

제시카 슈타인.

'영원한 베프'라고??!! 읽고 또 읽어도 믿을 수 없었다. 엄마하고 제시카가? 어떻게 그럴 수 있지? 그리고 무엇보다, 내가 어째서 단 한 번도 그 이름을 들어 본 적이 없는 걸까?

잠자코 근심 없이 밝은 미소를 짓고 있는 두 소녀의 얼굴을 바라봤다. 엄마와 제시카 사이에 무슨 일이 있었던 걸까? 왜 서로 연락이 끊겼을까? 그냥 두 사람이 가는 길이 갈라졌는지도 모른다. 상급 학교에 진학하면서 어릴 적 친구들과 관계 유지가 힘든 경우도 꽤 있었다.

엄마는 이 관계를 묻어둔 채 단 한 번도 입 밖에 내지 않았다. 오랜 세월 동안 그 우정을 비밀처럼 간직해 온 것이다. 집에서 제시카 슈타인이라는 이름이 언급된 기억도 전혀 없었다.

별안간 강렬한 슬픔이 나를 덮쳤다. 엄마의 삶이 얼마나 많은 작은 실패와 포기, 비극의 연속으로 이루어져 있는지 깨달았다. 가장 친한 친구를 살해당해 잃었다. 남편은 우울증에 빠졌고, 자신의 커리어는 완전한 실패였다. 삶의 그림에서 즐거운 부분이라고는 조금도 없었다. 하지만 지금 이 어린 소녀는 아직 그런 미래를 모른다. 그녀는 자신이 행복할 거라고 믿고 있었다. 그녀에게는 행복해질 권리가 있다.

잽싸게 몸을 돌려 다시 머리맡 탁자 서랍 속으로 손을 뻗었다.

파란색 노트가 손에 잡혔다. 나는 그것을 마법의 주술서나 되듯 조심스레 집어 들었다. 열일곱 엄마의 일평생이 바로 거기에 담겨 있었다. 휘갈겨 적은 50여 페이지, 이어지는 전화번호들, 줄줄이 적힌 이름들. 모두 1988년을 사는 열일곱 살 소녀의 삶을 말해주는 것 같았다.

페이지를 넘기다 드디어 그 이름을 발견했다.

제시카 — 75.22.39.81

글자를 한껏 꾸민 소녀 감성의 글씨체로 적힌 이름 밑으로 파란색 줄이 그어져 있었다.

나는 노트를 닫고 벽을 둘러봤다. 책상 위에는 캘리포니아 풍경을 담은 사진이 있었다. 해질 무렵의 기다란 해변에서 몇몇 실루엣이 해수욕과 서핑을 즐기고 있었다. 나쁜 일이라고는 일어나지 않을 것처럼 보이는 안도가 되고 따뜻한 풍경이었다.

나는 조금 우울해진 기분으로 다시 아빠를 떠올렸다. '로랑한테 다시 전화??' 눈앞에서 물음표 두 개가 둥둥 떠다니며 사라지지 않았다. 엄마의 인생이 바로 그 질문에 달린 걸까? 만약 엄마가 전화를 건다면, 나는 무슨 일이 일어날지 이미 알고 있다. 가난한 삶, 시시한 직장, 체념한 남편, 지방 소도시에 있는 담보로 잡힌 집. 엄마가 그보다는 나은 삶을 살아야 마땅하다는 생각이 문득 들었다. 새로운 기회를 가질 자격이 있다는 생각이.

물론 그게 무엇을 뜻하는지는 나도 안다. 과거를 바꾸면, 30년 후에 나는 사라질 것이다. 아니…. 그럴 수는 없다. 나는 아빠에게 전화를 걸어야만 한다. 미래를 위해서라면 어쩔 수 없다. 꿈과 희망도 어쩔 수 없다.

노트를 집어 들고 손가락으로 페이지를 넘기는 동안 많은 생각들이 스쳐지나갔다. 올바른 일이라는 걸 어떻게 확신할 수 있을까? 선택이 필요할 때마다 항상 올바른 결정을 내릴 수 있을까? 그런 건 불가능하다. 자신의 행위가 어떤 결과를 낳을지는 결코 알 수 없다.

이름과 숫자들이 이어지다가 내가 찾는 페이지가 펼쳐졌다. 나는 책상 위에 놓인 커다란 유선 전화기의 수화기를 들고 단단한 플라스틱으로 된 버튼을 눌러 전화를 걸었다. 몇 초간 신호가 가다가 어떤 목소리가 들렸다. 물음표들은 계속 눈앞에서 반짝거렸다.

"여보세요?"

목소리는 저음이지만 경쾌했다. 나는 당황해서 잠시 머뭇거리다 확신 없는 목소리로 말을 꺼냈다. 내 목소리가 마치 멀리서 들려오는 듯했다.

"여보세요, 에마뉘엘? 응, 나야 이자벨. 전화한 건, 금요일 축제 때문에……"

7

다음 날 아침에 눈을 떴을 때, 처음 떠오른 생각은 바로 이거였다. '내가 부모님의 연애를 완전히 망쳐버렸겠군.' 그런데도 나는 여전히 존재했다. 나는 내 팔과 가슴, 얼굴을 더듬어봤다. 확실히 살아있었다. 어떻게 된 걸까? 나는 침대 옆에 놓아 둔 내 아이폰을 집어 들고 시간을 확인했다. 오전 6시 7분. 아직 이른 시간이었다.

어제 에마뉘엘에게 축제에 같이 가자고 말한 게 똑똑히 기억났다. 그건 아빠가 그림 밖으로 밀려났고, 이제 엄마는 자기가 원하는 대로 살아갈 자유가 있음을 뜻했다. 하지만 내 방도, 이 집도 아무것도 변한 게 없었다. 〈록키 3〉 포스터까지 그대로 있는 걸 보면 내가 아빠랑 같이 저 영화를 봤다는 사실도 바뀌지 않았다.

이런 게 바로 운명인가? 과거의 그 무엇도 바꿀 수 없는 것? 모든 일이 미리 정해져 있고, 우리는 앞으로 다가올 일에서 절대 벗어날 수 없는 건가? 이렇게 생각하니 조금 무서워진다.

어떻게 된 건지 전날 있었던 일을 하나하나 떠올려봤다.

7번째 여름이 남긴 기적

에마뉘엘과 통화를 한 다음, 나는 침대에 누워 조지 마이클의 1
집 카세트를 틀어둔 채 한두 시간을 꼼짝 않고 누워 있었다. 카세
트는 한 면이 끝나면 자동으로 다른 면이 시작됐다. 그러고는 거
실로 내려가 책을 읽고 있던 할머니 옆에서 이야기를 나누며 함께
시간을 보냈다. 방으로 다시 돌아왔을 때는 이미 어두워진 뒤였다.

창문을 열자 따스한 봄 공기가 방으로 들어왔다. 오로지 달빛만
이 깜깜한 방 안을 희미하게 밝혔다. 나는 창을 넘어 빗물받이 홈
통을 타고 내려갔다. 할머니 할아버지한테 들키고 싶지 않았다. 게
다가 이렇게 빠져나가는 게 꽤 맘에 들었다. 마치 스파이더맨이 된
것 같다.

나는 정원을 지나 문을 빠져나간 다음 작은 공원 입구로 향했
다. 주위는 고요했다. 길에는 아무도 없었다. 행인도, 자동차도 없
었다. 발미는 온통 잠들어 있었다.

장미를 가꾸어 놓은 정원으로 가서 꽃잎 끝부분에 붉은 빛이
도는 하얀 장미를 한 송이 꺾어 향기를 맡았다. 감미롭고 진한 머
스크 향이 났다.

집으로 되돌아와서 책상 위에 장미꽃을 놓아두었다. 30년 간격
을 두고 고마움을 담아 전하는 장미 한 송이. 나는 침대에 누워
다음날 몸을 되찾은 엄마가 책상 위에 놓인 꽃을 보면 무슨 생각
을 할지 상상하며 잠이 들었다.

그것은 시간을 가로질러 보내는 작은 선물이었다.

아침 햇살이 벽 위로 차츰 비쳐 드는 것을 말없이 바라보며 이 런저런 생각을 했다. 아래층 부엌에서 작은 소리가 들려왔다. 그릇 이 식탁에 놓는 소리, 커피 물이 보글보글 끓는 소리, 포장지가 바 스락거리는 소리. '엄마가 일하러 갈 준비를 하는구나.'라고 생각했 다.

7시면 엄마는 이미 나가고 없을 것이다. 나는 더 이상 지체하지 않고 침대 밖으로 뛰쳐나와 티셔츠와 청바지를 챙겨 입고 허둥지 둥 계단을 내려가 햇빛이 가득 비쳐 드는 작은 부엌에 있는 엄마 에게 다가갔다.

"레오? 오늘 일찍 일어났네!"

엄마는 좋은 의미로 놀란 표정이었다. 나를 봐서 반가운 것 같 았다. 우리가 아침에 이야기를 나누는 일은 거의 없었다. 그저 잠 시 마주칠 시간만 있었을 뿐. 엄마는 자주 나에게 짧은 메모를 써 서 냉장고 문에 자석으로 붙여 놓았고, 나는 엄마가 저녁에 볼 수 있게 답장을 남기곤 했다.

엄마가 나를 쳐다보자 내 마음은 혼란스러워졌다. 어제만 해도 엄마는 생기 넘치고 희망에 찬 여학생이었고, 그녀의 방은 온갖 꿈들로 도배되어 있었다. 그 생각을 하자 마음이 아팠지만 내색은 하지 않았다. 엄마는 나갈 준비를 마치고 눈 밑에 있는 거무스름 한 다크서클을 화장으로 가리는 중이었다. 갑자기 엄마를 안아 주 고 싶었다.

"응, 일찍 일어났어."

나는 무심하게 말했다.

"엄마, 차 끓여 줄까?"

나는 대답을 기다리지 않고 자리에서 일어나 주전자를 들고 냉장고 위 붙박이장에서 '얼 그레이' 티백이 담긴 작은 상자를 꺼냈다. 엄마에게 등을 돌리고 있었지만, 엄마가 나를 쳐다보고 있는 것이 느껴졌다. 식탁으로 돌아와 김이 나는 뜨거운 물을 엄마의 찻잔에 붓자 엄마가 내게 다정하게 미소를 지었다.

"고마워."

엄마는 지난 몇 년간 아무도 자기를 그렇게 챙겨준 적이 없다는 듯 기쁜 목소리로 말했다. 정말 그랬는지도 모른다.

나는 다시 자리에 앉아 조심스럽게 말을 꺼냈다.

"엄마, 제시카 슈타인하고 알고 지냈어?"

엄마는 놀라서 나를 쳐다봤다. 눈 하나 깜짝하지 않고, 아무 말도 하지 않았다. 엄마는 약간 주저하다가 결국 말을 꺼냈다.

"왜 그런 걸 묻니?"

"뭐, 그냥. 이제 곧 학년말 축제잖아. 기념식이니 추도식이니 하는 것도 있을 거고. 그 사람 사진이 학교 벽 여기저기에 붙어 있고 하니까…."

나는 최대한 자연스러워 보이려고 애썼지만, 보이지 않는 손이 내가 말하지 못하게 막으려는 듯 목이 서서히 조여 오는 느낌 들었다. 엄마는 차를 한 모금 마시고 내 뒤쪽에 있는 벽을 바라봤다.

"아니, 딱히. 잘…모르는 사람이야."

나는 그 방에 놓여있던 '영원한 베프'라고 쓰인 사진을 떠올렸다. 그러면 안 될 것 같았지만, 나는 고집스레 말을 이었다. 이 문제를 확실히 밝혀야 했다.

"둘이 같은 학년이었던 건 맞지? 엄마도 학년말 축제에 갔어? 제시카 슈타인이 살해당한 그 축제 말이야."

엄마는 이제 조금 짜증이 나는 표정으로 나를 쳐다봤다.

"레오… 제시카하고는 그냥 이름만 알던 사이였어. 그냥 멀리서 말이야. 이제 됐니?"

엄마는 자기를 조용히 내버려 두기 바라는 것 같았다. 나는 더 말을 꺼내지 않았다. 엄마가 다시 차를 한 모금 마셨다. 나는 계속 엄마를 쳐다보며 가볍게 고개를 끄덕였다. 엄마가 찻잔 뒤로 얼굴을 숨기려 한다는 느낌을 받았다. 얼굴이 찻잔에 집어 삼켜진 것 같았다. 마치 엄마 자신도 사라져버리고 싶은 듯.

—◆—

오전은 특별한 일 없이 지나갔다. 쉬는 시간에 복도에서 벨린다를 마주쳤다. 그녀는 책을 잔뜩 든 채 밑을 내려다보며 걸어가다가 나를 향해 눈에 띌 듯 말 듯 가볍게 미소 지었다. 나는 그 곁을 지나가며 말했다.

"오늘 저녁에 봐!"

"그, 그래."

벨린다는 마치 비밀을 말하듯 나직하게 답하고는 걸음을 재촉해 B동 건물 모퉁이로 사라졌다.

'비디오 2000'에 가서 다시 꼬마 요정 의상을 입는 건 너무 싫었지만, 벨린다를 다시 본다고 생각하면 왠지 기분이 좋아졌다.

정오에 벨이 울리자 나는 별 열의 없이 112호 교실로 향했다. '마지막을 준비하는 철학적 사고 모임' 시간이었다.

오늘은 지각하지 않았다. 제롬 선생님은 스카우트 대장이 대원들을 보는 것 같은 만족스러운 미소로 나를 맞이했다. 마치 오늘 수업 내용이 노래를 부르며 마시멜로를 모닥불에 구워 먹는 일이라도 되는 것처럼.

교실에는 이미 학생들이 띄엄띄엄 앉아 있었다. 챙 모자를 쓴 케빈, 첫째 줄에 앉아 손톱에 매니큐어를 바르고 있는 아니사, 교실 한가운데에 나란히 앉아서 킥킥대고 웃는 여자애 두 명. 나는 책상 사이로 걸어가 교실 맨 뒤 창가 자리에 앉았다.

제롬 선생님은 수업을 시작하기 전에 모두가 완벽히 침묵하기를 바라듯 우리를 한 명씩 바라봤다. 그 얼굴에는 계속 미소가 떠올라 있었다.

"자. 그럼 그 문제에 대해 계속 이야기해 보자. 자유에 대해서."

선생님은 우리를 둘러보며 반응을 살피더니 말을 이었다.

"여러분 중에 누가. 벌써 생각해 봤을까? 자신이 나중에. 무슨 일을 할지?"

교실 여기저기에서 작은 속삭임이 들리지만 아무도 대답하지 않았다. 교실 한가운데에 있는 두 여학생이 소리 죽여 웃기 시작했다.

제롬 선생님은 칠판을 향해 몇 걸음을 떼며 우리 중 누군가가 말하기를 기다리는 것 같았다. 선생님은 내 주변으로 걸어와서 나를 뚫어지게 쳐다봤다. 나는 내 차례가 왔음을 느꼈다.

물론 예감은 틀리지 않았다.

"레오, 너는 생각해 봤니?"

선생님은 활기차게 말했다.

"그게…."

물론 고등학교를 졸업한 후에 무얼 할지 생각해 봤다. 하지만 그 생각을 아주 깊이 해 보지는 않았다. 학교에서는 매달 첫째 토요일에 "대학 입학 자격시험을 통과한 후 자신의 진로와 직업적인 미래를 잘 그릴 가능성을 최대한 높이기 위한"(이건 교장 선생님이 한 말이다) 날을 마련해 두었다. 그때 나에게 제시된 진로 중 그 어느 것에도 확신이 서지 않았다. 내가 아주 똑똑한 학생이 아닌 건 틀림없었다. 그리고 솔직히 말하면 미래를 딱히 계획해 볼 마음도 없었다. 과거만 가지고도 이미 벅찰 지경이었다.

"그게…."

내가 머뭇거리자 제롬 선생님은 나를 조금 미묘한 눈으로 쳐다봤다.

"너는 네가 원하는 걸 할 수 있어. 네 삶에 있어서 말이야. 그렇지 않나?"

이 말이 한순간 허공을 떠돌다가 나의 뇌에 이르자 어떤 저항에 부딪혔다.

"원하는 걸 할 수 있다고요? 정말 그런가요?"

갑자기 내 입에서 튀어나온 말에 스스로도 놀랐지만, 아무런 내색을 하지 않고 말을 이었다.

"가령 저는 프로 운동선수가 될 수는 없을 거예요. 신체 조건이 안 되니까요. 그건 엄연한 사실이죠."

"아하!"

제롬 선생님이 외쳤다.

"그러니까 너는. 일종의 결정론이 있다고 믿는구나. 우리가 우리 능력의 한도 안에. 있는 것만 할 수 있다고 말이야."

"그렇죠. 만일 제가 대학에 가려면, 발미를 떠나야 할 거예요. 부모님은 대학이 있는 도시에 방을 얻을 돈을 대야겠지요. 만일 부모님이 그럴 형편이 못 된다면, 저는 어떻게 하죠?"

제롬 선생님은 이해한다는 표시로 고개를 끄덕였다. 다른 학생들을 향해 몸을 돌리고 큰 목소리로 설명했다.

"레오는 우리 삶이. 미리 결정되어 있다고 생각해. 우리의 신체적, 정신적 능력에 따라서 말이야. 또 사회적 계급과 지리적 출신지에 따라서 말이야. 레오는 모든 것이. 미리 결정되어 있다고 믿는다."

교실에서 웅성거리는 소리가 들렸다. 케빈은 챙 모자를 위아래로 끄덕이며 동의했다. 아니사는 조금 회의적인 표정이었다. 아니사 옆에 앉아 있는 남자애가 손을 들고 말했다.

"운명처럼요?"

제롬 선생님은 칠판으로 몸을 획 돌려 커다란 글자로 '운명'이라고 적었다.

"그래, 바로 그거야. 레오는 운명을 믿어."

그 말이 교실을 한 바퀴 맴돌았다. '운명'이라는 단어가 이상하게 울렸다. 하지만 그런 일이 바로 어제 벌어졌다. 나는 엄마의 삶을 바꾸려 했지만, 아무런 소용이 없었다. 엄마는 여전히 똑같은 상황에 처해 있었다. 마치 모든 것이 미리 정해진 것처럼 말이다.

같이 앉아 있는 두 소녀 중 하나가 웃음을 멈추고 불쑥 말했다.

"아랍어에 '마크툽'이라는 말이 있어요. '그렇게 기록되어 있다.'는 뜻이에요. '마크툽'에서는 벗어날 수 없어요. 절대로요."

그 옆에 앉은 여자애가 소매로 얼굴을 가리고 다시 웃기 시작했다. 제롬 선생님은 그 말을 듣고 미소를 지으며 말했다.

"하지만 그렇다면. 우리가 정말로 자유로울까?"

누구도 입을 열지 않았다. 제롬 선생님은 우리 얼굴을 자세히 살폈다.

"나는 내가 자유롭다고 느끼지. 내가 원하는 것을 할 수 있다고 말이야. 내가 교실을 떠나고 싶다면. 또는 창문으로 뛰어 내리고 싶다면. 나는 그렇게 할 수 있어. 자유는, 단지 어떤 개념이 아니야. 감각이지. 우리가 모두 느끼고 알 수 있는 무언가야. 우리 삶에서 말이지."

케빈은 다시 고개를 끄덕였다. 그는 깊은 명상에 잠긴 것처럼 보였다. 아니, 어쩌면 졸고 있는 걸지도 모른다.

"하지만, 만일 모든 것이 미리 정해져 있다면. 그 무엇도 더 이상 자유롭지 않아. 이건 무언가 모순되지 않나? 만일 신이 모든 것을 미리 정해 놓았다면. 그런 상황은 내가 느끼는 것과 정반대야. 마음속으로. 내가 느끼는 것. 자유 말이야. 나의 자유!"

선생님은 조금 흥분한 어조로 마지막 말을 내뱉었다. 그러더니 다시 칠판으로 돌아서서 큰 글씨로 이렇게 썼다. '자유 의지'

"이것에 대해 논의해 보자. '자유 의지'에 대해서."

나는 그 단어를 머릿속에 기록해 뒀다. 자유 의지. 마음속에서는 수많은 질문들이 거대한 열대 식물처럼 자라났다. 우리는 운명에서 벗어날 수 있을까? 모든 일의 흐름을 바꿀 자유가 있을까? 아니면 반대로 내가 점점 더 확신해가듯, 우리는 그 무엇으로부터도 자유롭지 못한 건 아닐까?

순간, 제시카의 얼굴이 떠올랐다. 제시카는 이미 죽었다고 역사에 기록되어 있다. 내가 운명의 흐름을 바꾸는 데 성공할 수 있을까? 이 죽음을 막기 위해 운명이 나를 과거로 보내고 있는 건 아닐까?

불안한 마음에 뱃속에서 묵직한 덩어리가 올라오는 것 같았고, 땀이 한 방울 등줄기를 타고 흘렀다.

오늘은 화요일이다. 나는 이 질문에 대한 답을 일주일도 채 못

되어 알게 될 것이다.

—◆—

오후에 나는 역사 선생님이 결근한 틈을 타서 학교 도서관으로 갔다. 그곳은 교실과 조금 떨어진 작은 외톨이 건물이었다. 입구는 커다란 통유리로 되어 있고, 여기저기에 자료 진열대가 놓여 있었다. 한 진열대에 놓인 잡지의 표지에 중학생 한 무리의 사진이 보였다. 그 위에 적힌 표제는 '오늘날 10대로 산 다는 것의 의미'였다.

그런 질문을 던질 수 있을 법했다. 하지만 내 경험에 따르면, 2018년에 십 대로 사는 것은 30년 전과 그리 다르지 않았다. 비만인 다니엘, 말을 더듬는 엘리즈, 가족에게 억압받는 카퓌신을 떠올렸다. 우리 엄마는 말할 것도 없다. 십 대의 삶은 모두 비슷하지만, 불행한 십 대는 모두 제각각의 불행을 안고 있다.

안내 데스크로 다가가자 '엄마 사서'라는 별명이 붙은 사서 선생님이 반달 모양 안경 너머로 나를 쳐다봤다. 그녀는 얼굴의 메마른 이미지와 대조되는 놀랍도록 부드러운 목소리로 내게 뭘 원하느냐고 물었다.

"고등학교 기록물을 보고 싶어서요. 1988학년도 학생 앨범을 볼 수 있을까요?"

마르셀비알뢰 고등학교는 매년 학생들의 사진과 이름, 그들에 관한 특이한 사실 등을 실은 소개 앨범을 발간했다. 작년에 아레스키는 다음과 같은 영예를 누렸다.

아레스키 타비브
최고의 긱, 미래의 스타 셰프
스트리트 파이터 2018년 토너먼트 우승자

내 이름 아래에는 아무 것도 적혀 있지 않아서 솔직히 부러웠다. '엄마 사서'는 삐걱거리는 소리를 내며 자리에서 일어나 고등학교 기록물이 보관된 작은 방으로 들어갔다. 종이 상자를 들고, 의자를 옮기고, 자리에 앉고, 한숨을 쉬고, 일어나서 다시 한숨을 쉬고, 무언가를 중얼거리고, 한숨을 쉬더니 의기양양하게 작은 소리로 외치는 것이 밖에서도 다 들렸다. 그녀는 방에서 나오며 나를 결의에 찬 눈길로 바라봤다.

"자, 여기 있다!"

붉은 가죽으로 장정된 앨범 위에는 굵은 글자로 이렇게 적혀 있었다.

발미쉬르라크
마르셀비알뢰 고등학교
1987~1988학년도

'엄마 사서'는 의심스러운 표정으로 나를 쳐다봤다. 이 앨범으로 도대체 무엇을 하려는지 궁금한 것 같았다. 나는 살짝 미소를 지어 보이고 그녀의 손에서 책을 잡아채며 고맙다고 말했다.

열람용 책상 하나에 자리를 잡고 앉아서 그 붉고 두꺼운 앨범을 조심스레 펼쳤다. 느낌이 이상했다. 마치 역사의 한 조각을 들고 있는 것만 같다. 아직도 밝혀지지 않은 비밀을 간직한 1988년에서 살아남은 귀중한 앨범이다.

천천히 책장을 넘겼다. 맨 앞에는 교장 선생님의 서문이, 그 다음에는 학교 신문 편집장인 디안 메르시에라는 학생이 쓴 서문이 있었다. 뒤이어 사진이 실린 페이지들이 나왔다. 학급별로 구분되어 줄지어 인쇄된 네모 칸 속의 흑백 얼굴들. 고등학교 1학년, 2학년, 끝으로 3학년. 다들 미소를 짓고 있었지만 가끔 이상한 표정을 짓고 있는 학생들도 있었다. 대부분 1학년들이었다.

책장을 넘기다 2학년 B반에서 멈췄다. 깔끔하고 단정한 스타일에 미소를 짓고 있는 비슷비슷한 아이들 속에서 다니엘의 얼굴은 바로 눈에 띄었다. 통통한 볼에 약간 침울한 표정이었다. 새침하고 갸름한 카퓌신의 얼굴도 찾았다. 엘리즈는 도수 높은 둥근 테 안경을 쓰고 있었다. 책장을 계속 넘기다 마르크올리비에의 날카로운 눈길과 마주했다. 매력적이고 차가운 파충류의 눈. 그 눈을 보자 막연한 불편함이 느껴졌다.

계속 책장을 넘기다보니 엄마의 얼굴이 보였다. 사진 속 엄마는 어리둥절해 보였지만 그래도 밝은 표정이었다. 머리카락은 얌전하게 빗어 머리띠로 눌러 놓아 행실이 바르고 무척 얌전한 학생처럼 보였다. 바로 옆에는 제시카의 사진, 학교와 도시 곳곳의 벽에 게

시되어 있는 것과 똑같은, 지금은 너무도 잘 알려진 사진이 있었다. 발미쉬르라크의 성스러운 소녀.

제시카 슈타인
1987학년도 무도회 여왕
고등학교 체조부 부장

엄마의 사진 밑에는 아무 글도 없었다. 그냥 이름만 적혀 있을 뿐이다.

나는 무척이나 다른 두 얼굴을 바라봤다. 기분 탓인지 제시카는 빛나고 행복해 보였고, 엄마는 어딘지 모르게 자신감이 부족해 보였다.

나는 계속해서 앨범을 살폈다. 개인 사진들 사이사이로 여럿이서 찍은 사진들도 보였다. 대부분 소풍이나 체육 행사, 예술 공연 등 한마디로 그 학년도의 모든 주요 행사에서 찍은 사진들이었다. 그중 하나는 호숫가에서 찍은 것 같았다. 남녀 학생 몇 명이 모래 위에서 서로 물을 튀기며 놀고 있었다. 한 남학생이 물총을 들고 또래 친구들이 웃는 가운데 주위를 온통 물바다로 만드는 중이었다. 햇살이 밝았다. 사진 속 인물들은 어두운 그늘은 하나도 없이 완벽하게 즐거워 보였다. 근심이 없는 것은 그들만의 특권이었다.

앨범의 마지막 30여 쪽은 전부 학년말 축제 사진이었다. 흑백 사진들이 믿기 힘들 정도로 줄줄이 이어졌다. 제시카 슈타인이 살아서 보낸 최후의 저녁 시간을 증언하는 사진들. 이 사진들은 어떤 비밀을 감추고 있을까?

고등학교 체육관은 축제를 위해 내부를 완전히 새롭게 꾸몄다. 커다란 미러볼 하나가 천장에 걸려 있었고, 핸드볼 골문이 있는 체육관 안쪽에는 무대를 마련해 놓았다. 색종이 테이프와 장식품들로 벽이 꾸며져 있고, '마르셀비알뢰 1988년'이라고 쓰인 커다란 현수막이 걸려 있었다. 인공 암벽 아래쪽의 간이탁자에는 음식이 놓여있고 그 주위로 학생들이 옹기종기 모여 있다. 몇몇 학생들은 임시로 만들어 놓은 무대 위에서 쌍쌍이 끌어안고 춤을 추고 있었다. 그들은 축제에 완전히 몰입해 있었다. 제시카는 그들 사이 어딘가에 있을 것이다. 그녀가 어디에 있는지 찾아봤지만 보이지 않았다.

페이지 아래쪽에 작게 '사진: D. M.'이라고 적혀 있었다.

다니엘 마르퀴조.

책장을 계속 넘겼다. 미소 짓는 얼굴, 어색하게 웃는 모습, 찡그린 얼굴들. 제시카를 살해한 사람이 이 낯선 얼굴들 사이에 있을까? 그 생각을 하니 오싹했다. 저 사진들이 겉으로 보이는 것보다 더 많은 사실을 말해 주고 있다면? 진실이 바로 우리 눈앞에 있다면?

마음속으로 서서히 생각이 정리됐다. 수수께끼를 풀고 싶다면, 이 사진들을 찍은 사람을 찾아내야 했다.

맞다.

다니엘 마르퀴조를 찾아야 한다.

—◆—

'비디오 2000'에 도착하니 오후 7시가 조금 못 되었다. 벨린다가 내게 가볍게 손짓해 인사했고, 나는 계산대 뒤로 가서 자리를 잡고 앉았다. 별 모양 핀을 머리에 꽂은 벨린다는 밝은색의 밑단 장식이 달린 얇은 원피스를 입고 있었다. 립글로스를 바른 듯 그녀의 입술이 반짝였다. 계산대 위의 TV에서는 〈나이트메어〉의 한 장면이 펼쳐지고 있었다.

"별일 없지?"

벨린다가 나를 향해 고개를 돌리며 물었다.

그녀는 내게 무슨 일이 있다고 의심하는 것 같았지만, 그런 내색은 하지 않았다.

"응. 조금 피곤하긴 한데, 괜찮아."

나는 오후에 몇 시간 동안 체육관에서 권투 연습을 했다. 이제 조금 능숙해지기 시작했다. 아직 〈록키 3〉의 실베스터 스탤론 정도는 아니지만, 머지않았다. 체육관에서 샤워를 했지만, 그래도 몸이 계속 끈적끈적하고 더러운 것 같았다. 내가 체육관을 나설 때 보비도 그 사실을 지적했다.

"꼬마, 너 냄새 심하구나! 지독해!"

"알아요, 보비."

나는 한숨을 내쉬었다.

"이것도 개성의 일부예요. 아저씨 가슴에 용 문신처럼요."

"그건 멋있기라도 하지."

그는 빗자루질하면서 그저 그렇게 말했다.

벨린다는 나를 마주보며 이해심 가득한 미소를 지었다.

"기운 내, 레오. 일주일만 지나면 끝이야."

벨린다는 모든 수업이 끝나는 여름방학을 말하는 거였다. 나는 어쩔 수 없이 제시카를 떠올렸다. '일주일만 지나면 끝이야.' 그 말이 섬뜩하게 들렸지만 애써 미소를 지어 보였다.

벨린다는 쓰고 있는 요정 모자를 천천히 흔들며 활기찬 목소리로 외쳤다.

"기운 내야지. 크리스마스가 다가오잖아!"

일을 끝내니 저녁 10시가 조금 넘었다. 나는 벨린다에게 집까지 바래다주겠다고 제안했고, 벨린다는 살짝 떠오르는 미소를 감추며 그러라고 했다. 우리는 발미 거리를 말없이 천천히 걸었다. 태양이 지평선 너머로 살짝 넘어갔을 뿐이라 하늘은 짙은 창밋빛으로 물들어 있었다. 우리는 빵집과 철물점, 우체국을 지나 시립 경기장이 있는 곳에 이르렀다.

그곳의 너른 풀밭은 막 자른 풀 냄새가 났고 개구리가 수천 마리 살고 있었다. 여름밤이면 때로 이곳에서 나는 개구리 울음소리가 도시 반대편까지 들렸다. 호수에 있던 개구리들이 따뜻한 열기를 찾아서 오는 것이다. 운동장 주위에는 커다란 나무들이 산들바람에 가볍게 흔들렸다. 나는 고개를 들어 하늘에 막 뜬 첫 별들을 봤다. 벨린다도 고개를 들었다. 밤하늘 아래로 벨린다의 얼굴이 묘한 빛을 받아 밝게 빛났다. 마치 그녀의 내부에서 빛이 뿜어져 나오는 것 같았다. 벨린다는 나를 보며 가볍게 미소 지었다. 그녀의 입술이 반짝였고, 나는 뱃속에서 무언가가 울렁이는 것을 느꼈다. 우리는 축구장에 그려진 흰 줄 따라 걸었다.

갑자기 풀 위에 드러누워 따스한 저녁나절을 만끽하고픈 마음이 들었다.

"어때?"

나는 완벽하게 잘 깎인 잔디를 벨린다에게 가리키며 물었다.

벨린다는 대답하지 않고 고개를 끄덕이며 운동장 한가운데에 주저앉았다. 우리 주위로 커다란 나무들이 커튼처럼 서 있었다. 세상에 우리 둘만 있는 것 같았다. 나는 배낭에서 권투 장갑을 꺼내어 베개처럼 사용할 수 있게 둘둘 말았다. 벨린다는 장갑을 받아 들더니 고맙다고 중얼거리며 풀밭 위에 드러누웠다. 나는 잠시 벨린다를 쳐다봤다. 그녀의 머리카락은 태양 같았고, 그녀의 입술에 떠오른 미소가 내 마음을 따스하게 했다.

"안 추워?"

내가 물었다.

벨린다는 고개를 저으며 하늘을 올려다봤다. 이제 분홍빛은 완전히 사라졌고, 귀뚜라미 소리가 들려오기 시작했다. 공기 중에 은근하고 향긋한 냄새가 감돌았다. 수백 미터 떨어진 곳에서 올라오는 호수 냄새였다.

나도 드러누워서 머리 위로 하나 둘 뜨는 별들을 바라봤다. 놀이공원에 밝혀 놓은 작은 등불들 같았다. 여전히 자동차나 스쿠터에서 나는 도시의 소음이 들렸지만 마치 다른 차원의 시공간 속한 듯 먹먹했다.

"아름답다."

벨린다가 느릿느릿 말했다.

"해 질 녘, 내가 좋아하는 시간이야."

벨린다가 자기 가방의 손잡이를 잡고 자기 쪽으로 끌어당겼다. 그러자 가방에서 작은 노트가 하나 떨어졌다. 푸른색 표지에 속지는 줄이 없는 백지였다.

나는 별생각 없이 그 노트를 집어 첫 장을 열었다. 연필로 겹쳐 그린 그림들이 있었다. 얼굴들, 몸들, 표정들. 회화 작품을 위한 습작이나 스케치 같았다. 섬세한 선, 간결한 표현, 동시에 미묘한 감정이 느껴지는 게 왠지 일본 만화를 연상시켰다. 연극의 한 장면 같은 그림들이 쭉 이어져 있는 게, 마치 영화의 스토리보드 같았다. 배경은 발미의 거리처럼 보였다. 심지어 몇몇 건물과 가게는 나도 알아볼 정도였다.

나는 고개를 돌려 벨린다를 한참 쳐다봤다. 그녀는 계속 하늘을 보느라 내 시선을 눈치채지 못했다.

"네가 그림 그리는 줄 몰랐어."

나는 벨린다가 놀라지 않도록 최대한 부드럽게 말했다.

벨린다는 고개를 확 돌려 나를 마주 봤다. 내가 자기 노트를 들고 있는 것을 보자, 잽싸게 그것을 잡아채 자기 가방 안에 넣었다.

"아, 이거…."

그녀는 눈을 비비며 말했다.

"별거 아니야. 그건… 그저 그렇지 뭐."

"아니, 아니야, 너 재능 있어."

나는 정말 그렇게 생각했다. 벨린다는 아무 말 없이 나를 바라봤다. 아주 짧은 한순간, 벨린다의 눈에서 어떤 작은 빛이 떨리는 것처럼 느껴졌다. 그녀의 눈길이 아래로 향하며 제 안으로 움츠러드는 것 같았다.

"왜 그래?"

나는 의기소침해 있는 벨린다를 보며 물었다.

벨린다는 대답하지 않았다. 그녀를 불편하게 만들고 싶지는 않았지만, 그렇다고 이 문제를 그냥 넘기고 싶지도 않았다.

"너는 만화 분야에서 활동할 수 있을 거야."

나는 자신 있게 말했다.

"아니면 영화. 너는 확실히 멋진 감독이 될 거야. 좀비가 나오는 뮤지컬 코미디를 만들 수 있는 사람은 너뿐일걸."

벨린다는 웃음을 터뜨리다가 금세 멈췄다.

"치, 말도 안 돼…."

그녀는 조금 상심한 것 같았다.

"아니, 진심이야. 성공할 요소는 다 갖추고 있잖아. 재능, 상상력,

약간의 광기. 야, 벨린다, 너 자신을 봐. 너는 다른 누구하고도 안 닮았어. 독창적이고 유일해. 나랑은 다르단 말이야. 나는 다른 애들이랑 똑같은, 평범한 애야. 아무하고나 바꿔도 상관없을걸. 하지만 너한테는 뭔가 특별한 게 있어."

나는 벨린다의 노트를 다시 보려고 했지만, 벨린다는 가방끈을 꼭 쥐고 노트를 못 가져가게 막았다. 어둠 속이지만 벨린다의 표정이 어두워지는 것을 느꼈다. 뒤이어 그녀는 결국 한숨을 내쉬었다.

"이런 촌구석 출신이면 성공하기가 만만치 않아."

나는 주위를 둘러봤다. 잔디 깎인 발미쉬르라크의 시립 경기장은 밤하늘 아래에서 무수한 초록빛으로 빛났다. 나는 갑자기 이상한 감각에 휩싸였다. 침울하고 불쾌한 기분에 가슴이 답답해졌다. 발미쉬르라크 출신이면 대체 무슨 일을 해낼 수 있을까? 결국 실직자가 되거나 신발 가게 점원이 되는 것 말고 뭘 바랄 수 있을까? 우리 모두에게 주어진 운명이란 바로 그런 건가? 겉으로는 밝고 자유로워 보이는 미래가 우리한테 예정해 놓은 건 고작 그것뿐일까?

벨린다는 다시 한번 한숨을 내쉬었다. 만사가 그렇게 슬프지 않다면 좋겠다. 하지만 그렇지 않다고 차마 스스로를 납득시키지 못했다. 벨린다가 나를 향해 고개를 돌리자 나는 처음으로 그녀의 입가에 아주 작은 점이 있다는 사실을 깨달았다.

"운명을 다룬 최고의 영화 다섯 편은?"

나는 미소를 지으며 물었다.

벨린다는 웃음을 터뜨렸다.

"쉽지⋯ 〈레퀴엠〉, 〈미스터 노바디〉, 〈이터널 선샤인〉, 〈로슈포르의 숙녀들〉."

"하나가 부족하잖아."

내가 말했다.

"그건⋯ 물론 〈도니 다코〉지!"

나는 살짝 서글픈 미소 지었다. 갑자기 내 안에서 어떤 힘이 나를 벨린다에게 서서히 다가가게 만드는 게 느껴졌다. 별들이 사려 깊게 지켜보는 가운데 그 부드럽고 하얀빛을 받으며 나는 주위 어디에나 여름이 와 있음을 느꼈다. 귀뚜라미 울음소리, 잘린 풀 냄새, 다가오는 여름방학, 이 모든 것이 뒤섞였다.

벨린다는 내 눈을 똑바로 보면서 상반신을 일으켰다. 우리 어깨가 스칠 듯 가까워졌다.

"너는 네가 감옥에 갇혀 있다는 느낌을 받은 적 한 번도 없어?"

벨린다가 지친 목소리로 말했다.

이번 주가 되기 전에 그런 생각은 한 번도 해 본 적이 없었다. 나는 특별히 불행하지 않았고, 발미가 감옥이라고 생각해 본 적도 없었다.

"힘들어."

벨린다는 결론을 내리듯 말했다.

"꿈을 품고 산다는 게 쉽지 않아."

스쿠터 모터 소리가 밤하늘을 가로질렀다. 그 소리가 길게 늘어

지는 고통스러운 신음을 닮아 있었다. 깊숙한 우리에 갇힌 채 맴도
는 작은 동물의 울음 같았다.

— ◆ —

우리는 그렇게 한 시간 가까이 머무르며 이런저런 이야기를 나
눴다. 밤이 내릴수록 앉아 있는 풀밭에 습기가 찼고 밤의 곤충들
이 내는 미미한 소리가 가까이에서 들려왔다. 벨린다는 자기가 영
화를 얼마나 좋아하는지 말했다. 그녀는 파리로 올라가서 영화 학
교에 다니고 싶어 했다. 나는 시도해 봐야 한다고 고집스레 말했
다. 벨린다는 손짓 한 번, 아니 그저 눈짓 한 번으로 그 격려를 무
시해버렸지만, 나는 매번 그녀에게서 저항의 불씨 같은 것을 느꼈
다. 벨린다가 마음이 조금 흔들리며 '내가 그렇게 할 수 있을 거라
믿어?'라고 은밀하게 스스로 묻기 시작하는 것 같았다.

솔직히 나는 벨린다가 부러웠다. 그녀한테 어떤 열정이나 특별한
재능이 있어서라기보다는, 꿈이 있어서였다. 그 꿈은 지금으로서는
이룰 수 없을 것처럼 보였지만, 그래도 아무런 꿈도 없는 것보다는
나았다.

우리가 말없이 몇 분 더 머무르며 그 완벽한 순간을 만끽하는
데, 뒤쪽에서 풀을 밟는 가벼운 발소리가 들렸다. 땅이 가볍게 울
리는 것 같았다. 나는 고개를 들어 호수 쪽을 봤다. 처음에는 아무
것도 보이지 않았지만, 어둠 속에서 두 사람의 실루엣이 차츰 또렷

이 드러났다. 실루엣은 휘청거리며 앞으로 걸어갔다. 그들의 얼굴은 보이지 않았지만, 내 또래의 남녀인 것 같았다. 그들은 서로 허리를 끌어안고 걸으며 내가 알아들을 수 없는 말을 서로의 귀에 속삭였다.

여자애는 남자애의 허리를 팔로 감싸 안고 있었고, 남자애는 여자애한테 몸을 수그리고 제 어깨의 움푹한 곳으로 그녀의 얼굴을 감싸 안은 것처럼 보였다. 그들이 취한 기묘한 형상에서 이따금 작은 웃음소리가 흘러나왔다. 그들은 끌어안은 자세 때문에 서로 방해받아 주춤거리며 앞으로 나아갔다.

갑자기 차 한 대가 경기장 모퉁이로 지나갔다. 벨린다가 나를 쳐다봤다.

"왜 그래?"

벨린다는 나의 당황한 표정을 보고 물었다.

나는 아무 말도 하지 않았다. 자동차의 전조등 불빛이 몇 초간 나의 망막에 각인되어 남아있었다. 아주 짧은 한순간, 전조등은 연인의 얼굴을 비추며 지나갔고, 그들은 이미 우리에게서 멀어져 길로 들어섰다. 그들의 얼굴이 플래시에 비추듯 밝은 빛을 받았다. 나는 그들의 미소, 그들이 한껏 표출하는 기쁨, 서로에게 몸을 맡기는 자세를 보았다. 남자애가 커다랗게 웃는 소리가 들렸다. 기쁨과 거만함으로 가득한 그 웃음이 밤을 갈랐다.

벨린다는 나를 의아하게 쳐다봤다. 집중하는 그녀의 눈썹이 눈 위에 그려진 두 개의 가는 직선처럼 보였다. 그녀의 입가에 얼핏 미소가 떠올랐다.

"아니, 아무것도 아냐."

나는 스스로 그렇다고 확신하려는 듯 숨을 내쉬며 말했다.

잠깐 빛을 받은 두 얼굴이 다시 떠올랐다. 확신할 수는 없지만….

아니, 사실은 확신했다. 두 가지 사실을.

1. 남자는 제레미 클라카르였다.

2. 여자는 발랑틴이 아니었다.

수요일

태양이 조용히 뜨기 시작했다. 새 한 마리가 창가에서 지저귀었고, 나는 반복되는 이 상황에 익숙해지기 시작했다. 천천히 한쪽 눈을 뜨고 주위를 살폈다. 벽이 온통 흰색인 방은 간소하고, 단색이며, 잘 정돈되어 있었다. 지금까지 본 다른 방들과 달리 벽에는 아무런 포스터도 사진도 없었다.

침대맡 탁자에 놓인 바늘 달린 작은 자명종 시계가 울리기 시작했다.

6시.

아직 이른 시간이었다. 나는 뼛속까지 욱신거리는 피로를 느꼈다. 눈꺼풀 사이에 모래알이라도 붙은 것처럼 눈이 따끔했다. 적어도 한 세기 동안은 잠을 못 잔 것 같았다. 천천히 한 손으로 얼굴에 만지고 이불을 들춰 봤다. 티셔츠에 사각 팬티 차림이었다. 오늘은 확실히 남자였다. 마음이 약간 놓였다. 여자로 하루를 사는 게 더 힘들다는 걸 이미 뼈저리게 느꼈다.

아침 햇살에 서서히 눈이 익숙해지면서 뇌가 새로운 환경에 적응하고 있는데, 방문 너머에서 발소리가 들렸다. 누군가 일부러 발로 바닥을 쿵쿵 구르며 최대한 큰 소리를 내려는 것 같았다.

"전원 기상!"

어떤 목소리가 외쳤다.

크고 힘찬 명령조의 남자 목소리였다. 나의 몸이 그 소리에 반응해 무의식적으로 몸이 곧게 펴지고 근육이 팽팽히 긴장했다. 침대 가장자리에 앉아서 양손으로 얼굴을 감싸 쥐며 생각했다. '오늘 하루도 끝내주겠군.'

말없이 일어나 옷이 걸려 있을 법한 붙박이장을 향했다. 붙박이장 안쪽에 커다란 거울이 걸려 있었다. 어느 젊은 청년이 나를 쳐다보고 있다. 그는 나를 응시하고, 나는 잠시 시간이 지나서야 그것이 바로 나라는 걸 깨달았다. 적어도 오늘 하루 동안은 내가 그일 것이다. 마르크올리비에와 함께 다니는 두 친구 중 하나다. 얼굴은 평범한 편이고 튀지 않는 인상이었지만, 내가 다니엘이었을 때 카페에서 본 기억이 났다. 또 내가 카퀴신이었을 때 학교 식당에서도 마주친 적 있었다. 머리는 짧게, 아주 짧게 군인처럼 깎았고 나보다 훨씬 근육질에 날렵한 몸매를 가졌다. 딱 보기에도 운동 능력이 뛰어난 것 같았다. 눈빛은 매우 단호했다.

나는 잠시 거울 속의 나를 쳐다봤다. 어떤 단서가 될 만한 움직임, 흔적을 하나라도 찾아내려 했다. 그렇게 가만히 있으면 마치 불가사의를 꿰뚫어 볼 수 있을 것 같았다. 하지만 아무 일도 벌어지지 않았다.

완벽하게 정리된 책상으로 다가가 노트를 하나 집어 들었다. 첫 페이지에는 '에티엔 페르노 - 2학년 B반'이라고 적혀 있다.

항상 'B반'이다. 기억을 더듬어 전날 도서관에서 빌려 본 앨범을 떠올렸다. 책장에 나란히 인쇄되어 있던 작은 사각형의 흑백 얼굴들. 그 얼굴 중에서 에티엔의 얼굴을 찾아내려 했지만, 이상하게 아무것도 떠오르지 않았다. 내가 주의를 기울이지 않고 지나친 게 틀림없었다.

조심스레 책장을 넘겨 시간표를 살펴봤다. 수요일이니까… 어디 보자… 수업은 네 시간밖에 없었다. 그중 두 시간은 국어니까 논리적으로 오전은 빨리 지나갈 게 틀림없다.

"기상!"

복도에서 들려오는 목소리가 더욱 단호해졌고, 바닥에 부딪혀 쿵쿵대는 발소리가 가까워지더니 누군가 방문을 빠르게 몇 차례 두드렸다.

"알았어요, 알겠다고요, 간다니까."

나는 짜증내며 말했다.

내가 그 말을 하자마자 온 집안이 쥐 죽은 듯 조용해졌다. 문의 손잡이가 확 내려가더니 한 남자가 엄청난 기세로 안으로 들어왔다. 웃는 기색이라고는 하나도 없는 스포츠머리의 40대였다.

"방금 뭐라고 했지?"

그는 위장 무늬가 들어간 러닝셔츠를 입고 있었다. 그런 러닝셔츠는 처음 보는 것 같았다.

"아, 아무 말도 안 했어요."

나는 기세에 눌려 더듬거리며 말했다.

"죄송해요. 서두를게요, 금방 준비하고 간다고요."

남자는 내 말이 안 믿긴다는 듯 날카로운 눈으로 나를 쳐다봤다. 그는 불만족스러운 기색으로 고개를 끄덕이더니 뭐라고 중얼거리며 방문 뒤로 사라졌다.

나는 안도하며 한숨을 내쉬었다. 에티엔 집안의 분위기는 조금… 뭐랄까… 군대 같았다.

———◆———

에티엔의 아빠와 단둘이 10분 정도 아침 식사를 한 다음에 학교로 갔다. 우리는 축구와 자동차, 사냥에 대해 이야기했다. 솔직히 말해서 매우 기분 좋은 아침 시간은 아니었다. 내가 학교에 가려고 방을 나서자 에티엔의 아빠는 나를 미덥지 않은 눈길로 쳐다보며 심각하게 말했다.

"오늘 오후, 잊지 말아라. 정비소에 들르는 거."

나는 알겠다고 대충 우물거리고 최대한 빨리 밖으로 나왔다. 굳이 물어보지 않아도 에티엔의 엄마는 더 이상 그 집에 살고 있지 않다는 걸 알 수 있었다. 죽었을까? 떠났을까? 모르겠다. 어쨌거나 벽에도, 가구 위에도 엄마의 사진은 전혀 없었다.

사실 그 집에서 본 유일한 장식은 부엌 입구 쪽에 걸린 작은 '1988년도 플레이보이' 달력뿐이었다.

마르셀비알뤼 고등학교의 분위기는 흥분되어 있었다. 나는 모여 있는 학생들 사이를 걸어가며 높아지는 흥분의 열기를 느꼈다. 학년말 축제가 다가오고 있었다.

에티엔의 옷장에서 찾은 흰색 반소매 티셔츠와 몸에 딱 붙는 청바지가 왠지 불편했다.

"에티엔! 어이, 에티엔!"

왼쪽으로 고개를 돌리니 마르코가 나를 향해 크게 손짓했다. 그는 평소처럼 부관을 대동하고 있었다. 나는 내키지 않았지만, 에티엔 역할에 충실하기 위해 그들을 향해 걸어갔다. 사실 다른 선택의 여지도 없었다. 나는 걸어가면서 아무렇지 않은 척하려 애썼다.

학교 운동장에서는 매일 벌어지는 똑같은 장면이 연출되고 있었다. 학생들은 완벽하게 정해진 무리를 이루어 제각기 모여 있고, 그 무리 사이에 교류는 거의 없다. 인기 있는 여학생들, 별 볼 일 없는 애들, 반항아들. 나는 오늘 이 마지막 무리에 속할 예정이었다. 조금 반항적으로 보이려고 애써 몸을 건들거리며 운동장을 가로질렀다.

지나가며 학생들의 얼굴을 관찰했다. 어떤 애들은 나를 쳐다봤고, 어떤 애들은 나를 무시했다. 나는 동쪽에서 비치는 유월 태양의 밝은 햇살을 받는 그 실루엣들을 가르며 걸었다.

마르코가 있는 곳에 다다르자 "별일 없냐?"고 적당히 인사했다. 그는 뭐라고 투덜거리더니 성냥을 꺼냈다.

"토니, 담배 한 대 내놔."

앙투안, 줄여서 '토니'는 그의 오른팔 이름이다. 토니는 청재킷에서 말보로 한 갑을 꺼내 마르코에게 내밀었다.

"여기서 담배 피워도 돼?"

내가 묻자 마르코는 얼빠진 얼굴로 그렇게 멍청한 질문은 난생처음 들어봤다는 듯 내 쪽을 쳐다봤다. 한순간 그의 눈에서 난폭한 빛이 번뜩였다. 내가 카퓌신이었을 때 그에게 느꼈던 기분 나쁜 감각이 다시 느껴졌다. 나는 그의 그런 눈을 보면서 냉정해 보이는 얼굴 뒤에 차마 말 못할 비밀이 감추어져 있을지 모른다고 생각했다.

그는 고개를 절레절레 흔들더니 10여 미터 떨어진 곳에 있는 땅딸막한 실루엣을 턱으로 가리키며 말했다.

"저 찌질이들 좀 봐."

다니엘 마르퀴조가 눈에 들어왔다. 그 애는 평소처럼 학생 무리에서 조금 떨어져서 운동장의 뒤쪽 한구석에 서 있었다. 그런데 기쁘게도 그는 혼자가 아니었다. 그의 옆에는 여자애가 하나 있었다. 그녀가 발을 조금씩 움직일 때마다 다니엘에게 미묘하게 가까워지고 있었다. 엘리즈는 눈에 띄지는 않았지만, 확실하게 다니엘과 신체적인 접촉을 시도하는 중이었다. 그 느린 동작은 꽤 매혹적이었다. 달팽이의 애정 생활을 다룬 동물 다큐멘터리, 또는 미지의 대기로 둘러싸인 행성에 로켓이 착륙하는 모습 같았다. 지금 저 두 사람의 몸속에서는 무수한 세포가 분주히 움직이고 있을 것이다.

바로 내가 두 사람이 가까워지는 계기였을지 모른다는 생각에 가벼운 행복감을 느꼈다. 이것이 대단한 러브스토리의 시작일지도 모를 일이다.

마르코는 그 모습을 보며 낄낄대더니 땅에 침을 뱉었다. 그 빈정거리는 표정 뒤로 엄청난 혐오감이 느껴졌다. 자신과 같은 공간에 다니엘과 엘리즈가 있다는 사실만으로도 견딜 수 없는 것 같았다.

"젠장, 다니엘이랑 엘리즈라니!"

그는 으르렁거리듯 내뱉었다.

"솔직히 말해서 토할 것 같다."

그는 담배 연기를 다시 한번 내뿜고는 익숙하게 담배를 내던지더니 발끝으로 짓이겼다. 토니는 혐오에 차서 살짝 찌푸린 그의 얼굴까지 똑같이 따라 하고 있었다.

"야, 가자."

마르코가 말했다.

나는 벽에 기대어있다가 즉시 등을 뗐다. 마르코가 먼저 그 독특한 걸음걸이로 걷기 시작했다. 절도 있지만 조금 느릿느릿하게 걸으면서 어깨를 으쓱거렸다. 걸을 때마다 그가 신고 있는 '닥터 마틴'의 뒷굽이 강하게 바닥을 쳤다. 그 반항적인 걸음걸이는 1980년대에 유행했던 록 밴드의 뮤직비디오에서 곧장 튀어나온 것 같았다.

나는 별수 없이 그 걸음걸이를 따라 하려고 노력했다. 옆에서 토니가 장난기 섞인 눈으로 나를 쳐다봤다.

우리는 A동 건물을 향했다. 8시가 다 되었으니 이제 곧 수업이 시작될 것이다.

수업이 시작되기를 이렇게 간절히 바라본 건 생전 처음이었다. 이제야 안도감이 느껴졌다.

—◆—

나는 오전 내내 교실 맨 뒤에 앉아서 말없이 생각에 잠겨 있었다. 선생님들은 에티엔에게 질문을 던질 생각이 전혀 없어 보여서 천만다행이었다. 마지막 시간이 끝나는 벨 소리가 울렸을 때—시간은 정오였다—, 나는 조금 멍한 상태였다. 나는 당장이라도 침대에 누워 잠든 다음, 다시 내 몸과 내 시대로 돌아가고 싶었다.

교실을 나서는데 제시카가 지나가며 내 어깨를 가볍게 두드렸다.

"괜찮아, 티티? 별로 안 좋아 보이네?"

"어, 어, 괜찮아."

나는 얼버무렸다.

그녀가 나를 바라보는 얼굴은 다정하고 친절하고 솔직해 보였다. 며칠 전에 내가 다니엘이었을 때 본 얼굴과는 전혀 달랐다. 보는 각도에 따라 이렇게 사람이 달라질 수 있다는 게 신기할 지경이다.

제시카는 희고 가지런한 치아를 드러내며 환한 미소를 지어 보이더니 점심을 먹으러 가는 떠들썩한 학생들의 무리에 섞여 들었다. 그 순간, 내 머릿속에 바로 지금이 기회라는 신호가 울렸다. 나는 곧바로 학생들로 가득 찬 복도를 힘겹게 가로질러 제시카의 팔을 붙잡았다.

"제시카!"

그녀는 돌아서서 놀란 눈으로 나를 쳐다봤다. 그녀는 내가 너무도 잘 기억하는 모습, 30년 후 온 도시의 벽에 붙어 있을 사진 속 모습 그대로였다.

"응? 무슨 일이야?"

그녀가 물었다.

갑자기 말문이 막혔다.

"어… 그게, 있잖아, 축제에 관한 건데….'

"학교 축제?"

"응, 그래. 그게, 거기 안 가는 게 좋을 것 같아. 그런 행사, 별로잖아. 시시한 애들이나 가는 거고."

잠시 꼼짝하지 않고 나를 바라보던 제시카의 윗입술이 올라가며 다정하게 가벼운 미소를 그렸다.

"오, 티티!"

그녀는 마치 아픈 새끼 고양이를 대하듯 말했다.

"같이 갈 파트너를 못 찾아서 그래? 카퓌신한테 물어봤어?"

"아니, 아니, 그런 게 아니라… 그러니까… 그게…. 우리 거기 가는 대신에 같이 다른 거 하면 어때?"

제시카는 작게 웃음을 터뜨리더니 양팔을 뻗어 1, 2초간 나를 껴안았다. 갑자기 제시카의 긴 금발, 얼굴, 향기가 닿자 날카로운 욕망이 내 배 밑바닥에 남아있는 긴박감을 뚫고 나올 것만 같았다.

"걱정하지 마. 내가 대신 카퓌신한테 물어볼게."

그녀는 부드러운 손으로 내 뺨을 살짝 만졌다. 있지도 않은 눈물을 닦아 주려는 것 같았다. 그 터치에 내 몸이 작게 떨렸다.

"어쨌거나, 오늘 오후에 호수에서 만나는 거 잊지 마!"

"호수에서… 어… 나는…."

"그럼 이따가 봐!"

제시카는 그 말을 하자마자 출구로 향하는 학생들의 물결에 휩쓸렸다. 나는 지나가는 애들의 가방과 어깨에 거칠게 부딪혀 떠밀렸지만, 아무것도 느끼지 못했다. 멀리에서 제시카가 한 손을 들어 나에게 가볍게 인사를 하더니, 낯선 육체의 행렬 속으로 사라졌다.

나와 같은 열일곱 살인 그 낯선 육체들도 분명 욕망과 두려움에 떨고 있을 것이다.

———◆———

나는 에티엔의 아빠와 함께 점심을 먹으면서, 그가 전직 군인이

7번째 여름이 남긴 기적

고, 지금은 발미의 중고차 정비소에서 일하는데, 그곳에서 불법적인 일로 약간의 부수입을 챙기고 있다는 사실을 알게 됐다. 식사를 마치고 옷장에서 찾아낸 하와이안 스타일의 수영복을 입고 목에 수건을 걸쳤다. 호구에 가기 위해서다. 진짜로 가고 싶어서 가는 것은 아니다. 제시카가 학년말 축제에 가는 걸 어떻게든 막고 싶었기 때문이다. 그러려면 방법은 하나밖에 없었다. 제시카와 함께 최대한 많은 시간을 같이 보내는 것 말이다.

나는 사용할 수 있을 전략을 곰곰이 생각하면서 집을 나섰다. 에티엔의 아빠가 가볍게 술 냄새를 풍기며 "너무 늦게 들어오지 마, 알겠냐?"라고 외쳤다. 나는 말없이 고개를 끄덕이고 후끈한 발미 거리로 나섰다.

호수는 도심에서 500미터 정도 떨어진 곳에 있었다. 나는 맨발에 낡은 빨간색 컨버스 단화를 신고서 힘겹게 걸었다. '팰리스' 영화관이 영화 포스터들을 당당하게 과시하고 있는 빌맹 대로를 지났다. 그러면서 '언젠가는 〈크로커다일 던디 2〉를 꼭 봐야 하는데.'라고 생각했다.

형광색 운동복 바지를 입은 남자가 내 앞을 가볍게 뛰며 지나갔다. 나는 대로에서 변두리 거리로 들어서며 발미 중심가를 벗어났다. 갈수록 건물의 수는 줄어들었다. 보도가 사라지고, 흙으로 된 오솔길이 나왔다.

30년 후에 내가 벨린다와 함께 누울 바로 그 축구장이 있는 시립 운동장 앞을 지나면서, 나는 어제 본 장면을 떠올렸다. 모르는 여자애와 부둥켜안고 걸어가던 제레미. 내 마음은 분노로 부글부글 끓었다. 왜 그러는지 잘 모르겠다. 나를 찬 발랑틴이 보기 좋게 배신당한 거니까 오히려 기뻐야 할 텐데 그렇지 않았다. 만족감보다는 슬픔이 더 컸다.

나는 사랑 이야기 따위를 도무지 이해할 수가 없다. 마치 서로를 진정으로 이해하지 못한 채 쫓고 쫓기는 벌을 받는 것 같다.

다들 그렇게 사는 걸까? 우리가 뭘 할 수 있을까? 싸우고, 몸부림치고, 견디면 되는 걸까? 나는 잘 모르겠다.

시립 운동장을 지나 호수를 에워싼 소나무 숲으로 들어섰다. 곧바로 고요함과 숲 냄새가 나를 에워쌌다. 이맘때면 시원한 숲 그림자가 기분 좋게 나를 감쌌다. 나는 쓰고 있던 '시카고 불스' 모자를 벗고(1988년은 여전히 마이클 조던의 시대였다.), 이마를 손등으로 닦았다. 머리 위로 새 한 마리가 날갯짓을 하며 높이 날아갔다. 조금 떨어진 곳에서 웃고 떠드는 소리, 라디오 소리, 첨벙대며 물에 뛰어드는 소리가 들려왔다. 발미 주민 대부분이 오늘 오후에 호수에서 만나기로 약속이라도 한 것 같았다.

나는 소나무 숲과 여름 향기를 따라 계속 걸었다. 걸음을 내디딜 때마다 솔잎과 솔방울로 뒤덮인 땅에서 따닥따닥 소리가 났다. 바로 이곳이다. 아니, 30년 후 이곳일 것이다. 내가 처음으로 여자애와 키스하게 될 곳이. 그날, 빌랑틴은 반 애들이 모르게 나에게 은밀히 만나자고 했다. 우리는 들키지 않으려고 나무 사이에 숨어 있었다. 나는 너무 긴장해서 거의 말도 꺼내지 못했다. 그런데 갑자기 발랑틴이 내 쪽으로 몸을 기울이더니 아주 부드럽게 자기 입술을 내 입술에 갖다 댔다.

잊지 못할 경험이었다. 첫 키스. 첫 떨림. 하지만 지금은 그때를 떠올릴 때마다 가슴이 조여오는 것 같았다.

마침내 호수에 다다르자, 커다란 소나무 그림자 사이로 젊은이 수십 명이 달리고 뛰어오르고 헤엄치는 모습이 보였다.

나는 외침과 웃음에 에워싸여 숲을 빠져나갔다. 찌를 듯한 햇볕이 다시 내리쬐고, 신발 안으로 들어온 솔잎이 느껴졌다. 시끌벅적한 해수욕객들 사이에서 누군가가 나를 부르는 소리가 들렸다.

"에티엔! 여기야!"

내가 속한 작은 무리의 일원들, 제시카, 마르코, 토니가 커다란 비치 타월 위에 누워 있었다. 그 옆으로 카퓌신과 빅투아르도 보였다. 그들이 그렇게 모여 있는 모습을 보자 나도 모르게 미소가 떠올랐다. 마치 1988년 버전의 〈부그와 엘리엇〉을 보는 것 같았다.

30년 후에는 다들 어떻게 살고 있을지 궁금했다. 1988년의 그들은 너무도 자신만만하고, 자부심이 넘쳤고, 밝게 빛나고 있었다. 마치 삶이 그들에게 아무런 해도 끼칠 수 없다는 듯.

나는 무리 한가운데에 자리를 잡고 모래 위에 앉았다. 제시카가 내게 미소를 지었다. 토니는 내가 누울 수 있게 조금 비켜 누웠다. 고개를 들어 마르코를 쳐다보면서 나는 처음으로 그의 몸에, 정확히 말하면 가슴에 작은 그림이 그려져 있다는 사실을 알아챘다.

그것은 문신이었다.

용 모양 문신.

———◆———

나는 오후 내내 제시카에게 말을 걸 기회를 노렸다. 우리 옆으로 알록달록한 수영복을 입은 해수욕객들이 큰 소리를 지르며 호수를 향해 달려갔다. 지평선에서 산자락은 푸르른 원형 경기장을 이루었고, 그 위로 말똥가리와 작은 매 따위 새 몇 마리가 유유히 떠다녔다.

제시카는 배를 깔고 모래 위에 길게 엎드려 있었다. 나도 모르게 몇 번이나 그녀의 곡선에 시선이 머물렀다. 등을 따라 흘러내리는 곡선, 조각한 것 같은 날개 뼈, 부드럽게 커브를 그리는 어깨. 작은 새 둥지처럼 틀어 올린 금발 아래로 목덜미가 드러나 있었다.

"너무 더워. 헤엄칠래!"

마르코가 벌떡 일어섰다. 그의 근육질 몸이 수직으로 펼쳐지는 모습을 바라봤다. 카퀴신이 그를 따라갔다.

"기다려, 나랑 같이 가!"

두 사람은 장난을 치면서 호수를 향했다. 온 세상이 제 것인 양 행복해하는 그들의 모습을 잠시 쳐다봤다. 30년 후에 저 마르코가 보잘것없는 체육관에서 청소부로 일한다는 것을 상상이나 할 수 있을까? 아직도 그 사실을 온전히 실감하기 힘들었다. 마르크올리비에와 보비가 같은 사람이라고? 삶은 그에게도 너그럽지 않았다.

나는 우리가 깔고 있는 비치 타월로 시선을 돌렸다. 토니는 옆으로 누워 자는 것 같았다. 제시카는 작은 휴대용 라디오에서 흘러나오는 노래에 귀를 기울이고 있었다. 나는 푸른 빛 아래로 보이는 그녀의 완벽한 몸을 한 번 더 쳐다봤다. 봉긋 솟은 엉덩이, 근육이 살짝 붙은 날씬한 다리. 욕망과 죄책감이 뒤섞인 이상한 감각이 나를 사로잡았다. 30년 전에 죽은 여자애에게 이런 감정을 느끼다니…. 정말 말도 안 되는 일이다.

별안간 조금 떨어진 곳에서 왁자지껄한 웃음소리와 외침이 들려왔다. 여자애 둘이 물을 뿌려대는 남자애를 피하느라 사방으로 달리기 시작했다. 왠지 이 장면을 전에도 본 적 있는 것 같았다. 남자애는 커다란 물총을 사방으로 휘두르며 지나간 자리마다 명랑한 외침과 불평을 일으켰다.

그 무리에서 조금 떨어진 곳에서 다니엘이 카메라에 얼굴에 붙이고 있는 모습이 보였다. 그 순간, 나는 그 장면이 친근하게 느껴진 이유를 깨달았다. 바로 어제 학교 앨범에서 본 장면이었기 때문이다. 앨범 페이지 아래에 적혀 있던 문구를 떠올렸다. '사진: D. M.' 호숫가에서 그들이 서로를 쫓고 쫓기는 모습을 다니엘은 어느 하나도 놓치지 않았다.

나는 잠시 생각에 잠겼다. 제시카가 고개를 들어 무슨 일이 벌어지는지 쳐다봤다. 그녀는 작게 웃음이 터지려는 것을 참으며 내게 몸을 돌렸다. 그녀의 티 없이 맑은 얼굴이 내 마음을 들뜨게 했다.

"어, 제시카… 있잖아… 학교 축제 말이야…. 거기에 가는 대신 에…."

"에티엔, 그 얘기는 이제 좀 그만해!"

그녀는 나를 보며 짐짓 화난 표정을 지어 보였다.

"학교 축제잖아!"

제시카는 마치 내가 바보 같은 말을 수없이 반복한다는 듯이 말했다.

그 말이 한순간 허공을 울렸다. 학교 축제. 제시카는 당연히 축제에 갈 것이다. 그 행사를 놓칠 수는 없다. 그런 일은 상상도 할 수 없다.

그녀는 비밀이라는 듯 조용히 덧붙였다.

"참, 그 일 말이야, 오케이야. 카퓌신이 네 파트너 할 거야. 내가 너 대신 물어봤거든."

나는 그 일이 나와는 별로 상관이 없다는 듯 말없이 고개를 끄덕였다. 정말로 그 일은 나와 별 상관이 없었다. 제시카는 토니가 빅투아르랑 같이 축제에 갈 것이고, 우리는 모두 옷을 맞춰 입을 거라고 나에게 설명했다.

"멋질 거야."

그녀는 조금 아련한 목소리로 말을 맺었다.

"옷을 맞춰 입은 우리 모습이 벌써 눈에 보이는 것 같아. 가장 멋지게 차려입은 우리 모습이. 일생에서 가장 아름다운 밤일 거야."

나는 대답하지 않고 꿈꾸는 듯한 그녀의 표정을 바라봤다.

호수에서는 마르코와 카퓌신의 실루엣이 역광을 받으며 뒤엉켜 요란하게 장난을 치고 있었다. 그녀가 그를 양팔로 끌어안자, 그는 그녀를 물에 빠트렸다. 그녀는 웃으면서 다시 그를 꽉 끌어안았다.

제시카는 그런 그들을 보면서도, 둘 사이를 의심하는 것 같지는 않았다.

"유치하기는!"

그녀는 웃으며 말했다.

그런 다음, 다시 비치 타월 위에 배를 깔고 엎드리더니 라디오의 볼륨을 살짝 높였다.

—◆—

오후 끝 무렵, 호숫가는 서서히 비기 시작했다. 사람들이 하나씩 자리를 떴고, 우리를 비롯한 몇 명만 남아있었다. 햇빛은 호수 표면에서 무수한 주황빛으로 반사되고 있었다. 날은 아직 따뜻했고, 공기 중에는 아련하면서도 사람을 취하게 만드는 소나무 향기가 감돌았다.

나는 호수가 하나도 변하지 않았다고 생각했다. 30년 후에도 이곳에는 특유의 부드럽고 신비로운 분위기가 계속 감돌고 있었다.

호숫가에서 조금 떨어진 곳에서 한 남자애가 우리를 향해 빠르게 걸어왔다. 웃통을 벗은 채 빨간색 수영복 바지를 입었는데, 미국 드라마 〈SOS 해상 구조대〉에 나오는 구조대원을 닮았다. 내가 웃으며 그 말을 하자 마르코가 나를 돌아봤다.

"에스 오… 뭐?"

"〈SOS 해상 구조대〉! 알잖아, 파멜라 앤더슨 나오는."

나는 친구들이 황당해하며 쳐다보는 가운데 드라마 주제곡을 흥얼거리기 시작한다.

"관둬. 니들이 어떻게 알겠냐. 아직 존재하지 않는데."

나는 결국 체념한 듯 말했다.

빅투아르는 이상하다는 듯 나를 쳐다봤다. 카퓌신도 눈살을 찌푸렸다.

마르코는 그 남자애를 향해 몸을 돌리며 담배에 불을 붙였다.

"저 호모 자식 좀 봐!"

그는 담배 연기를 내뿜으며 말했다.

나는 그 목소리에서 질투가 느껴졌다. 걸어오는 남자애의 근육은 완벽했다. 그를 보니 엄마의 방에 붙어 있던 상반신을 벗은 남자 모델 사진이 떠올랐다. 어깨는 넓고 복근이 울룩불룩했다. 〈탑건〉 스타일의 선글라스를 낀 그는 걸어 다니는 화보 같았다.

"야, 마뉘!"

제시카가 그를 향해 외쳤다.

그녀는 남자애에게 크게 손짓했고, 남자애는 걸음을 멈추지 않은 채 인사했다. 그는 매력 넘치는 미소를 지어 보인 다음, 우리를 그냥 지나쳐갔다. 한 걸음 내디딜 때마다 모래알이 풀썩이며 구름을 이루어 마치 그가 바닥 위로 둥둥 떠가는 듯 보였다. 나는 그가 멀어지며 지방 도로로 들어서는 모습을 쳐다봤다.

"재수 없는 에마뉘엘 자식."

마르코가 다시 내뱉었다.

그 애가 질투하는 것이 이해가 갔다. 나만 아는 사실이지만, 앞으로 마르코의 상황이 별로 좋지 않게 전개될 것인 만큼 더더욱. 30년 후에 배를 불룩하게 늘어뜨린 채 풀어 헤친 옷자락 사이로 색이 바랜 가슴의 문신을 내보이고 있을 그의 모습을 떠올렸다.

"방금 뭐라고 했어? 에마뉘엘? 에마뉘엘 르블랑?"

내가 물었다.

"그래."

그는 나를 쳐다보지 않고 웅얼거렸다.

그 순간, 온몸에 전기가 흐르는 듯한 느낌을 받았다. 에마뉘엘 르블랑. 그러니까 엄마가 학년말 축제에 같이 가자고 초대한 애가, 아니, 내가 엄마를 위해서 아빠 대신 초대한 애가 바로 저 애라고?

전기가 흐르는 느낌은 이제 먹먹한 통증으로 변해 가슴을 짓눌렀다. 심장이 미친 듯이 뛰고, 뇌가 터질 것 같았다.

내가 엄마를 발미 역사상 가장 잘생긴 남자의 품으로 밀어 넣다니!

불쌍한 아빠. 에마뉘엘이 상대라면 아빠에게는 전혀 가망이 없었다. 동시에 내가 존재할 가망도 없어졌다. 엄마가 학년말 축제에 아빠랑 같이 가지 않는다면, 우리는 끝장이다. 나는 제시카가 지는 햇살을 받으며 엎드려 있는 모습을 바라봤다. 제시카와 나는 지금 똑같은 위기에 처해 있었다. 살날이 이틀밖에 남지 않은 것이다.

그 생각을 하며 나는 에티엔의 몸을 큰 소리와 함께 모래밭으로 쓰러뜨린 후 눈을 감았다. 마치 내가 이미 죽은 듯.

———◆———

우리가 호숫가를 떠난 건 오후 8시 조금 전이었다. 마르코와 제시카는 북쪽 출구로 나가서 지방 도로로 접어들었다. 카퓌신과 빅투아르는 함께 오솔길로 사라졌다. 토니와 나는 금세 단둘이 남았다. 우리는 소나무 숲을 가로지르는 동안 한마디도 하지 않았다. 나는 마음속으로 '에마뉘엘 르블랑'이라고 이름 붙인 영화를 반복 재생하는 중이었다. 그가 매력적인 미소를 지으며 모래 위를 천천히 무심하게 걸어오는 모습을 떠올렸다. 정말이지 나는 운도 없다!

"있잖아."

토니가 바닥에서 눈을 떼지 않은 채 마침내 입을 열었다.

"나도 그 빌어먹을 축제에 가고 싶지 않아."

나는 토니의 어깨를 토닥여줬다. 우리 발밑에서 소나무 잎들이 따닥따닥 소리를 냈다.

"까짓거, 별거 아니야."

나는 적당히 토니를 위로했다.

"빅투아르랑 같이 갈 거잖아. 나쁘지 않지!"

빅투아르의 외모 얘기였다. 빅투아르는 모나리자처럼 기다란 갈색 머리에 꽤 예쁜 편이었다. 물론 제시카만큼은 아니지만, 나름대로 매력 있었다.

"말 돌리지 마!"

토니가 분노에 차서 외쳤다.

그는 나를 앞질러 빠르게 걸었다. 화가 난 것 같았다. 머리 위로 마치 연기가 피어오르는 것 같은 인상을 받았다. 내가 뭔가 말을 잘못한 게 틀림없었다. 나는 걸음을 재촉해 그를 따라잡았다. 토니의 얼굴에는 경직되고 굳은 표정이 떠올라 있었다.

"무슨 일인데?"

내가 어깨를 붙잡으며 말했다.

토니는 아무런 대꾸 없이 내 손을 떨치고 계속 걸었다. 그 뒤를 거의 달리듯 쫓아가는데, 그가 갑자기 돌아섰다. 그의 오른쪽 뺨을 따라 작은 땀방울이 떨어졌다. 그의 눈에서 떨림이 느껴진다.

"무슨 일인지 잘 알잖아."

그는 굳은 목소리로 말했다.

그러더니 손으로 내 목덜미를 붙들고 얼굴을 기울여 거칠게 키스했다. 그의 몸이 내 몸에 와 닿았다. 그의 혀가 내 입술 사이로 파고들었다. 그의 숨결이 내 얼굴을 뒤덮었다.

벗어나고 싶었지만, 몸이 마비된 것처럼 움직이지 않았다. 그 어떤 몸짓도 할 수 없었다. 이상하게도 그 순간, 에티엔의 아빠가 떠올랐다. 군복 무늬 러닝셔츠와 몸에 달라붙는 팬티를 입은 모습.

거실 탁자 위에 너무나 자연스럽게 늘어놓은 군인 잡지들도 생각 났다.

토니는 나를 더 강하게 끌어안았고, 나는 에티엔이 저녁에 자기 집에 돌아가서 어떤 느낌을 받았을지 상상했다. 차가운 빗줄기처럼 큰 슬픔이 나를 적셨다. 그 슬픔은 내 살갗 위로 미끄러져 몸 구석구석으로 파고들었다.

1988년에 지방의 작은 도시에 사는 열일곱 살 남자애가 커밍아웃하는 일이 과연 가능할까? 아마도 2018년보다는 훨씬 더 어려울 게 분명했다.

나는 눈을 감고 초연해지려고 애썼다. 남자랑 키스하는 일은 처음인데다, 솔직히 그게 내 취향도 아니었다. 하지만 나는 에티엔을 생각했다. 마음속 어딘가에서 에티엔이 이 키스를 받을 만했다는 느낌이 들었다. 그래서 나 자신은 가능한 한 사라지려고 애썼다. 에티엔이 그 순간을 만끽하게 놔두려고 노력했다. 마치 나는 그 자리에 없는 듯이.

토니가 입술을 떼고 나를 쳐다봤다. 마음이 조금 가라앉은 듯 보였지만, 표정에서 그의 들끓는 심정이 감지됐다. 두려움과 수치심, 분노, 욕망이 뒤섞인 심정. 그 모든 것이 그의 눈에서 번뜩였다.

내가 먼저 말을 꺼내려는데, 몇 발짝 떨어진 곳에서 바스락거리는 소리가 들렸다. 토니가 잽싸게 몸을 돌렸다. 그곳에는 땅딸막하고 굼뜬 실루엣 하나가 소나무 사이에 숨어서 양손으로 카메라를 붙들고 있었다.

7번째 여름이 남긴 기적

카메라 렌즈는 우리를 향해 있었다.

다니엘 마르퀴조는 얼어붙은 눈길로 우리 쪽을 쳐다보며 꼼짝하지 않았다. 자신이 방금 본 장면 때문에 놀란 것 같았다. 토니가 내뱉는 숨결이 거칠어지고 얼굴이 일그러졌다. 그의 목 근육이 부풀어 올랐다. 맹수가 공격에 나서려는 것 같았다.

"이 새끼, 다니엘, 넌 죽었어."

그는 숨죽인 목소리로 말했다.

다니엘은 위험을 감지한 작은 동물처럼 달리기 시작했다. 나뭇가지와 솔잎을 밟는 소리가 빠르게 멀어졌다. 토니는 오른손을 불끈 쥔 채 어금니를 꽉 물고 외쳤다.

"알았지, 다니엘? 넌 진짜 죽었어!"

그 소리에 새 한 무리가 날아오르며 무수한 날갯짓으로 어둡고 울창한 소나무 숲의 침묵을 깼다.

9

다음 날, 나는 첫 햇살을 받으며 눈을 떴다. 하늘은 이미 푸르렀고, 소도시 발미쉬르라크는 또 다른 완벽한 하루를 맞이하는 중이었다. 눈을 뜨자마자 나는 침대 옆에 둔 휴대폰을 집어 들었다. 메시지가 두 개 와 있지만, 굳이 열어 보지 않았다. 바로 구글에 '다니엘 마르퀴조'를 검색했다.

어제저녁에—30년 전— 토니가 한 말이 아직도 머릿속에서 울리며 등줄기가 싸늘해졌다.

"알았지, 다니엘? 넌 죽었어!"

그 뒤로 무슨 일이 벌어졌는지는 잘 기억나지 않았다. 집에 돌아가 보니 에티엔의 아빠는 이미 거실 소파에서 잠들어 있었다. 배가 불룩 나온 몸에서 술 냄새가 풍겼다. 나는 혼자 저녁을 먹은 다음 피곤해서 침대에 누워 잠들었다.

구글이 조금 뜸을 들이다 검색 결과를 보여 주자 엄지손가락을 놀려 화면을 스크롤 했다. 이 지구상에 다니엘 마르퀴조가 수

십 명 있지는 않을 것이다. 우연히 눈에 띈 www.danielmarcuso.com이라는 웹 페이지가 호기심을 자극했다. 바로 클릭해봤다. 첫 화면에는 '프로 사진작가'라고 쓰여 있다. 메뉴 탭에는 경력, 포트폴리오, 출판물, 연락처 같은 것들이 보였다.

조금 당황스러우면서도 기쁜 마음에 몇 초 동안 가만히 있었다. 다니엘은 죽지 않았다! 토니는 자기가 한 말을 실천하지 않았다. 토니가 분노해서 내지른 소리가 아직도 들리는 것 같았다. 소나무 그림자 속에서 사진을 찍다가 들킨 다니엘의 투실투실한 얼굴이 다시 떠올랐다. 다니엘은 죽지 않았을 뿐 아니라, 꽤 성공한 것처럼 보였다! '프로 사진작가'라고 웹 사이트에 나와 있지 않은가….

나는 '연락처' 탭을 클릭했다. 이메일과 전화번호 아래로 '발미쉬르라크, 호수길 9'라는 주소가 적혀 있다.

이 주소는 30년 전에 다니엘의 할머니가 살던 곳이다. 할머니가 돌아가신 후에 다니엘이 그 집을 물려받은 것 같다. 나무로 된 계단과 2층에 있는 작은 침실이 떠올랐다. 벽에 붙은 포스터들과 침대 밑에 숨겨져 있던 작은 사진 상자도 떠올랐다. 몰래 찍은 은밀한 사진들. 거기에는 또 어떤 비밀이 숨겨져 있을까?

갑자기 학교 앨범에 실린 사진이 눈앞에서 어른거리기 시작했다. 학년말 축제 사진들. 다니엘 은 모든 것을 기록했다. 하나도 빠짐없이 전부. 그런 다음에 그것들을 자기 침대 밑에 성실하게 모아 두었다. 다니엘이 생각보다 더 많이 알고 있었다면?

다니엘이 수수께끼의 열쇠가 아닐까?

여느 아침처럼 우리는 아레스키의 집 앞에서 만났다. 아레스키는 건물 출입구를 힘겹게 빠져나왔다. 휠체어의 바퀴가 이중문의 문짝에 걸렸다. 그는 몇 초 동안 고군분투하다가 손잡이를 확 움직여 문에서 빠져나왔다. 7시 30분 조금 전이었다. 휠체어 바퀴가 마치 미끄러지는 자동차 바퀴인 양 바닥에 깔린 자갈에 거칠게 부딪혔다. 영락없이 〈분노의 질주〉에 나오는 빈 디젤이다.

"레츠 고!"

아레스키가 외치자 내가 뒤를 따랐다. 우리 앞으로는 보리수 길이 발미 시의 경계까지 길게 뻗어 있었다. 그 길은 세상 끝까지 이어져 있을 것만 같았다. 아침의 부드러운 빛 속에서 미세한 입자들이 무수히 떠돌았다. 나뭇가지에 앉은 새 몇 마리가 듣기 좋은 소리로 지저귄다. 다리가 묵직하게 느껴졌고 온몸이 욱신거렸다. 마치 전날에 마라톤이라도 한 것 같았다. 어찌 보면 그런 거나 마찬가지였다.

"다리가 아파."

내가 불평하는 어조로 말하자, 아레스키는 고개를 들어 나를 쳐다봤다.

"바꿀까?"

그는 자기 휠체어를 가리키며 말했다.

7번째 여름이 남긴 기적

그러더니 굵고 큰 소리로 웃음을 터뜨렸다. 그 애는 항상 그렇게 조금 바보 같이 웃었다. 웃음소리는 기침 발작을 하듯 시작해서 불규칙한 파도를 이루며 새되게 올라갔다.

"너 진짜 바보 같이 웃는 거 아냐?"

아레스키는 대답하지 않았지만, 그가 속도를 낼수록 헐떡대는 것 같은 작은 웃음소리가 들렸다. 그는 휠체어 바퀴를 계속 밀어댔고, 나는 금세 뒤처졌다. 아레스키는 내가 불러도 대꾸하지 않다가 결국 멈춰 서서 나를 향해 돌아섰다.

"너 진짜 이럴래? 아이 씨."

나는 숨을 거칠게 몰아쉬며 말했다.

아레스키의 얼굴에 밝고 짓궂은 미소가 떠올랐다. 우리는 학교 정문에서 100미터 정도 떨어진 곳에 와 있었다. 나는 멈춰 서서 아레스키를 뚫어지게 쳐다봤다.

절대 직접적으로 말한 적은 없지만, 그가 저렇게 금속 휠체어에 꼼짝없이 고정된 모습을 보는 것은 늘 마음이 불편했다. 그가 얼굴을 어깨에 파묻고 양손으로 휠체어 손잡이를 꼭 붙들고 있는 모습을 내려다볼 때마다 마음속에선 분노가 일었다. 세상의 부당함을 마주하며 분노와 두려움에 사로잡혔다.

아레스키가 어떻게 그런 상황을 받아들이는지 모르겠다. 앞으로 절대로 걷지도, 달리지도, 뛰어오르지도 못할 거라는 사실을 안다는 것. 아레스키의 의심과 두려움을 상상해 본다. 우리는 여자애에 대해서 이야기하는 걸 금기시했다. 하지만 아레스키도 나처럼 의문을 가질 게 틀림없었다. 어떻게 여자애랑 사귈까? 어떻게 여자애랑 키스할까? 어떻게 여자애랑 섹스할까? 영화관에 가는 일조차 아레스키한테는 문제가 됐다. 그 애를 위해서 영화관 뒤쪽에 특별 좌석을 마련해야 했다. 반려동물을 위해서 그러듯.

삶은 도대체 어떤 식으로 선택하는 걸까? 운이 좋은 사람과 아닌 사람을 말이다. 말도 안 되는 일이 계속되고 있는 이번 주가 시작된 이후로 특히 그런 생각이 머릿속에서 떠나지 않았다. 모든 것이 미리 결정된 것처럼 보일 때, 우리에게 남은 자유는 대체 얼마나 될까?

길 끄트머리에 마르셀비알뤼 고등학교의 녹색 정문이 보였다. 그 앞에는 학생 십여 명이 모여 거만한 태도로 담배를 피우고 있었다. 수요일에는 아레스키와 내가 같이 듣는 수업이 없지만, 학교를 마친 후에는 아레스키네 집에서 함께 비디오 게임을 하며 보내는 게 보통이었다. 아레스키는 내가 아는 한 가장 훌륭한 레트로 게임 컬렉션을 갖추고 있다. 나는 '마리오 카트' 게임에서 아레스키를 이기려고 수없이 도전했지만, 한 번도 성공하지 못했다.

"이따 오후에 같이 갈 거지?"

아레스키가 학교 정문으로 천천히 다가가며 물었다.

정문 문기둥에 '어른들 뒈져라'라고 쓴 그라피티가 있었다.

"이번 주에도 '마리오 카트'로 붙어야지? 이번에는 네가 '공주'를 구할 수 있으려나."

아레스키가 조롱하는 말투로 덧붙였다.

나는 모든 게 평소와 다름없는 것처럼 그의 옆에서 걸었다. 학교 정문으로 난 길은 오르막이지만, 아레스키는 내가 다른 학생들 앞에서 자기 휠체어를 절대로 밀지 못하게 한다. 나는 그 마음을 이해했다. 아레스키가 휠체어 바퀴와 씨름하며 바퀴를 돌리려고 팔에 힘을 줬다. 담배를 피우고 있던 애들이 우리가 인간쓰레기라도 되는 양 쳐다봤다. 그들 중 하나는 연기를 자욱이 내뿜으며 역겹다는 듯 입을 가볍게 비죽거렸다. 그의 손에 들린 아이폰에서는 켄드릭 라마의 '험블HUMBLE.'이 흘러나오고 있었다.

"아니, 오늘 오후에는 안 돼."

나는 먼 곳을 응시하며 말했다.

"오후에 다른 할 일이 있어."

"아 그래? 뭔데?"

"친구, 우린 오늘 오후에 누군가를 찾아갈 거야. 그 사람은 옛날에 우리 나이였고 그 시기에서 살아남았지."

"무슨 일이 있었나 보네."

"그러게."

나는 세상을 다 가진 것처럼 구는 학생들 앞을 지나가며 말했다. 그들에겐 모든 일이 쉬워 보일 것이다.

아직까지는 말이다.

―◆―

일단 교정으로 들어선 다음에 아레스키는 과학관으로 향했다. 나는 내 또래 아이들이 잔뜩 모여 있는 곳을 가로질렀다. 오로지 삶의 우연 때문에 이곳에서 서로 다닥다닥 붙어 서 있는 평범한 청소년들. 나는 이리저리 떠밀리고 가방으로 한 대 얻어맞으며 어렵게 화장실까지 갔다.

세면대에 얼굴을 박고 찬물로 세수를 했다. 바깥은 덥고, 나는 오늘 하루가 두렵다. 다니엘을 만나면 무슨 말을 해야 할까?

나는 옆에 가방을 내려놓고 거울에 비친 내 모습을 뜯어봤다. 사인펜과 볼펜으로 적힌 글들이 화장실 벽을 장식하고 있었다. '이거 읽는 놈은 바보다.' '전부 꺼져.' 이런 문구들이다. 가수 이름도 보였고, 얼핏 68운동 때의 슬로건을 연상시키는 문구도 있어서 '권력을 쥐자, 양 떼가 되기를 멈추자' 뒤로 느낌표가 열 개쯤 달려 있었다.

남자 화장실은 얄팍한 조립식 벽으로 여자 화장실과 분리되어 있었다. 그 벽은 거의 마분지로 된 수준이었다. 내가 중학교 3학년 때, 고등학교 3학년 남학생 하나가 반대편을 몰래 보려고 그 벽에 구멍을 뚫는 데 성공했다. 이후로 그 구멍은 누르스름한 석회 반죽 같은 것으로 막혔지만, 그 얄팍한 벽을 통해서 소리가 들렸다.

거울 속 얼굴이 갑자기 조금 낯설게 보였다. 그건 물론 내 얼굴이었다. 나는 레오 벨라미다. 하지만 무엇인가 변했다. 다른 사람으로 보낸 지난 며칠의 흔적이 나에게 각인된 것 같았다. 제롬 선생님의 자유에 관한 수업을 떠올렸다. 사람이 자유롭게 온전히 자기 자신이 될 수 있을까? 아니면 우리 성격은 파도 한가운데에서 기우뚱대는 배처럼 우리를 요동치게 만드는 외부 사건들이 만들어낸 결과물에 불과할까? 어쨌거나 내가 아는 사실은, 모든 사람이 각자 주어진 상황에서 최선을 다한다는 것이다.

수도꼭지를 돌려 물을 잠그고, 가방을 집어 들고 화장실에서 나가려는데 누군가 길게 흐느끼다가 코를 가볍게 훌쩍이는 소리가 들렸다. 상처 입은 작은 동물이 숨죽여 신음하는 소리 같았다. 나도 모르게 석회로 막힌 구멍이 있는 곳에 귀를 바짝 댔다. 흐느끼는 소리가 계속 이어지며 한숨과 훌쩍임 사이로 길게 탄식이 들렸다.

나는 잠시 주저하다 속삭였다.

"발랑틴?"

내 입에서 나오는 소리는 마치 성당의 고해소에 들어와 있는 것처럼 나직했다. 그러자 갑자기 반대편에서 들려오던 소리가 멈췄다. 몇 초 동안 아무 소리도 들리지 않았다. 파이프에서 떨어지는 물방울 소리만 들렸다.

"너 맞지?"

나는 다시 속삭이는 목소리로 말했다.

다시 1, 2초 정도 시간이 흐른 후, 티슈 소리가 들리더니 힘없는 목소리가 내게 답했다.

"원하는 게 뭐야?"

이제는 의심의 여지가 없이 발랑틴이었다. 그녀가 벽에 등을 댄 채 웅크리고 있는 모습을 상상했다.

"나 레오야."

발랑틴이 내 목소리를 못 알아들었을까 봐 말했다.

"무슨 안 좋은 일 있어?"

물론, 이건 그냥 던져 본 질문이었다. 안 좋은 일이 있다는 것을 나는 잘 알고 있다. 제레미의 얼굴이 떠올랐다. 자동차의 전조등이 운동장을 비췄을 때, 여자애의 얼굴에 파묻혀 있던 그 얼굴. 밤을 가르던 그의 행복한 얼굴과 웃음. 누가 들으리라고는 상상도 못 하며 터뜨린 그 웃음.

"아무 일도 없어."

발랑틴이 대답했다.

"나 좀 그냥 내버려 둬."

공격적으로 들리는 목소리였지만 거기에서 무한한 절망과 고독이 느껴졌다. 내 마음속에서 온갖 느낌과 감정의 마그마가 끓어오르기 시작했다. 슬픔과 기쁨이 동시에 느껴졌다. 벽을 꿰뚫고 반대편에 있는 발랑틴에게 가고 싶었다. 그녀를 품에 꼭 안고 그녀가 느끼는 고통을 모두 흡수하고 싶었다. "걱정하지 마, 걱정 마, 그 얼간이 때문에 그럴 필요 없어."라고 발랑틴에게 말해 주고 싶었다.

나는 몇 초 동안 가만히 있다가 큰 소리로 천천히 말했다.

"발랑틴…, 아직 거기 있어?"

아무 반응이 없다. 그러더니 다시금 "대체 원하는 게 뭐야?"라고 말하는 목소리가 들렸다.

나는 원하는 건 아무것도 없으니까 슬픈 일이 있다면 나에게 말하라고 했다.

"그렇게 간단하지가 않아, 레오."

한참 후에 발랑틴이 답했다.

그녀의 목소리에서는 이제 환멸이 느껴졌다. 우리가 처한 청소년이라는 상황. 불완전하고, 불행하고, 자신에게 불만족스럽고, 두렵고, 혼란스러운 감정들과 미래에 대한 두려움으로 이리저리 요동치는 상황을 뛰어넘기라도 한 듯 말이다.

"너는 알지, 응? 그렇게 간단하지 않다는 거?"

나는 그저 몇 마디를 웅얼거려 대꾸했다. 칸막이가 아무리 형편없다고 해도 발랑틴은 그 소리를 못 들었을 것이 틀림없었다. 나는 이렇게 덧붙였다.

"매사가 간단할 리 없지. 그러니 반대로, 복잡하게 그냥 놔두자."

발랑틴은 아무 말도 하지 않았다. 벽을 통해 그녀가 훌쩍이는 소리가 들렸다. 그녀는 납득하지 못한 것 같다. 레오, 이건 절호의 찬스야. 발랑틴을 되찾고 싶다면 기회는 지금뿐이다.

그때 갑자기 머리 위로 수업 시작을 알리는 종소리가 울렸다. 8시였다.

"벌써?!"

발랑틴이 외쳤다.

"나, 가 봐야 해. 오늘 아침에 수학 시험이 있어!"

그녀의 목소리는 조금 차갑고 무심한 평소의 어조를 되찾았다. 나는 별생각 없이 내 앞에 있는 세면대로 눈길을 떨구었다. 유약이 벗겨져 있고, 도기에는 금이 가 있었다. 벽 반대편에서 발랑틴이 가방을 집어 드는 소리가 들렸다. 나는 발랑틴이 서둘러 일어나 뺨의 눈물을 닦고, 잠시 겪은 슬픔의 흔적이 얼굴에 남지는 않았는지 거울을 살펴보고, 머리를 정돈하고, 폴로셔츠의 깃을 올리는 모습을 상상했다.

"발랑틴?"

여자 화장실에서는 아무런 대꾸도 들려오지 않았다. 나는 황급히 가방을 집어 들고 밖으로 나갔다. 여자 화장실에서 나오는 발랑틴과 딱 마주쳤다. 발랑틴은 다급해 보였다. 나는 그녀의 팔을 붙잡았다.

"레오! 나 좀 가만히 내버려 두라니까! 사람 말 못 알아들어? 너 바보야?'

그녀는 내 손을 뿌리치고 텅 빈 복도의 사물함과 시끄럽게 벨을 울려대는 확성기 사이로 빠르게 사라졌다. '달려! 발랑틴, 달리라고!' 나는 마음속으로 이렇게 생각했다. 수학 시험을 향해서, 너의 완벽한 세계를 향해 달려가. 방정식과 공식들로 이루어진 너의 세계로.

모든 문제에 해결책이 있는 너의 멋진 세계로.

— ◆ —

아레스키와 함께 학교를 나선 건 오후 1시가 조금 넘어서였다. 오전은 별일 없이 지나갔다. 그럭저럭 신념을 가진 선생들이 그럭저럭 주의를 기울이는 학생들 앞에서 진행하는 그럭저럭 흥미로운 수업의 연속이었다. 나는 수업 내내 전날 벌어진 사건들을 머릿속에서 떨칠 수 없었다. 무의식적으로 몇 번이나 내 팔을 더듬었다. 내 몸이 지금 여기에 있는 게 맞는지, 살아 있는지 확인하려고 말이다. 에마뉘엘 르블랑이 호숫가를 걸을 때 보인 그 자신감 넘치는 얼굴과 근육질의 탄탄한 몸이 나도 모르게 떠올랐다.

'재수 없는 에마뉘엘 자식….'

마르크올리비에와 나의 의견이 일치하는 유일한 순간이었다.

아레스키가 학교 식당에서 나와 나에게 다가왔다. 그는 고등학교 생활이 조금 싫증 나고 지겹다는 표정이었다.

"그래, 우리 어디 가는데?"

아레스키는 휠체어 바퀴를 굴리며 물었다.

"호수 길…."

나는 학교의 철책 교문을 지나 발미 시내를 향해 가며 나직이 말했다.

아레스키는 잠시 아무 말도 하지 않다가 고개를 들어 나를 쳐다봤다.

"뭐 할 건지 말해 안 해 줄 거야?"

나는 대답하지 않았다. 지금 당장은 안 된다. 지금 나의 두뇌는 전략을 세우느라 너무 바쁘니까. 목적은 다니엘이 우리를 자기 집 안에 들이고 1988년도 사진들을, 아주 은밀한 사진까지 우리한테 보여 주게 만드는 것이다. 하지만 어떻게 그렇게 만들지?

"좀 있으면 알게 될 거야."

나는 얼버무리며 말했다.

우리 앞으로 거리와 골목길, 막다른 길들이 계속 이어졌다. 싸구려 가로등, 파손된 차도, 좁고 불편한 보도. 오늘의 발미쉬르라크는 조금 처량해 보였다. 집들은 대부분 1920년대 초에 지어져서 이제는 오래된 티가 났다. 대부분 색이 바래고, 벽에는 금이 가고, 정원은 방치되어 있었다.

이런 곳에서 자란다는 게 이상하다는 생각이 들었다. 역사의 장대한 흐름에서 떨어져 나와 시간이 멈춰버린 장소에서 말이다. 가끔 TV에서 파리 같은 대도시를 볼 때면, 딴 세상이라는 느낌을 받았다. 대로와 오스만 양식의 건물들을 보면서 나는 그 모든 게 우리 집에서 고작 수백 킬로미터 떨어진 곳에 존재한다는 사실이 믿기지 않았다. 내 또래들이 그곳을 왁자지껄 떠들며 가로질러 간다는 사실도 말이다. 그들은 나와 비슷하지만, 완전히 똑같지는 않을 것이다. 그들 역시 열일곱 살다운 고민이 있을 것이다. 고등학교를 졸업하고 나서 뭘 하지? 나도 언젠가 사랑에 빠질까? 원하는 일을 이뤄낼 수 있을까? 살면서 행복해질 수 있을까?

발미가 아니라도, 어디서든 이런 질문에 답하는 것은 불가능하겠지. 나는 걸으면서 내가 사는 작은 도시의 구석구석을 살폈다. 바로 이곳에서 다니엘 마르퀴조, 제시카 슈타인, 마르크올리비에 카스탱(일명 '보비')이 젊은 날을 보냈다. 나의 부모님도 마찬가지다. 그들은 그 젊은 시절에 무엇을 했을까? 그 시기를 발판으로 삼아서 자신의 목표를 이뤘을까? 자신의 꿈과 이상을 하나씩 배반했나? 아니면 그 꿈들을 단순히 잊어버리고 상자나 침대 밑에 처박아 두었을까? 마치 수치스러운 무언가를 감추어 두듯.

이런 생각들이 머릿속에서 맴도는데, 아레스키의 휠체어 바퀴가 바닥에 부딪혀 타닥거리는 소리를 내기 시작했다. 콘크리트 바닥에 균열이 가서 통행이 거의 불가능했다. 100미터 정도만 가면 호수 길이였다. 비탈진 그 작은 길에는 주택들이 들어서 있다. 우리 주위에 줄지어 서 있는 집들은 전부 비슷하게 생겼다. 마치 이 세상이 하나의 거대한 주택 단지에 불과한 것 같았다.

우리는 몇 미터를 더 내려갔다. 주위가 고요한 가운데 발소리와 휠체어 소리만 요란했다. 호수 쪽에서 올라오는 곤충 소리와 새 소리로 가득한 고요함이다. 바로 그때 우리 앞에 작은 집 한 채가 나타났다. 주택 단지 한가운데에 깎은 돌로 지어진 그 집의 전면은 눈에 확 띄었다.

나는 그곳을 바로 알아봤다. 나도 그 집에서 살았으니까! 다니엘의 할머니 목소리가 아직도 들리는 것 같았다. 다니엘과 벽을 떨게 했던 그 냉랭하고 가차 없는 목소리가.

"다 왔어."

나는 아레스키에게 어둑한 나무 그늘 속에 편안하게 자리 잡은 작은 집을 가리키며 말했다.

그는 고개를 들고 짐짓 감탄하는 양 휘파람을 불었다.

아레스키는 한 음절씩 천천히 말했다.

"젠장, 음산한걸!"

"네가 아직 못 봐서 그렇지 30년…."

아레스키는 곁눈질로 나를 쳐다봤다.

"30년 뭐?"

"어, 아니, 아무것도 아냐. 자, 가자."

나는 아레스키의 휠체어를 붙들고 집의 현관문으로 이어지는 작은 길로 밀었다. 시멘트로 된 기둥에 빨간색 우편함이 달려 있고 그 위에는 'D. M.'이라고 적혀 있었다. 나는 이니셜 위에 달린 초인종을 눌렀다.

집 안에서 작은 벨 소리가 울리자 금세 굵직하고 차분한 목소리가 돌아왔다.

"갑니다."

그토록 오랜 세월이 흐른 후에 다니엘의 목소리를 들으니 기분이 조금 이상했다. 나는 관자놀이로 올라오는 긴장감을 억누르며 '다 잘 되어가고 있어.'라고 되뇌었다. '다니엘이 나를 알아볼 리 없어.'

아레스키는 나에게서 눈을 떼지 않았다. 의아하면서도 흥미로워하는 눈빛이었다.

문이 삐걱거리는 소리를 내며 열렸고, 다니엘의 얼굴이 나타났다. 조금 시간이 걸려서야 그를 알아봤다. 많이 변하지는 않았지만, 나이가 들면서 더 괜찮아진 것 같다. 예전보다 살이 좀 빠졌고, 이제는 힙스터 스타일의 수염이 뺨을 뒤덮고 있었다. 그는 아레스키의 휠체어와 내가 힘겹게 지어 보이는 파리한 미소를 번갈아 쳐다봤다.

"무슨 일이죠?"

다니엘의 목소리는 무척 깊었다. 현재 그의 모습에는 그의 외로운 청소년기와 고등학교에서 놀림감이었다는 사실을 눈치챌 만한 흔적이 하나도 없었다.

"어… 저희는….'

나는 조금 더듬거리며 말했다.

"저희는 마르셀비알뤼 고등학교 학생인데요. 학교 신문 특집호를 준비하고 있어요."

"특집호?"

"네-네. 제목이 '1988년~2018년. 30년 후 학생들의 모습은?'이에요.

옆에서 아레스키가 웃음을 참고 있는 게 느껴졌지만, 나는 당황하지 않았다. 다니엘은 약간 놀라면서 수상하다는 눈길로 나를 쏘아봤다. 그 순간, 나는 그가 열다섯 살이었을 때 항상 내비치던 표정, 조금 부루퉁하고 어벙한 표정을 알아봤다. 마치 과자 통에서 과자를 꺼내 먹다 현장에서 들킨 후에 변명하려고 고심하는 듯한 표정.

"아, 그렇구나."

마침내 그는 입을 열었다.

"너무 오래전 일이라 잘 기억나지 않는걸."

입가에 이는 가벼운 비죽거림이 아니더라도 나는 그가 거짓말을 한다는 사실을 알고 있다. 다니엘의 불편해하는 기색이 눈에 띄었다. 나는 그 점을 이용하기로 했다.

"학교 신문 사진기자 아니셨어요? 저희는 독특한 사진을 찾고 있거든요. 당시에 발표되지 않은 사진들이요. 아저씨가 어쩌면 도움을 주실 수도 있을 것 같다고 생각했어요."

"…부탁드려요."

아레스키가 죽음이 임박한 어린아이 같은 목소리로 덧붙였다.

다니엘은 아무 말도 하지 않았다. 그는 고개를 숙이고 자기 양말 끝을 꼼짝하지 않고 바라봤다. 그는 깊이 생각하며 어떻게 할지 저울질하는 것 같았다.

"좋아."

결국 그는 현관문을 활짝 열며 말했다.

"하지만 서둘러야 해. 오늘 오후에 스페인에 취재하러 가거든."

아레스키와 나는 황급히 다니엘의 안내를 받으며 거실로 들어섰다. 달라지긴 했지만 나는 그 장소를 알아봤다. 실내를 새로 장식했고, 음울한 벽지는 사라졌으며, 벽 일부를 허물어서 공간이 더 널찍해졌다. 솔직히 말하면 전체적으로 꽤 괜찮은 편이었다. 인테리어 잡지에 나오는 건축가가 지은 집 같았다. 낮은 탁자에 놓인 노트북에서는 '더 큐어'의 옛날 노래가 흘러왔다.

작은 서랍장 위에는 결혼사진이 놓여있다. 다니엘이 환한 미소를 지으며 행복해 보이는 젊은 여자를 꼭 끌어안고 있다. 나는 금세 그녀가 엘리즈임을 알아봤다. 그녀도 많이 변했다. 어설프던 사춘기 소녀의 흔적은 사라졌고 상당히 예쁜 여자가 되었다. 그 모습을 보자 가슴이 뭉클해졌다.

"부인이세요?"

나는 액자를 가리키며 다니엘에게 물었다.

"응. 오늘은 여기 없어."

그러더니 다니엘은 갑자기 생각난 듯 덧붙였다.

"맞다! 그리고 보니 우리가 고등학교에서 만났네."

"아, 그래요?"

나는 무심하게 대꾸했다.

다니엘은 고개를 끄덕이고 우리에게 거실 탁자 쪽에 앉으라고 손짓했다.

"앉아 있어. 금방 올게."

아레스키는 별말 안 했지만, 눈빛으로는 설명을 요구하고 있었다. 일단 그는 제 역할에 만족하는 듯 보였다. 연기실력이 꽤 괜찮은 편이다.

다니엘은 두꺼운 앨범을 한 권 들고 나타났다.

"그 시절 추억이 전부 여기 들어 있어."

그는 흐릿한 목소리로 말했다.

앞표지에 '마르셀비알뤼 고등학교, 1986년~1989년'이라고 적힌 스티커가 붙어 있었다. 나는 서둘러 앨범을 펼쳐 페이지를 넘겼다. 아레스키도 내 옆에서 고개를 기울여 쳐다봤다. 그러더니 고개를 들고 다니엘을 바라보며 물었다.

"그 시절에 인기가 많았겠어요. 학교 신문 공식 사진기자라니!

멋있잖아요….”

“어… 그래…. 그랬다고 볼 수 있지.”

나는 티를 내지 않으려고 애썼지만, 큰 소리로 웃고 싶어 견딜
수가 없었다. 다니엘이 '인기가 많았다'고?! 온 학교의 놀림감이었
다는 사실을 인정하기 싫어서 저렇게 말하는 걸까? 아니면 그 시
절이 실제로 어땠는지 정말 잊어버린 건가?

어떤 어른들은 자신의 청소년기를 완전히 잊어버린 것처럼 굴었
다. 참으로 이상한 일이었다. 마치 그 시절이 자기랑은 상관없는 삶
의 시기라는 듯 말이다. 그러면서도 해가 지날수록 그 시절을 그리
워하며 아름답게 꾸며낸 추억으로 포장했다.

나는 앨범의 책장을 계속 넘겼다. 평범하고 흥미롭지 않은 장면
들의 연속이었다. 학급 사진들. 개인 사진 몇 장. 축구 경기와 댄스
공연 사진들. 제시카를 몰래 찍은 사진도, 에티엔과 토니의 키스
사진도 없었다. 그리고 더 이상한 건, 학년말 축제 사진이 한 장도
없다는 것이다.

“갖고 계신 사진은 이게 전부예요?”

내가 물었다.

다니엘이 나를 쳐다봤다. 그의 눈이 이상하게 빛나기 시작했다.
갑자기 무언가가 거북해진 것 같았다.

“그, 그래. 그게 전부야.”

그가 더듬거린다.

두툼한 눈썹이 내려가고, 그의 얼굴은 초연한 표정을 지었다. 나

는 그가 거짓말한다는 사실을 알고 있다.

아레스키가 앨범을 집어 들더니 웃음을 터뜨렸다.

"이야, 포즈랑 옷 입은 거 너무 웃긴다!"

학급 사진을 하나 가리켜 보이며 말했다.

"어쩌겠냐."

다니엘도 웃으며 말했다.

"80년대였는걸…."

나는 천천히 손으로 턱을 괴고 창밖을 바라봤다. 다니엘은 어째서 자기가 가진 사진 일부를 우리한테 보여 주려 하지 않지? 무엇을 감추고 있는 걸까?

다니엘이 갑자기 말했다.

"이봐. 이 앨범이 학교 신문에 필요하면 가져가도 돼. 그랬다가 다음 주에 돌려줘. 난 이제 정말 여행 가방을 싸야 하거든."

그는 탁자 주위로 분주하게 움직이기 시작했다. 일어나서 제자리걸음을 하고 신경질적으로 움직이며 우리 주위를 맴돌았다. 잠시 후, 내가 물었다.

"학년말 축제요. 사진이 한 장도 없네요."

다니엘이 한 대 얻어맞은 듯 조금 놀라며 멍한 표정을 지었다.

"그래, 없어. 거기에 안 갔거든. 그날 아팠어."

그는 거짓말을 하고 있었다.

나는 아무 말 없이 그를 쳐다봤다. 그의 눈길을, 그의 눈 속 깊은 곳을 꿰뚫어 보려 했다. 그의 본심을 드러내는 어떤 섬광을 포착하려 했지만, 아무것도 보이지 않았다.

그래도 사진들은 분명히 이곳 어딘가에 있다. 그 사진들은 존재한다. 어쩌면 그가 옛날에 침대 밑에 넣어 둔 작은 금속 상자 안에 있지 않을까?

다니엘은 우리와 함께 현관문을 향해 가면서 전혀 당황하는 기색 없이 아레스키의 손에 앨범을 쥐여주었다.

"잘 가라."

그는 우리를 현관문으로 떠밀며 말했다.

"앨범은 나중에 돌려줘."

나는 그의 손길을 떨치고 그의 눈을 뚫어지게 쳐다봤다.

"그런데 제시카 슈타인은요?"

그는 잠시 당황하는 것 같았다. 아레스키는 우리가 방문한 진짜 목적을 이제 막 깨달은 듯 고개를 홱 돌려 나를 쳐다봤다. 그의 입이 놀라서 'O'자를 그렸고, 반쯤은 황당하고 반쯤은 질겁한 표정을 지었다.

다니엘은 손잡이를 돌려 문을 열고 우리를 밖으로 밀어내려 했다.

"'제시카 슈타인'이 뭐?"

그가 물었다.

"그 사람, 알았어요?"

"딱히 그런 건 아냐. 얼핏 기억이 날 뿐인걸. 미안하지만 별 도움은 못 될 것 같네. 그리고 이젠 정말 짐을 싸야 해."

그는 급하게 마지막 말을 내뱉고는 우리를 매정하게 밀어내더니 코앞에서 문을 쾅 닫았다. 닫히는 문틈으로 보인 그의 얼굴이 고통과 혐오에 차서 일그러지는 것 같았다. 나쁜 기억이 떠오를 때 짓는 그런 일그러진 표정이었다.

아레스키와 나는 닫힌 문 앞에서 말없이 가만히 있었다. 아레스키의 무릎 위에는 '마르셀비알뢰 고등학교, 1986년~1989년'이라고 쓰인 앨범이 놓여있었다. 그 애는 나를 잠자코 쳐다보다가 결국 입을 열었다.

"저 사람, 뭔가 감추고 있는 거 맞지?"

아레스키와 함께 있을 때는 이런 게 좋았다. 매번 모든 것을 시시콜콜 설명할 필요가 없었다.

"맞아. 네 생각엔 그게 무슨 뜻인 거 같아?"

그는 집을 위아래로 살폈다.

"여기에 다시 들러야 한다는 뜻이지. 오늘 오후에 떠난다고 했으니…"

나는 순간적으로 아레스키가 무슨 말을 하려는지 알아챘다. 다니엘이 떠난다면, 그건 집이 곧 빌 거라는 말이었다.

"맞아. 스페인으로 떠난댔지."

"올레!"

나는 2층 창문으로 눈길을 돌렸다. 밖에서 열고 들어갈 수 있는 그 창문으로.

"올레!"

아레스키에게 맞장구를 친 다음, 휠체어를 붙들고 정겨운 발미 쉬르라크의 옛 시가지를 향해 천천히 밀었다. 도시는 태양 빛을 가득 받으며 이제 막 시작된 여름의 화창한 하늘 아래에서 찬란히 빛났다.

—◆—

아레스키를 바래다주고 집으로 돌아가는 길 내내 발랑틴을 생각했다. 화장실에서 마지막으로 한 말이 머릿속에 맴돌았다.

'레오! 나 좀 가만히 내버려 두라니까!'

공격적인 목소리에는 반발심이 서려 있었다. 내가 아니라 마치 자기 자신에게 하는 말 같았다. 머릿속에서 발랑틴이 복도 모퉁이로 사라지는 순간이 끝없이 반복 재생됐다. 쫓아가서 미국 영화에서처럼 키스라도 해야 했을까?

그런 생각에 잠긴 채 발미 시내를 걸었다. 날씨는 화창했고, 커피숍들은 보란 듯이 바깥에 테라스 자리를 마련해 놓았다. 뮈세 거리 모퉁이를 돌자 플라타너스로 둘러싸인 작은 광장이 나를 맞이했다. 늦은 오후의 그늘진 풍경은 마냥 포근해 보였다. 발미 주민 대부분이 호수에라도 간 건지 거리는 한산했다.

실베스트르 아저씨의 슈퍼마켓에 들러 파스타 한 봉지와 햄, 빵을 샀다. 계산대에 놓인 라디오에서는 오래된 프랑스 가요가 흘러나왔다.

계산할 물건을 실베르스트 씨 앞에 내려놓았다. 아저씨가 할 말은 뻔했기에 앞서 답했다.

"하늘 아래 아무 일도 없어요, 실베스트르 아저씨."

"하하, 아무 일도 없다…. 아직까지는 말이지!"

그는 웃으며 내 말을 정정해주었다.

낭랑하게 울리는 차임벨의 멜로디를 들으며 가게를 나설 때, 나도 모르게 피식 웃고 말았다.

오후 4시가 조금 넘어 집에 도착했다. 아빠는 늘 그렇듯 무기력하게 TV 앞에 앉아 있었다. 그는 멍한 얼굴로 무의미한 영상들이 가득한 화면을 쳐다봤다. 아빠는 얼마나 오래 저 상태를 유지할 수 있을까? 나는 부엌에서 장 본 물건을 정리한 다음 거실로 갔다. 평소처럼 내 방으로 곧장 올라가는 대신 여기서 잠깐 시간을 보내기로 했다. 아무 말 없이 소파에 앉아 화면에서 이어지는 영상을 바라봤다. 별 볼 일 없는 TV용 영화였다. 브라이언이 수잔과 사랑에 빠졌지만, 그녀는 존과 결혼한 사이고, 존은 파멜라와 열렬한 관계를 맺고 있었다.

나의 시선은 낡은 TV와 지루해하는 아빠의 얼굴 사이를 오갔다. 아빠는 영화에 집중하는 것 같지도 않았다. 그의 눈은 마치 화면을 꿰뚫어 TV 너머, 집의 벽 너머를 보려는 것 같았다. 그 눈길은 지평선이나 아빠만이 감지할 수 있을 정도로 멀리 있는 어떤 물체에 고정된 것 같았다.

"오늘은 좀 덥네요."

나는 맥없이 말했다.

어떠한 대꾸도 없었다. 아빠는 팔꿈치를 약간 움직이며 가볍게 신음하는 듯한 소리만 냈다. 그는 천천히 손으로 얼굴을 받치더니 나로서는 가늠할 수 없는 집중 상태에 빠졌다. 나는 가만히 1, 2초쯤 아빠의 옆얼굴을 바라봤다.

무슨 일을 겪었기에 아빠가 저렇게 되었을까? 내가 어렸을 때 아빠는 나에게 롤 모델이자 멘토, 이상형, 그 모든 것이었다. 그 영웅은 지금 어디로 갔을까? 그 영웅은 내 상상 속에서만 존재한 것일까? 아빠는 하품을 참다가 TV에서 아예 관심을 떼고 벽으로 고개를 돌렸다.

"아빠, 에마뉘엘 르블랑 알아요?"

내가 불쑥 물었다.

아빠는 몸을 돌려 놀란 눈으로 나를 쳐다봤다.

"어디에서 들어 본 것 같은데…. 가수인가? 아니면 운동선수?"

나는 그 사람이 바로 엄마와 새 출발을 할 사람이라고 대꾸하려다 꾹 참았다. 어째서 그 이름이 친숙하게 들리는지 알아내려는 듯 아빠의 시선이 허공을 배회했다. 난장판이 된 자신의 머릿속에서 무언가를 끄집어내려고 시도하는 것처럼. 짙은 어둠이 아빠를 온통 에워싸고 있는 것 같았다. 안개로 가득한 망망대해에서 방향을 잃은 배가 아무렇게나 항해하는 것처럼.

"잘 좀 생각해봐요."

나는 짜증 섞인 목소리로 말했지만, 곧바로 후회했다. 아빠의 시선은 다시 TV를 향했다. 화면에서는 절절하고 떨리는 바이올린 선율이 흐르는 가운데, 브라이언이 수잔에게 열정적으로 키스하고 있었다. 음악 소리가 우리 집의 작은 거실에 날카롭고 묵직하게 퍼졌다.

아빠는 TV 화면에서 눈을 떼지 않은 채 느릿느릿 말했다.

"누군지 모르겠는데…."

아빠와 나 사이에 떠도는 분위기에 붙들린 듯 나는 잠시 가만히 있었다. 그리고 다니엘을 떠올렸다. 제시카에 대해서 그는 '얼핏 기억이 날 뿐인걸.'이라고 했다. 왜 그런 거짓말을 한 걸까? 그의 비밀스러운 사진들은 어디로 갔을까? 그리고 무엇보다, 거기에는 어떤 수수께끼가 담겨 있을까?

나는 청바지 주머니에 손을 넣어 휴대폰을 꺼냈다. 연락처 목록에서 아레스키를 선택해 그에게 메시지를 보냈다.

'나 오늘 밤 11시까지 일해. 끝나고 데리러 갈게.'

그런 다음 스크린을 끄고 휴대폰을 다시 주머니에 넣었다.

"어떻게 했어요?"

아빠에게 물었다.

"그러니까 엄마를 어떻게 유혹했어요? 오래전부터 알고 지낸 사이였어요? 학년말 축제에 같이 가자고 했어요?"

아빠는 조금 놀란 듯 나를 쳐다봤다. 이런 이야기는 우리 집에서 매우 드문 주제였다. 특히나 요즈음에는.

"글쎄, 이젠 잘 생각이 안 나네…."

225

마침내 아빠가 답했다.

"같이 영화관에 갔던 거 같아."

"그 영화, 뭐였는지 기억나요?"

"아니. 춤추는 사람들이 나오는 거였던가? 잘 모르겠어."

아빠는 다시 TV 화면으로 고개를 돌렸다. 방금 대답하기 위해 들인 노력 때문에 기진맥진한 것 같았다. 더 이상 붙들고 늘어져 봐야 소용없다는 사실을 알고 있다. 오늘 아빠한테서 그 이상의 대답을 듣기는 힘들게 뻔했다.

"알았어요. 부자간에 같이 보낸 좋은 시간, 고마워요. 저 이제 나가 봐야 해요."

아빠는 정보가 자기한테 전달되었지만, 그 내용은 나중에 처리하겠다는 듯 고개를 가볍게 끄덕였다.

내가 아빠한테 조금의 연민이라도 느꼈으면 좋겠다. 하지만 도무지 그럴 수 없었다. 사실, 내 마음은 이미 저 멀리 떠나있었다.

이제 내 머릿속에는 오늘 밤 아레스키와 함께 다니엘의 집에서 벌일 일에 관한 생각뿐이었다. 나는 그 이름을 잠시 입속에서 굴려 봤다. '다니엘 마르퀴조.' 이름이 혀끝에서 맴돌았다. 나는 그 이름에 서서히 사로잡히며, 그 안에 1988년의 진실이 담겨 있는 양 그 이름을 혀끝으로 굴리고 또 굴려 본다. 나는 그가 거짓말했다고 확신했다. 다니엘은 제시카를 완벽하게 기억하고 있었다.

그리고 그 단순한 거짓말만으로 그는 발미쉬르라크 역사상 가장 불가사의한 범죄 사건의 첫 번째 용의자가 되었다.

목요일

부드러운 금색 빛이 나를 잠에서 끌어냈다. 기지개를 켜고 가볍게 하품했다. 침대 시트에서는 갓 세탁한 깨끗한 세탁물 냄새가 났다. 나는 천천히 눈을 떴다. 내 앞의 벽에는 영화 포스터가 하나 붙어 있었다. 포스터 속 남자는 미래적인 장식이 달린 검은 옷을 입고 손에는 총을 들고 있다. 포스터에는 〈매드 맥스2〉라고 쓰여 있었다.

이제는 이 1988년이 편하게 느껴지기 시작했다. 책상 위에 놓인 이 시대를 대표하는 물건 몇 개가 눈에 들어왔다. 카세트 플레이어, 커다란 버튼이 달린 전화기, 컬러풀한 파일들. 책상 가장자리에는 폴라로이드 카메라도 보였다.

불현듯 지난밤의 모험이 떠올랐다. 정확하게 말하자면, '우리'가 한 모험이었다. 아레스키가 나보다 더 의욕에 차 있었으니까.

아레스키와 서둘러 다니엘의 집으로 갔다. 아레스키는 이번만은 내가 자기 휠체어를 밀게 놔둔 채 나에게 질문을 퍼부었다. 그 사람이 누구인지, 왜 그 사람의 집을 터는 건지, 그게 제시카의 죽음과 관련이 있는지.

나는 그 질문들에 하나씩 차분하게 답해 주어야 했다. 맞다, 그건 제시카와 관련이 있었다. 하지만 엄밀히 말하면 그 집을 털러 가는 것은 아니었다.

"일종의 시간 여행이라고 생각해."

나는 의혹에 찬 아레스키의 눈길을 받으며 이렇게 덧붙였다.

우리가 그 집 앞에 도착했을 때는 날이 완전히 저물어 어두컴컴했다. 밤은 다이아몬드가 잔뜩 박힌 가벼운 베일처럼 발미를 뒤덮고 있었다. 하늘의 별들이 평소보다 더욱더 밝게 빛나는 것 같았다.

내가 처음 한 일은 아레스키를 집 앞 현관 층계와 2층 창문 사이의 어둑한 한쪽 구석에 배치하는 것이었다. 그 애가 남몰래 망을 볼 수 있어야 했다.

"뭐 이상한 게 보이면 알려 줘."

나는 아레스키에게 설명했다.

"아 그래? 그럼 내가 어떻게 할까? 고양이나 올빼미처럼 울까?"

그는 특유의 빈정대는 어조로 대꾸했다.

나는 약간 질린다는 표정을 지어 보였다가, 그의 빈정거림에는 응수하지 않고 말했다.

"아니, 그냥 알려 주기만 해."

그 말을 하면서 올라가야 할 2층 창문을 쳐다봤다. 학창 시절 다니엘이 지냈던 방의 창문이었다. 빗물받이 홈통을 타고 올라가기만 하면 된다. 그런 모습을 영화에서 무수히 많이 봤고, 홈통을 타고 내려가는 기술에는 이제 나도 도가 텄다. 하지만 막상 올라가려니 자신이 없어졌다.

아레스키는 어슴푸레한 빛을 받으며 목을 잔뜩 움츠린 채 날카로운 눈으로 나를 쳐다보았다.

"쫄았냐?"

나는 아니라고 대꾸하며 자신 있게 한 손으로 홈통을 붙들었다. 다행히도 홈통은 요즘 지어진 집에 달린 플라스틱 파이프가 아니라, 옛날식으로 금속 재질이었다. 홈통은 굵직한 리벳으로 벽에 단단하게 고정되어 있었고, 나는 균형을 잡고 벽에 단단히 발을 디디면서 별 어려움 없이 2층까지 올라갈 수 있었다.

무의식적으로 아래쪽을 힐끗 쳐다보자, 아레스키가 나를 향해 고개를 쳐드는 모습이 보였다. 그는 내게 가볍게 손짓하며 익살스러운 표정을 지어 보였다.

"내가 아니라 길을 보라고, 이 멍청아!"

고작 3, 4미터 정도 올라갔을 뿐이었지만, 가벼운 현기증이 느껴졌다. 머뭇거릴 때가 아니라는 생각이 들었다. 오른팔로 홈통을 꽉 붙들고 왼팔을 천천히, 하지만 정확하게 창문을 향해 뻗었다. 두 발은 리벳을 단단히 딛고 있었고, 자세는 불편했지만 안정적이었다.

몇 초 동안 더듬다 보니 창틀이 손에 닿았다. 나는 벽에 매달린 채 1988년의 기억을 더듬으며 창틀 오른쪽에 있던 네모 모양의 작은 홈을 찾기 시작했다. 손가락을 놀려 창틀을 만져 보는데 갑자기 무언가 이질적인 느낌이 났다. 손으로 가볍게 누르자 덧대놓은 나무판자가 밀려났고, 집게손가락을 창문 아래로 밀어 넣을 수 있었다. 계속해서 손가락을 더듬어 작은 금속 고리로 된 잠금장치를 풀려고 했다.

몇 초 후, 작게 '딸칵'하는 소리가 들렸다. 성공이었다. 팔을 뻗어 힘껏 문짝을 밀자 살짝 열린 창문이 마찰음을 내며 올라갔다.

"빙고"

나는 재빨리 방 안에 아무도 없음을 확인했다.

홈통에서 창틀로 기어 올라가 마침내 다니엘의 방으로 들어갔다. 그리고 곧바로 탐색을 시작했다.

—◆—

다시 1988년

작은 폴라로이드 카메라를 잠시 멍하니 바라보다가 깨끗한 시트의 기분 좋은 냄새를 떨치고 일어났다. 몸을 일으켜 앉으며 나는 오늘도 내가 남자임을 확인했다. 헐렁한 팬티와 추바카가 그려진 〈스타워즈〉 티셔츠를 입고 있었다. 뭘 좀 아는 놈인가?

이상하게도 이 방은 어디선가 본 것 같았다. 와 본 적 있는 곳처럼 느껴졌다. 이번 주에 내가 몸을 빌려 산 사람들을 전부 떠올려 봤지만, 아니었다. 〈과학과 생명Science & Vie〉*한 권이 아무렇게나 놓여 있는 책상으로 다가갔다. 표지에는 거대한 성단을 이룬 은하 사진 이 실려 있고, 그 위로 '평행 우주가 존재할까?'라는 제목이 적혀 있다. 나는 잡지를 집어 들고 거기에 실린 특집 기사를 뒤적거리기 시작했다.

평행 우주는 존재할까? 몇 주 전만 해도 말도 안 되는 생각이라 고 여겼을 테지만, 지금은 공간과 시간이 우리 생각보다 훨씬 더 복잡하다고 확신했다. 서로 다른 시간의 층들 사이에 통로가 존재 할까? 내가 '평행 우주들' 중 하나에 와 있는 것일까? 만일 그렇다 면, 내가 어떻게 이동할 수 있었던 걸까? 우연일까? 아니면 내가 선택된 걸까? 그렇다면 누가 나를 선택했고, 또 어째서 선택된 걸 까?

이런 질문을 던지기 시작하면 끝이 없을 거라는 사실을 잘 알고 있다. 괜히 마음을 복잡하게 만들기보다는 지금 당장 나에게 벌어 지고 있는 일을 받아들이자는 게 요즘 나의 철학이었다. 나중에 학교 도서관에서 빌려 봐야겠다고 생각하며 잡지를 내려놓았다. 이 모든 일이 끝난 후, 2018년의 세계에서 말이다.

나는 소리 죽여 방을 면밀히 살폈다. CD 몇 장이 작은 하이파 이 오디오 옆에 아무렇게나 놓여있었다. 이번에는 음악 애호가의 집에 와 있는 게 틀림없었다. 작은 선반에는 번쩍이는 표지의 문

---

* 1913년에 창간 된 프랑스의 월간 과학 잡지

고본 도서 십여 권이 줄지어 꽂혀있었다. 대부분이 SF 소설이었다. 팀 파워스의 《아누비스의 문》, 클라이브 바커의 《피의 책》, 윌리엄 깁슨의 《뉴로맨서》.

한마디로 마니아의 방에 와 있는 것이었다. 한 손으로 머리를 더 듬으니 헝클어진 곱슬머리 뭉치가 만져졌다. 기분이 이상했다. 방문 옆에 있는 거울을 향해 가는데, 바닥에 놓인 어떤 회색 물건이 발에 치었다. 직사각형 모양의 작은 플라스틱 물건이었다. 비디오 테이프였다. 재킷에는 입을 꽉 다물고 근육이 팽팽히 긴장된 실베스터 스탤론이 있었다. 부제는 '호랑이의 눈'.

젠장, 〈록키 3〉이라니….

———◆———

2018년, 현재

"레오! 야, 레오! 들어갔냐?"

다니엘의 방 안에 있는데 1층에 있는 아레스키가 반복해서 부르는 소리가 들렸다.

"쉬잇!"

나는 창밖으로 몸을 기울이며 입에 집게손가락을 대며 답했다.

그런 다음에 '전부 오케이.'라는 뜻으로 엄지손가락을 위로 들어 올렸다.

내가 예상한 대로 다니엘의 방은 1988년 이후로 전혀 변하지 않왔다. 모든 것이 그대로였다. 침대, 책상, 벽에 압정으로 붙여 놓은 더 큐어의 사진들까지.

나는 순간적으로 멈칫했다. 아무리 그래도 이건 좀 이상했다. 마치 다니엘이 청소년기 이후로 이곳에 단 한 번도 들어오지 않은 것 같았다. 그가 방문을 닫아걸고 다시는 발을 들여놓지 않겠다고 작정이라도 한 것처럼 말이다.

나는 방안을 돌아다니며 살펴보기 시작했다. 환기하지 않은 퀴퀴한 곰팡내가 감돌았다. 책상의 작은 램프를 켜고 주위를 둘러보았다. 침대에 걸터앉아 꿈꾸듯 한숨을 내쉬었다. 제시카의 죽음, 비밀 사진들, 수수께끼의 열쇠. 나는 고양이처럼 단숨에 벌떡 일어나 매트리스와 침대 프레임 사이로 팔을 넣었다.

아무것도 없다.

저 멀리서 아레스키가 작게 올빼미 소리를 내는 것이 들렸다. 누군가 오는 것을 본 걸까? 아니면 그냥 그 빌어먹을 울음소리를 흉내 내는 게 재밌어서 그러는 걸까? 아레스키하고 같이 있을 때 문제는 바로 이거였다. 그 녀석이 진지한지 아닌지 절대로 알 수 없다는 점. 하지만 그런 건 별로 중요하지 않았다. 창문으로 돌아가서 상황이 괜찮은지 확인할 시간이 없었다. 목표에 도달하려는 바로 이 순간에는 특히.

그때 매트리스 아래를 뒤지던 내 손가락에 금속으로 된 묵직한 물건의 감촉이 느껴졌다.

또다시 1988년

마치 마법의 물건이라도 되는 양 〈록키 3〉 비디오테이프를 조심스레 책상 한쪽 구석에 올려놓고 방을 계속해서 둘러봤다. 분명 이곳은 내게 친숙했다. 말이 안 된다는 건 나도 알고 있다. 어쩌면… 내가 여기에 이미 와 본 적이 있나?!

나는 천천히 벽으로, '브르타뉴의 추억'이라고 적힌 엽서 바로 아래에 걸린 작은 거울로 다가갔다.

마지막으로 주위를 둘러보고 방에 맴도는 냄새를 들이마셨다. 깨끗한 세탁물과 잘 정돈된 생활의 냄새. 침대 옆 바닥에는 전날 입은 게 틀림없는 옷더미가 아무렇게나 놓여있었다. 내 방과 조금 비슷한 이 방이 마음에 들었다. 딱 적당히 난잡했다.

블라인드가 닫힌 창문으로 한 줄기 밝은 금색 빛이 비쳐 들어 방을 밝혔다. 이제 곧 학교에 가야 할 시간이다.

거울로 눈을 돌려 내 얼굴을 확인하기 직전 마음속에 동요, 순간적인 깨달음, 충격 같은 무언가가 일었다.

"맞아!"

나도 모르게 큰 소리로 외쳤다.

나는 여기가 어딘지 잘 알고 있다. 저 벽들을 속속들이 알고 있다. 그러니까… 30년 후의 저 벽을 속속들이 알고 있다. 더 이상 똑같이 장식되어 있지 않을 테고, 가구 배치도 바뀌고, 페인트도 다시 칠해 놓았지만, 엄연히 똑같은 벽이었다. 잠시 꼼짝하지 않고 서 있었다. 눈만 계속해서 좌우로 움직였다. 마치 지금 벌어지고 있는 일의 해답을 찾아내려는 듯. 내 왼쪽에는 〈젤다의 전설〉 팩이 꽂힌 닌텐도 NES 게임기가 놓였었다.

마침내 천천히 고개를 돌려 거울과 마주 봤다. 여드름 난 얼굴이 황당하다는 표정으로 나를 쳐다보고 있었다. 갸름한 얼굴, 여드름 흔적이 있지만 윤곽선이 꽤 괜찮은 얼굴이다. 젊은 얼굴. 너무도 젊은….

'아이 엠 유어 파더. 레오.'

———◆———

일단 집에서 허둥지둥 나온 다음에도 나는 몇 분이 더 지나서야 내가 아빠의 삶을 살게 되었다는 사실을 간신히 받아들였다. 나는 '젠장! 이건 아니지!'라고 마음속으로 외치며 공포에 가까운 심정을 느꼈다. 세상에서 내가 원하지 않는 단 한 가지가 있다면, 그건 바로 아빠가 내 나이였을 때의 모습을 알게 되는 것이다. 안 그래도 교류가 별로 없는 사이인데…….

"이번에는 정말이지 하드코어네…."

나는 가능한 남의 눈에 띄지 않으려 애쓰며 발미 시내를 걸었다. 어쩌면 기회일지도 모른다. 너무 늦지 않게 그 곱상한 에마뉘엘 르블랑한테서 엄마의 관심을 돌릴 기회. 젠장, 그 일 역시 하드

코어다. 엄마를 유혹해서 함께 학교 축제에 가도록 설득해야 한다니.

어제 아빠가 한 말을 떠올렸다. 두 사람이 함께 무슨 영화를 보러 갔다고 했다. 춤추는 사람들이 나오는 영화를.

아마도 거기서부터 시작해야 할 것 같다.

나는 고등학교로 향했다. 가는 길에 헐렁한 형광색 운동복 바지를 입고 핑크색 스카프를 머리에 둘렀거나 표범 무의 상의를 입은 남자들과 여럿 마주쳤다. 아, 80년대는 정말이지….

학교에 도착하자마자 운동장의 학생 배치가 한눈에 들어왔다. 이곳은 이제 익숙한 세계였다. 안쪽에는 여학생 몇몇이 제시카를 에워싸고 옹기종기 모여 있었다. 카퓌신과 빅투아르가 청재킷과 검은색 레깅스 차림으로 킥킥대며 웃고 있었다. 그로부터 몇 미터 떨어진 곳에는 마르크올리비에의 패거리가 있다. 일명 반항아들이었다.

그 패거리는 벽에 아무렇게나 기대고 줄담배를 피우며 나머지 학생들에게 경멸하는 눈길을 보냈다. 토니는 이따금 남몰래 에티엔을 쳐다봤다. 그 눈에는 분노와 원망, 욕망과 슬픔이 가득 담겨 있었다.

운동장의 반대쪽은 루저들과 찌질이들의 세계였다. 1988년의 컴퓨터광 안경잡이들은 아직 권력을 잡지 못했다. 그 애들에게 다가가 어깨를 두드리며 "걱정 마, 너희들의 때가 올 테니까."라고 말해 주고 싶었다. 그 무리에서 약간 떨어져 홀로 서 있는 다니엘이 보였다. 그는 길을 잃은 채 자기만의 세계에 갇혀 있는 것처럼 보였다. 언제나처럼 카메라를 들고 있었다.

그로부터 몇 미터 안에, 엘리즈가 있었다. 그녀는 감히 다니엘에게 다가가지 못한 채 그를 바라만 봤다. 어쩌면 다니엘은 엘리즈를 못 본 척하는 걸지도 몰랐다. 저 두 사람은 아직 갈 길이 멀었다.

역시 조금 떨어진 곳, 운동장의 야외 훈련장 바로 앞에는 운동을 좋아하는 학생 무리가 있었다. 그들은 서너 명으로 많지 않았고, 모두 민소매 티셔츠나 농구 유니폼을 입고 있었다. 그들 중에는 에마뉘엘의 완벽한 얼굴도 보였다. 그는 양손을 머리 뒤에 올린 채 준비 운동을 하듯 골반을 좌우로 움직이고 있었다.

이 그룹들은 서로를 싫어했다. 반항아들은 운동부를 싫어했고, 운동부는 루저들을 경멸했다. 그게 자연의 질서였다. 사바나의 법칙이나 뭐 그런 종류의 변치 않는 영원한 질서 말이다. 사자와 원숭이에게 서로 친구가 되라고 요구할 수는 없다. 그냥 그런 법이었다.

내가 그 상황에서 어떤 동물인지는 잘 모르겠지만.

운동장 중앙에는 어떤 무리에도 속하지 않은 고등학생 대다수가 있었다. 큰 특징이 없는 애들, 쿨하지도 찌질하지도 않은 애들, 학생들 사이를 비집고 다니며 눈에 띄지 않기를 바라는 애들, 별 소동을 일으키지 않으면서 하루하루를 살아가는 애들 말이다. 그들은 모두 1988년 패션으로 차려입고 유행하는 헤어스타일을 하고 있었다. 팔목에 브라질 팔찌를 차고 있는 애들도 보였다. 그들은 '내 친구한테 손대지 마'나 'We are the world'같은 문구가 들어간 배지를 달고, '로보캅' 티셔츠를 입고 있었다.

나는 눈에 띄지 않도록 그들 사이로 나아갔다. 그들 중에서 친숙한 얼굴 하나를 발견했다. 반듯하고 갸름하며 부드러운 얼굴이었다.

엄마는 여자 친구 한 명과 이야기를 나누고 있었다. 두 사람은 모두 창턱에 몸을 기댄 채 대화에 몰두해 있는 것처럼 보였다.

엄마를 이런 식으로 마주하니 기분이 이상했다. 이곳, 나 레오가 아직 존재하지 않는 세상에서 말이다. 엄마는 이따금 가볍게 웃으며 긴 머리카락을 귀 뒤로 넘겼다. 나는 엄마의 주의를 끌지 않으면서 천천히 다가갔다.

그 순간, 내 주위의 세상은 형형색색으로 소용돌이치며 증발해버렸다. 학생들이 이루는 물결이 미끄러져 사라지며 무한대로 이어졌다. 더 이상 아무것도 눈에 보이지 않았다. 나와 엄마 사이를 가르는 몇 미터가 마치 일종의 시공간 장벽을 만들고 있는 것 같았다.

존재하는 것은 오로지 그녀.

그리고 나.

그리고 운명뿐이었다.

2018년, 현재

다니엘의 매트리스 아래에서 금속 상자를 찾아낸 다음에, 나는 침대에 걸터앉아 그 내용물을 살폈다. 책상의 작은 램프가 방안을 희미하게 비추었다. 흥분과 동시에 약간의 죄책감이 들었다. 공기 중에는 어떤 이상한 냄새, 가루와 먼지가 뒤섞인 냄새가 감돌았다.

내가 기억하는 바로 그 상자였다. 뚜껑에 붙은 '사진'이라고 쓰인 라벨도 그대로였다.

상자 안에는 흑백 사진이 가득했다. 사진의 배경이 어디인지 금방 알아볼 수 있었다. 고등학교, 호수, 1988년의 발미 거리. 나는 사진을 넘겨보았다. 청소년들이 모여 있거나 홀로 있었다. 어떤 애들은 카메라를 등지고 있었는데 사진 찍히고 있다는 사실을 모르는 게 분명했다. 다른 애들은 테니스나 축구 따위의 운동을 하는 중이었다. 고등학교 앨범에서 본 것과 비슷한 유형의 사진들이었다. 하지만 상자에는 제시카만 다룬 섹션도 있었다. 나는 이걸 다니엘 마르퀴조의 '변태 사진'이라고 불렀다. 다양한 모습의 제시카가 포착되어 있었다. 그녀는 사진 찍히고 있다는 사실을 모르는 게 분명했다. 그렇게 생각하자 등골이 오싹했다.

첫 번째 사진 뭉치 아래에는 작은 봉투 하나에 정리된 사진이 있었다. 그게 바로 내가 찾던 사진들임을 직감했다. 봉투를 열어 맨 앞에 있는 사진을 꺼냈다. 나무와 그림자, 빛이 이루는 형태들. 호수를 둘러싼 소나무 숲. 그 한가운데에서 서로 얼싸안고 있는 두 형상. 바로 키스하는 토니와 에티엔의 기다란 실루엣이었다.

사진들을 계속 넘기자 고등학교 축제 사진들이 나왔다. 다니엘 마르퀴조, '나는 아팠어.'라고? 새빨간 거짓말!

10여 장 정도는 댄스파티를 위해 널찍한 홀로 장식해 놓은 체육 관의 내부를 찍은 사진이었다. 학생들은 이브닝드레스와 반짝이를 잔뜩 단 파티복을 입고 있었다. 여러 형상 사이에서 곧바로 제시카 가 눈에 들어왔다. 밝게 미소를 짓는 그녀의 모습은 기쁨과 아름 다움으로 찬란했다.

사진에서 그녀는 마르크올리비에의 품에 안겨 춤을 추고 있었 다. 그들 위로 미러볼과 장식 띠들이 반짝이며 빛을 발했다. 체육 관의 커다란 시계는 9시 43분을 가리키고 있었다.

사진을 다시 봉투에 넣은 다음, 봉투째 티셔츠 속에 쑤셔 넣었 다. 그리고 창문으로 가 아레스키를 향해 가볍게 휘파람을 불며 말했다.

"야, 나 내려간다!"

"오케이…."

아레스키는 휠체어의 방향을 틀어 집 앞쪽으로 왔다. 그는 긴장 된 표정으로 나를 올려다봤다. 빗물받이 홈통을 타고 미끄러져 내 려갈 때 다니엘이 찍은 사진들이 배에 닿는 게 느껴졌다. 봉투의 종이가 내 살갗을 스치며 불타는 듯한 느낌이 들었다.

그리고 다시, 1988년

"이-이자벨?"

다시 학교 운동장. 어떤 남자애가 지나가며 나를 어깨로 떠밀었다. 엄마가 나를 향해 조심스럽게 몸을 돌렸다. 그녀의 머리칼이 허공에서 나부끼는 모습이 슬로모션으로 보였다. 엄마의 커다란 눈이 내게 와 닿았다. 엄마는 젊었다. 너무도 젊었다. 이번 주가 되기 전까지의 나는 단 한 번도 엄마가 언젠가 열일곱 살이었다고 생각한 적 없었다.

하지만 오늘, 그녀는 나의 엄마가 아니다.

"로랑."

그녀가 말했다. 블라우스의 깃 뒤로 미소가 반쯤 가려 보였다.

자연스럽게 몸을 기울여 그녀의 뺨에 입을 맞추며 인사했다.

"어… 아-안녕."

이자벨은 놀란 목소리로 더듬거리며 말했다.

그녀의 어조에서 약간 당황한 기색이 느껴졌다. 나에게도 승산은 있다. 이자벨의 몸짓과 표정 중에서 내가 모르는 것은 하나도 없으니까. 그녀는 에마뉘엘 르블랑에게 학년말 축제에 같이 가자고 말한 것을 후회하고 있을지도 몰랐고, 그래서 아빠를 어떤 태도로 대해야 할지 몰라 당황하고 있는 게 분명했다.

"생각해 봤어?"

내가 물었다.

"있잖아, 학년말 축제…."

이자벨이 순간적으로 평정심을 잃고 눈을 깜빡거렸다.

"응… 어… 아니…. 그게, 잘 모르겠어."

나는 잠자코 그녀를 뚫어지게 쳐다봤다. 그런 다음, 단도직입적으로 말을 꺼냈다.

"에마뉘엘이 네가 자기랑 같이 갈 거라고 말하던걸."

이자벨은 머뭇거리더니, 관자놀이를 긁적이며 고개를 약간 수그렸다. 나는 그녀에게 다가가 차분한 목소리로 말했다.

"있잖아, 네가 하고 싶은 대로 해. 에티엔 다오의 그 노래 알아? '모든 게 변할 수 있어, 오늘은 네 남은 삶의 첫 번째 날이야.'라고 말하는 노래."

"어… 아니…. 네가 에티엔 다오를 좋아하는지 몰랐어."

나는 내가 그 가수를 너무 좋아한다고 말하고는, 노래 가사를 흥얼거리기 시작했다. 엄마는 조금 놀란 표정으로 나를 쳐다봤다. 이 노래를 전혀 모르는 걸 보면, 1988년에는 아직 발표되지 않은 모양이었다. 별 상관없었다. 나는 계속 노래를 흥얼거렸다.

"네가 오늘 폭발해버려도 좋아 오느느느을은 네 남은 삶의 첫 번째 날~"

"멋진 노래 같네."

이자벨은 어색하기 짝이 없는 그 상황을 마무리하려는 듯 황급히 말했다.

그런 다음 내게 수학 시험이 있어 이만 가봐야 한다고 했다. 그녀는 이렇게 덧붙였다.

"곱셈 공식, 진짜 어려워. 우리 수업 끝나고 6시에 만날까?"

그녀는 나의 대답을 기다리지 않고 A동 건물로 향했다. 수업 종이 울리기 시작했다. 나는 잠시 멍하니 서 있다가 물었다.

"6시?"

이자벨이 획 돌아섰다. 밝은 얼굴에 웃음이 가득했다.

"응. 나 아르바이트 갈 때 같이 갈래? 내가 음료수 한잔 쏠게."

"오케이, 좋아. 6시, 교문 앞!"

나는 그렇게 말하고 책가방의 물결에 합류했다.

이자벨은 '이따가 봐.'라고 말하듯 손가락을 오므리며 손을 가볍게 흔들어 내게 인사했다. 내 마음속에서 절로 미소가 피어올랐다.

엄마가 수업이 끝나고 학교 앞에서 나를 기다릴 거라는 생각에 기쁜 건 난생처음이었다.

———◆———

2018년, 현재

빗물받이 홈통을 타고 내려와 집 아래쪽에 있는 아레스키에게 갔다. 그의 얼굴에는 감출 수 없는 흥분이 떠올라 있었다.

"어때? 어땠어?"

그는 반복해 물었다.

"기다려 봐, 보여 줄게. 하지만 먼저 이곳을 벗어나야 해."

나는 아레스키의 휠체어를 붙들고 호수 길을 거슬러 올라가기 시작했다. 아래쪽에서 개구리 울음소리가 들려왔다. 우리 모습을 목격한 건 개구리들밖에 없었을 것이다. 한밤중에 몸을 잔뜩 움츠리고 달려가는 두 실루엣, 사진 한 묶음이라는 빈약한 수확물, 어쩌면 30년 된 수수께끼를 풀 열쇠를 가져가는 두 실루엣 말이다.

"어땠어?"

아레스키는 가로등 불이 밝혀진 발미 중심가로 들어서자 다시 물었다.

그는 궁금해 미칠 것 같다는 표정이었다. 그 마음이 이해된다. 나 역시 그랬으니.

나는 티셔츠에서 작은 봉투를 끄집어내어 조심스레 열었다. 한순간, 아레스키가 숨을 멈추는 게 느껴졌다.

"압도적 서스펜스…"

나는 놀리듯 말하며 눈앞에서 사진을 한 장씩 넘겼다. 1988년 고등학교 학년말 축제가 거의 분 단위 사진으로 찍혀 있었다. 모든 사진에 체육관의 커다란 벽시계가 찍혀 있는 덕분에 시간의 흐름도 알 수 있었다.

내 입술에 절로 미소가 피어올랐다. 나는 사진들을 다시 봉투에 집어넣고 아레스키에게 돌아섰다.

"내일 보자."

내가 말했다.

"사진을 전부 자세히 살펴봐야 해. 해답은 확실히 여기에 있어."

"해답?"

아레스키는 의문스러운 목소리로 내 말을 반복했다.

"뭐에 대한 해답?"

"뭐긴, 아레스키. 제시카 슈타인의 죽음에 대한 해답이지!"

— ◆ —

다시 1988년

수업 종료를 알리는 벨 소리가 울리자마자 황급히 학교 정문을 향했다. 엄마가 약속을 잊어버렸을까 봐 겁이 났다. 하지만 교정을 나서자마자 책가방들의 물결 사이로 정문으로 다가오는 그녀의 모습이 보였다. 그녀가 발걸음을 내디딜 때마다 머리카락이 잠시 허공에서 찰랑거렸다.

지금까지는 한 번도—그러니까 진짜로— 깨닫지 못한 사실인데, 이자벨은 꽤 예뻤다. 그녀는 나를 보자 환하게 미소 지으며 가볍게 손을 흔들었다. 나를 봐서, 아니, 그보다는 아빠를 봐서 기쁜 것 같았다.

그런 생각이 들자 두 사람의 삶이 앞으로 어떻게 펼쳐질지 아는 나로서는 한순간 가슴이 찢어지는 것 같았다.

"수학 시험 어땠어?"

내가 물었다.

"제발, 그 얘기는 꺼내지도 마!"

그녀는 손을 허공에 휘저으며 피곤하면서도 즐거운 눈으로 힐끗 나를 쳐다봤다.

"알았어, 알았어."

나는 가벼운 어조로 말하며 내가 느끼는 혼란스러운 마음을 최대한 드러내지 않으려 했다.

"그럼 갈까?"

"좋아!"

그녀는 명랑하게 답했다.

우리는 몇 미터를 걷다가 모퉁이를 돌아 햇빛이 환히 비치는 플라타너스 대로로 들어섰다.

"아르바이트하는 줄 몰랐어."

나는 대화를 트기 위한 말을 꺼냈다.

엄마는 한 번도 그 이야기를 한 적 없었다. 그녀는 용돈을 벌기 위해 올해 초부터 일을 시작했다고 설명했다. 빌맹 대로의 '팰리스' 영화관 옆 카페에서 하는 서빙 일이다.

"좋은 건, 영화관이랑 제휴를 한다는 점이야. 그래서 공짜 표를 자주 얻어. 지난달에는 〈그랑블루〉를 봤어. 정말 좋더라. 그 영화 두 번 더 보러 갔어."

그녀가 말하는 것을 들으며 우리가 지나쳐 가고 있는 건물들을 쳐다봤다.

"너 영화 좋아해?"

그녀가 물었다.

나는 조금 건성으로 그렇다고 답했다. 주위에 있는 건물과 창유리들을 보는 일에 계속 정신이 팔렸다. 가게에 전시된 1980년대 물건들을 바라봤다. 핀 배지, 가수나 영화 사진으로 만든 배지들, 커다란 라디오 카세트, 비디오카세트 플레이어, PC통신 단말기. 그리고 어김없이 등장하는 형광색 옷들, 스카프, 강렬한 파란색 라이크라 바지들이 마네킹을 장식하고 있었다. 마치 미지의 행성에 와 있는 것 같았다.

"〈그랑블루〉처럼 오래된 영화들을 특히 좋아해. 그 영화 고전이지."

내가 말했다.

"그게 무슨 말이야? 그 영화 바로 얼마 전에 개봉했는데…."

나는 내 말실수를 깨닫고 가게 쇼윈도에서 눈을 뗐다.

"아, 그러니까 내 말은, 그 영화가 고전이 될 거라고. 확실해."

"그래, 맞아."

그녀는 이렇게 말하며 나를 어리둥절한 표정으로 쳐다봤다.

50여 미터를 더 걷자 빛바랜 차양 아래로 보도에 놓인 테이블 몇 개가 보였다. '완벽 그 이상', 내가 다니엘의 몸을 하고 제시카를 만났던 그 카페였다.

"여기야!"

그녀가 자랑스럽게 말했다.

"뭐야, '완벽 그 이상'에서 일해?"

"응. 목요일하고 일요일 저녁에만. 자리 잡고 앉아. 마실 거 갖다 줄게. 뭐 마시고 싶어?"

나는 잠시 말문이 막혔다가 카페 출입구에 붙어 있는 광고 포스터 문구를 떠올리며 말했다.

"프싯 한 잔?"

엄마는 장난스러운 미소를 지으며 안쪽으로 사라졌다. 그녀는 카운터 뒤에 자리를 잡고 앞치마를 둘렀다. 나는 불안한 눈으로 카페 안쪽의 긴 의자들을 들여다봤다. 제시카와 마르코 무리가 앉아 있을 것 같았다. 하지만 카페는 텅 비어 있었고, 카운터 테이블에 팔을 괸 채 맥주를 한 잔씩 앞에 두고 앉아 있는 라이더 세 명만 있을 뿐이었다.

엄마는 작은 병과 탄산음료가 가득 든 유리컵을 하나 들고 왔다.

"받으세요, 손님!"

나는 그녀에게 고맙다고 말하고, 일을 시작하기 전에 나랑 같이 한 2분만 앉아 있지 않겠느냐고 물었다. 그녀는 좌우를 둘러보며 망설이다 내 얼굴을 보고 가볍게 미소 지었다.

"좋아, 하지만 딱 2분 만이야."

그녀는 의자를 내 옆으로 끌어당겨 앉았다. 그녀는 헤아릴 수 없는 맑은 눈으로 나를 쳐다봤다. 한쪽 뺨에 패인 보조개를 보다가 문득, 그녀가 내 말을 기다리고 있다는 걸 깨달았다. 일단 아무

이야기나 되는 대로 늘어놓았다. 그날 날씨—"오늘도 날이 정말 화창하네!"—, 고등학교 생활—"빨리 방학이 왔으면 좋겠어!"—, 80년대에 대해서—"프싯이 정말 좋아!"—.

대화는 자연스럽게 우리의 삶, 계획, 부모님에 대한 이야기로 옮겨 갔다.

"너는 너희 부모님을 잘 알고 있다고 생각해?"

그녀가 내게 물었다.

"응…. 그게, 그런 것 같아."

나는 최대한 당황하지 않고 말했다.

"어쨌거나 날마다 부모님을 조금씩 더 알아가는 것 같은 느낌이 들어."

"음… 나는 잘 모르겠어. 이상해. 어떤 때는 부모님하고 엄청 친한 느낌이 들어. 무슨 말인지 알지? 그런데 또 다른 때에는 부모님을 보면서 저 사람들이 이방인인데 우연히 내 삶 속에 그냥 던져진 것 같아. 공통점이 하나도 없지만 그래도 같이 살아야 하는. 무슨 말인지 알겠어? 아니, 당연히 모르겠지. 알아 내가 이상하다는 거."

그녀는 웃으면서 마지막 말을 내뱉었다. 나는 그녀가 하려는 말을 감히 완벽히 안다고 말하지 못한다. 삶은 제비뽑기고, 우리가 지닌 자유는 기껏해야 우리가 타고난 것을 최대한 잘 활용하는 자유일 뿐이라는 느낌. 금전적인 상황. 문화적인 유산. 좋거나 나쁜 신체조건. 그리고 도무지 이해할 수 없고 앞으로도 결코 이해하지 못할 테지만, 평생 함께해야 할 부모님.

"나는 고등학교 졸업하면 떠날 거야."

엄마가 그 말을 아주 차분하고 침착한 목소리로 말했다. 그게 마치, 견해나 계획이 아닌 어떤 완벽한 진리, 과학적인 사실인 것처럼.

"나는 파리로 떠날 거야."

물론 나는 그런 일은 생기지 않을 거라는 사실을 알고 있다. 엄마는 고등학교를 졸업한 다음 클레르몽페랑에 있는 대학에 1년간 공부하러 떠나게 된다. 그랬다가 시험을 통과하지 못해서 발미에 있는 어느 서점에서 아르바이트를 하게 될 예정이었지만, 지금의 그녀에게 그런 말은 할 수 없었다.

"거기에서 뭐 할 건데?"

내가 물었다.

"모르겠어. 아마도 공부를 하겠지. 아니면 일하거나. 사실 그런 건 별로 중요하지 않아. 내가 무엇보다 바라는 건, 여행하고 세상을 보고 즐기는 거야. 젊음을 만끽하는 것. 알겠어? 그리고 또 옛날부터 꿈꿔온 게 있어. 작가가 되는 것. 말도 안 된다는 건 나도 알아. 하지만 시도는 해보고 싶어. 소설을 쓰려고. 안 될 건 없지 않겠어?"

나는 아무 말 없이 고개를 끄덕였다. 그리고 잠시 우리 두 사람의 실패한 삶을 떠올리자 우울해졌다. 적당히 위로할 말을 해 주고 싶었지만, 아무 말도 하지 못했다.

어떤 것들은 말로 표현하기에는 너무나 아팠다.

프싯 병을 비우고 철제 테이블에 내려놓으니 저녁 7시가 다 되었다. 엄마는 여전히 나를 바라보며 미소 짓고 있었다. 라디오에서는 유행하는 노래가 흘러나왔다. 선율은 끈적끈적하면서 톡 쏘며, 노랫말은 거칠고 아슬아슬했다.

"일 끝날 때쯤에 데리러 올게, 괜찮지?"

나는 엄마에게서 눈을 떼지 않고 말했다.

"어, 좋아…."

그녀는 조금 놀란 것 같았다.

"저녁 10시쯤?"

그녀가 덧붙였다.

"알았어. 이따 봐!"

나는 자리에서 일어나 카페를 떠났다. 빌맹 대로를 거슬러 올라가 '팰리스' 영화관 앞을 지나 데누에트 공원으로 갔다. 거의 저녁 무렵이었지만, 여름은 거리를 구석구석 밝게 비췄다. 끈질기고 숨막히는 더위가 묵직한 파도처럼 하늘로부터 연이어 떨어져 내렸다.

세 시간을 때워야 했다. 나도 모르게 실베스트르 아저씨의 슈퍼마켓으로 발걸음이 향했다. 그 가게 안쪽에는 작은 문구 코너가 있었다. 나는 거기서 자석 잠금장치가 달린 멋진 갈색 가죽 노트 한 권과 커다란 뚜껑이 달린 만년필 하나를 집어 들었다. 그리고 계산대로 갔다.

"그래, 하늘 아래 무슨 새로운 일 있냐?"

나는 평소처럼 하던 대화를 짧게 끝내고 100프랑짜리 지폐를 내고 가게를 나와서 왼쪽으로 수십 미터 떨어진 데누에트 공원으로 갔다.

'죄송해요. 아빠. 환불은 해 드릴 수 없어요. 다 이유가 있어서 산 거에요.'

시끄러운 쇳소리를 내는 공원의 작은 철제문을 열고 들어가 제일 가까운 벤치로 향했다. 어제저녁의 일들이 아직도 눈앞에 어른거렸다. 아레스키를 집에 데려다준 다음, 나는 밤미 거리를 얼마 동안 쏘다녔다. 날은 쌀쌀하고 어두운 편이었지만, 곧장 집에 들어가고 싶지 않았다. 혈관 속 아드레날린이 날뛰었다. 두려움과 흥분, 걱정과 놀라움이 뒤섞인 감정이었다. 내 삶이 정점에, 궁극적인 순간에 도달한 기분이었다.

나는 느린 몸짓으로 벤치에 앉아 그네를 타고 노는 두 아이를 바라봤다. 아이 엄마가 바쁜 눈길로 지켜보고 있었다. 그 젊은 엄마의 눈은 놀이터와 자기 무릎 위에 놓인 잡지 사이를 오갔다. 그녀는 지치고 피곤해 보였다. 나는 방금 산 가죽 노트를 펼치고, 만년필의 뚜껑을 연 다음 단호한 손길로 써 내려갔다. '로랑 벨라미, 1988년 6월 16일.'

나는 한동안 그곳에 앉아 태양이 지고 하루가 저무는 모습을 바라봤다. 젊은 엄마와 아이들이 떠나는 모습을 보며 온 세상이 저녁의 서늘한 기운으로 뒤덮이는 것을 느꼈다. 휴식의 순간, 지극히 행복한 순간이었다. 1988년의 몇 시간, 세상과 나 사이의 비밀인 양 훔친 짧은 순간들. 내가 이번 주에 마주친 얼굴들을 떠올렸다. 다니엘, 발랑틴, 제시카, 아레스키, 에티엔, 카퓌신, 벨린다. 자신감으로 가득 찬 엄마의 젊은 얼굴. 모든 것이 섞이고 뒤얽혔다. 마치 우리 삶들은 어떤 방식으로든 서로 연결된 것 같았다.

삶은 마치 직물의 짜임, 함께 뒤얽혀 자라는 칡덩굴을 연상시켰다. 우리가 바로 그랬다. 시공간 속에서 길을 잃고 서로 얽혀 있는 삶들. 그 삶들은 기쁨과 고통, 희망과 슬픔의 파편들처럼 이 세상에 내던져진 채, 어떻게든 약간의 자유와 의미를 찾아내려고 있는 힘껏 자신의 현재, 과거, 미래에 매달렸다.

내가 몽상에서 벗어났을 때 손목시계는 9시 47분을 가리키고 있었다. 생각에 잠겨 꼼짝도 하지 않고 두 시간 넘게 보냈다. 빌맹 대로로 돌아가서 엄마를 만나 그 빌어먹을 톱 모델 에마뉘엘 르블랑을 포기하라고 설득해야 했다.

안 그러면 레오 벨라미는 끝장이다.

저녁 10시, 엄마가 일을 마치고 밖으로 나왔다. 카페는 사람들로 가득 차 있었고, 라디오에서는 록 음악이 흘러나왔다. 강렬한 선율이 철제 테이블에 부딪히는 맥주잔 소리와 테이블에 둘러앉은 손님들의 걸걸한 웃음소리에 섞여 길거리까지 들려왔다. 그녀는 나를 보고 조금 놀란 것 같았다. 내가 약속을 지킬 거라고 기대하지 않았는지도 몰랐다. 그녀는 미소를 지으며 내게 가볍게 손을 흔들었다.

"왔구나. 고마워."

그녀는 내 귀에 대고 가볍게 속삭였다.

"벼, 별거 아냐."

나는 조금 더듬거리며 말했지만, 내 말은 금세 음악 소리와 우리 위로 펼쳐진 여름밤이 내는 소리에 묻혔다.

"영화 보러 갈래?"

내가 물었다.

"서두르면 아직 저녁 상영을 볼 수 있을지 몰라."

"영화관?"

그녀가 놀란 듯 내 말을 반복했다.

"글쎄. 뭐 보려고?"

"음, 생각해 봤는데… 춤추는 사람들이 나오는 그 영화 어때?"

그 말을 듣자 그녀는 곧바로 고개를 들었다.

"〈헤어스프레이〉? 나 그거 지난주에 봤는데. 정말 멋진 영화야. 그런데 지금은 별로 내키지 않네. 그냥 좀 걷자."

나는 그러자고 했다. 영화관과 춤추는 사람들은 포기할 수밖에. 나란히 몇 걸음 걸은 후, 나는 엄마에게 몸을 돌려 가죽 노트와 만년필을 내밀었다.

"자, 이거. 선물."

"나한테 주는 거야? 왜?"

"나중에 네 첫 소설에 사인해서 나한테 주는 거 잊지 말라고."

나는 미소를 지으며 말했다.

그녀는 나를 쳐다보며 걸음을 멈췄다. 감동 받은 것 같았다. 그녀의 얼굴은 가로등 빛을 받아 환하게 빛났다. 내 심장이 가슴을 쿵쿵 때리는 게 느껴졌지만, 내색하지 않으려고 애썼다.

그녀는 내게 작은 소리로 고맙다고 말하고 다시 걷기 시작했다. 나는 학년말 축제와 고등학교, 여름, 곧 다가올 방학에 대해 이야기하기 시작했다. 그녀는 별말이 없었지만, 내 말 한마디 한마디에 그녀의 마음이 흔들리는 게 느껴졌다.

시립 경기장 앞에 이르자 그녀에게 그곳에서 잠깐 머물다 가자고 했다.

"오늘 저녁 날씨가 좋네. 풀밭에 잠깐 누웠다 가자."

그녀는 아무 말 없이 나를 따라왔다. 우리 머리 위로 광활하고 무한한 밤하늘이 펼쳐졌다. 별들은 밝기 그지없었고, 은하수는 조용히 반짝이며 귀뚜라미의 울음에 응답하는 것 같았다. 저 멀리 호수 쪽에서 개구리 몇 마리가 그 콘서트에 끼어들었고, 서늘한 물 냄새가 주변을 가득 메웠다.

엄마는 원피스 자락을 살짝 걷어 올리며 내 곁에 앉았다. 우리는 이런저런 이야기를 나눴다. 그녀는 다가오는 여름방학 이야기를 했다. 매년 그랬듯 그녀의 가족은 해변 캠핑장에 갈 예정이었다.

"너는?"

그녀가 물었다.

나는 뭐라 답해야 할지 몰라서 대충 얼버무렸다. 그런 다음 머리 뒤에 양손을 겹쳐 대고 바닥에 드러누웠다. 별이 총총히 박힌 하늘이 시선 한가득 들어왔다. 나는 잠시 말없이 주의를 집중했다. 그리고 마침내 말을 꺼냈다.

"내일 축제에 같이 가자. 부탁해."

'부탁해'란 말은 저절로 튀어나왔다. 아주 잠깐 그렇게 말한 것을 후회했다. 너무 간절해 보이지 않았을까, 너무 직접적이지 않았을까 걱정됐다. 엄마는 대답 대신 풀밭에 누워 나를 향해 얼굴을 돌렸다. 나는 그녀를 곁눈으로 쳐다봤다.

그녀의 눈 깊숙한 곳에서 빛나는 미소가 떠올랐다.

11

다음 날 아침, 아이폰의 알람 소리에 눈을 떴다. 7시가 조금 못 되었고, 살짝 열린 창문 사이로 새들의 노랫소리가 들렸다. 한 1, 2초 정도가 지나서야 내가 지금 어디에 있는지 깨달았다. 침대 가장 자리를 손으로 더듬다 더러운 양말 한 짝이 만져지자, 그제야 내 방에 돌아왔음을 알았다.

눈을 뜨자 모든 일이 떠올랐다. 엄마와 함께 보낸 저녁 시간. 그리고 그 전날 저녁에 다니엘의 집에 몰래 숨어든 일. 훌쩍 일어나 책상으로 갔다. 다행히 봉투는 잘 놓여있었다. 내용물은 오늘 점심 시간에 아레스키와 같이 살펴보기로 약속했다. 만나기로 한 시간 은 12시 30분, 도서관 앞이었다.

아직 시간 여유가 있어, 다시 침대에 누워서 방의 벽을 둘러봤 다. 내가 여전히 존재 하는 것을 보니 아빠가 엄마를 설득해서 축 제에 같이 가는 데 성공한 것 같다. 얼굴에 서서히 미소가 번졌다. 나는 천천히 봉투를 열고 첫 번째 사진을 꺼냈다. 해답은 어쩌면 여기에 있을지 모른다.

　고등학교 체육관에 임시로 마련한 댄스홀의 커다란 벽시계 바로 아래쪽을 찍은 사진이었다. 시각은 밤 10시 19분. 남녀 학생들이 서로 얼싸안은 채였고, 어떤 애들은 파트너 어깨에 얼굴을 푹 파묻고 있었다. 그들 위로 커다란 미러볼이 다모클레스의 칼처럼 매달려 있었다. 그 속에서 엄마와 아빠의 얼굴을 찾아봤지만 보이지 않았다.

　대신 익숙한 몇몇 실루엣이 눈에 띄었다. 제시카와 마르코는 댄스 무대 위에 있었다. 그곳에서 조금 떨어진 곳에는 토니와 빅투아르가 서 있었다. 빅투아르는 밝은색의 예쁜 원피스를 입고 있었고, 토니는 검정 나비넥타이를 가지런히 맨 나무랄 데 없는 턱시도 차림이었다. 그 반대편에서는 에티엔이 카뮈신과 춤을 추고 있었다. 10시 19분에는 아직 수상한 정황이 포착되지 않았다.

　나는 왼손으로 두 번째 사진을 집어 들었다. 체육관의 시계는 11시 23분을 가리키고 있었다. 장면은 앞서 본 사진과 별로 다르지 않다. 카메라 앵글이 조금 더 가까워졌지만, 여전히 커플들이 춤을 추며 얼싸안고 있는 모습이었다. 여학생들은 우아한 원피스 차림에 자신감 넘치는 밝은 미소를 짓고 있다.

　사진 한쪽 구석에 토니의 얼굴이 보였다. 조금 긴장한 것 같았다. 첫 번째 사진과 달리, 머리가 약간 헝클어져 있고 나비넥타이도 구겨진 것 같았다. 체육관은 무척 더웠을 테니 그 더위 때문이었을까? 아니면 그사이에 무슨 일이 생긴 걸까? 10시 19분과 11시

23분 사이에?

두 번째 사진의 위쪽에 카메라를 등진 실루엣이 하나 보였다. 체격과 신장, 짙은 머리색을 보니 마르코가 확실했다.

그런데 제시카는 사라지고 없었다.

———◆———

아레스키를 만나러 고등학교 정문 앞으로 갔다. 아레스키가 8시 조금 전에 이렇게 문자를 보내왔다. '오늘 아침에는 데리러 올 필요 없어. 정문에서 만나.'

나는 '정말?'이라고 답장을 보냈다.

'그래. 이따 봐, 스파이더맨.'

그 문자를 보니 간밤의 모험이 떠올라 절로 웃음이 났다. 그 망할 홈통에 얼마나 단단히 매달려야 했는지.

아레스키가 환하게 미소를 짓고 있었다. 휠체어에 앉아서 나를 등진 채 누군가를 마주 보고 있었다. 나는 그 누군가를 바로 알아봤다. 발랑틴이었다. 두 사람은 상당히 즐겁게 열띤 대화를 나누는 것 같았다. 즐거워하는 모습을 보니 제레미와의 일은 이제 떨쳐낸 것 같다.

나는 두 사람을 향해 천천히 다가갔다. 말없이 아레스키와 주먹을 맞부딪쳤고, 발랑틴의 볼에 빠르게 입을 맞춰 인사했다.

"투티 바 베네Tutti va bene?"

내가 꿈을 꾸는 건가, 왜 이탈리아어로 인사를 했지? 나도 모르게 그 말이 튀어나왔다. 자동 조종 장치로 움직여지고 있는 것 같았다. 발랑틴이 미소를 지으며 "응 별일 없어." 라고 답했다. 아레스키는 고개를 끄덕였다.

셋이 함께 교정으로 들어서는데 첫 수업 벨이 울렸다. 나는 한마디도 하지 않았지만, 학교 운동장을 가로질러 A동 건물로 가는 동안 발랑틴의 시선이 나에게 향하는 것을 느꼈다. 어제 화장실 벽 너머로 "나 좀 내버려 둬."라고 소리를 질렀을 때보다는 조금 더 부드러워진 것 같다.

발랑틴 입장에서 생각해보면, 사실 그곳이 말을 걸기에 최적의 장소는 아니었던 것 같았다.

어쨌거나 그녀의 시선은 더 이상 공격적으로 느껴지지 않았다. 기껏해야 무기력함, 아니면 우울함이 조금 느껴졌다고 할까.

우리는 A동 건물 앞에서 헤어졌다. 발랑틴은 생물 강의실로 갔고, 아레스키와 나는 일주일에 두 시간 있는 체육 수업을 받으러 체육관으로 가야 했다. 고작 '안녕', '이따가 봐'라는 말뿐이었지만, 나에게는 그 말들이 뭔가 의미를 담고 있는 것처럼 느껴졌다.

아주 작지만, 폭풍우를 일으키는 밀도 높은 구름처럼 말이다.

— ◆ —

오전 수업이 끝나고 약속한 대로 도시관 앞으로 가서 아레스키를 만났다. 아레스키는 빵 한 조각을 우물거리며 천천히 다가왔다. 한가로이 산책하듯 왼쪽과 오른쪽 휠체어 바퀴를 번갈아 밀고 있었다.

나는 살짝 아레스키를 쳐다본 후 도서관 문을 열어 그를 먼저 들여보냈다.

"먼저 들어가시죠, 친구."

"고맙소."

우리는 도서관 한구석에 있는 탁자에 자리를 잡고 앉았다. 나는 조심스러우면서도 흥분된 몸짓으로 책가방에서 작은 봉투를 황급히 꺼냈다.

"아하! 어제 훔친 전리품이로군!"

아레스키가 TV 드라마에 나오는 형사 같은 어조로 말했다.

"쉿, 닥쳐, 젠장! 너 바보냐?"

나는 사진을 한 장씩 꺼내어 탁자 위에 커다란 사각형을 이루도록 늘어놓았다. 사진은 정확히 25장이었다. 나는 사진들을 하나씩 살펴보며 아레스키에게 설명했다.

"거의 모든 사진에 체육관 시계가 보여. 그러니 이제 우리가 할 일은 시간 순서대로 사진을 분류하고 무언가 이상한 게 없는지 찾아내는 거야. 이상한 게 있다면, 그게 몇 시였는지도."

아레스키는 알아들었다는 표정으로 나를 쳐다봤다. 두꺼운 뿔테 안경을 쓴 그는 베테랑 탐정 같았다.

"어쨌든 잊지 말아야 할 게 하나 있어."

나는 결론을 내리듯 말했다.

"그게 뭔데?"

"이 사진들이 확실히 제시카 슈타인이 이 세상에 남긴 마지막 흔적이라는 거야."

아레스키는 마치 미제 사건을 발견한 것처럼 흥분했다. 그의 어깨가 떨리며 들썩이더니 한순간 가벼운 미소가 얼굴에 떠올랐다.

나는 첫 번째 사진으로 손을 뻗어 사진에 찍힌 시곗바늘을 확인했다. 10시 43분.

또 다른 사진 한 장. 8시 56분.

세 번째 사진. 11시 38분.

나는 그 사진 세 장을 시간 순서대로 진열한 뒤 아레스키를 힐끗 쳐다봤다. 그도 알아듣고 손을 놀리기 시작했다. 우리 앞에 놓인 흑백 직사각형 25개가 작은 창문들처럼 보였다.

"크리스마스 초콜릿 달력 같아."

아레스키가 앞선 사진 옆에 사진 한 장을 놓으며 웃었다.

"그래, 단지… 조금 더 암울한 버전이지."

———◆———

그렇게 한 시간이 조금 못 되는 시간 동안 사진을 정리하고 관찰하고 검토한 다음, 우리는 축제의 흐름을 대략 다음과 같이 요약했다.

7번째 여름이 남긴 기적

—— 09:12 : 제시카와 마르코가 축제 장소에 도착. 토니와 빅투 아르, 에티엔과 카퓌신은 이미 그곳에 와 있었다. 그들은 활짝 웃으며 제시카와 마르코를 맞이했다. 제시카는 주름이 많이 잡힌 밝은색 긴 원피스를 입고 있었다. 수상쩍은 표정의 남자 하나가 댄스홀에서 조금 떨어진 곳에 서 있었다. 당시 고등학교 체육 교사인 마예 씨였다. 내가 카퓌신이었을 때 마주친 적 있었다. 열심히 찾아봤지만, 엄마와 아빠의 흔적은 보이지 않았다.

—— 09:33 : 색종이 조각들이 처음으로 흩날렸다. 사진 속의 얼굴들은 모두 행복해 보인다. 단 한 사람, 토니만 빼고. 그는 조금 떨어진 곳에 화가 난 듯 서 있었다. 그는 무슨 생각을 하고 있었을까?

—— 09:56 : 첫 블루스 타임. 제시카가 마르코를 다정하게 안고 있었다. 그는 넘치는 기쁨을 자제하지 못하는 표정이었다. 마예 선생님은 꿈쩍하지 않고 여전히 그 자리에 있었다. 축제를 감시하는 역할을 맡은 모양이다. 한 시간쯤 전부터 단 1센티미터도 움직이지 않은 것 같았다. 아빠와 엄마는 여전히 보이지 않았다. 대체 어디에 있는 걸까?

—— 10:22 : 마르코가 사진에 보이지 않았다. 제시카가 체육관의 한쪽 구석에 혼자 있다. 그녀는 등을 보인 어떤 실루엣과 이야기를 나누고 있었는데, 그게 누구인지는 모르겠다.

—— 10:25 : 마르코가 돌아왔다. 그는 3분 동안 무엇을 했을까? 마예 선생님은 지루한 표정으로 팔짱을 낀 채 앞선 사진들과 정확히 같은 자리에 서 있었다.

—— 10:38 : 에티엔과 토니가 각자의 파트너와 떨어져 단둘이 댄스 무대 한쪽에서 이야기를 나누고 있다. 토니가 에티엔에게 삿대질하는 걸 보면 대화는 상당히 격해 보인다. 체육관 뒤편에 있던 마예 선생님이 더 이상 보이지 않았다. 감시하는 장소를 바꾼 모양이다.

—— 10:55 : 또다시 색종이 조각들이 흩날렸다. 실루엣 하나가 카메라 렌즈 앞으로 달리며 지나갔다. 실루엣이 흐릿해서 누구인지 정확히 알아볼 수 없었지만, 카퓌신인 것 같았다. 에티엔이 체육관 한쪽에 혼자 있었기 때문에 가능성이 컸다. 에티엔의 파트너인 카퓌신이 달아나는 중일까?

—— 11:05 : 카퓌신이 보이지 않는다.

—— 11:10 : 토니는 머리가 헝클어지고 나비넥타이가 구겨져 있다. 그 옆에는 빅투아르가 조금 멍하니 서 있다. 에티엔은 더 이상 보이지 않았다. 제시카는 음식이 차려진 테이블에서 음료수를 잔에 따르고 있다. 그 사진이 제시카가 찍힌 마지막 사진이다.

—— 11:23 : 마르코의 뒷모습이 보인다.

—— 11:40 : 에티엔이 돌아왔다. 그는 다시 토니와 한창 대화 중이다. 마르코는 무언가 또는 누군가를 찾느라 체육관을 돌아다니는 것 같다. 약간 얼이 빠진 채 반신반의하는 기색이다.

—— 11:45 : 마지막 장면. 모두가 긴장되고 피로해 보였다. 축제가 끝나가고 있다.

사진을 다 살펴본 후, 나는 수학 노트 한 장을 뜯어 수직으로 긴 줄을 그어 페이지를 두 칸으로 나눴다. 왼쪽 칸에는 축제 동안 체육관을 떠나지 않은 사람들로서, 제시카의 죽음에 혐의가 없는 사람들의 이름을 적었다.

— 마르코
— 빅투아르
— 토니

그 세 이름에 당연히 다니엘의 이름도 덧붙였다. 사진을 찍은 당사자이므로 그는 용의선상에서 제외했었다. 하지만 우리가 물어봤을 때, 다니엘은 아파서 축제에 가지 못했다고 했었다. 다니엘은 왜 거짓말을 한 걸까?

오른쪽 칸에는 어느 순간 체육관을 떠나서 제시카와 동시에 그곳에 없던 사람들의 이름을 적었다.

— 카퓌신
— 에티엔
— 마예 선생님

범인이 이 세 사람 가운데 한 명일지 모른다. 이제 알아내야 하는 사실은 다음과 같았다. 어째서 그들이 한 명씩 특별한 이유 없이 축제 자리를 떠났을까? 그들은 어디서 무엇을 했을까?

왜 토니는 축제 끝 무렵에 머리가 헝클어지고 시선이 바짝 긴장되어 있었을까?

왜 제시카는 마르코를 놔두고 떠났을까?

끝으로, 왜 엄마와 아빠는 그 사진 속에 없는 걸까?

—◆—

"자, 대체 우리가 지금 뭘 하는 건지 언제 설명해 줄 거야?"

수업 시작종 소리에 순서가 흐트러지지 않게 사진을 한 장씩 조심스레 다시 넣고 있는데 아레스키가 물었다.

"걱정 마. 조만간 다 설명할게."

나는 대충 둘러대듯 말했다.

그리고 자리에서 잽싸게 일어나 아레스키의 휠체어를 양손으로 붙들었다. 아레스키에게 지금껏 내게 벌어졌던 일을 모조리 말한다고 해도 믿지 못할 것 같았다. 차라리 얼버무리는 편이 낫다. 아직은 비밀 수사관 모드다.

우리는 도서관을 나오면서 고등학교 축제 포스터 앞을 지나쳤다. 제시카의 사진에 해시태그 #벌써30년이 들어간 그 포스터다. 제시카의 그 눈빛, 그 미소, 신비로운 얼굴을 보고 있으니 이상한 느낌이 몸을 사로잡았다.

그 순간, 깨달았다. 제시카를 죽음에서 구해낼 수 있는 사람은 이 세상에서 단 한 사람뿐이라는 걸.

그건 바로 나였다.

—◆—

나태하고 무료한 하루가 지나갔다. 마지막 시간은 제롬 선생님 특유의 툭툭 끊기는 말투로 진행하는 '철학적 사고' 수업이었다.

"자, 이제 오늘이 마지막이다. 자유에 대한. 우리 수업은."

교실에서 그 말에 집중하고 있는 사람은 아무도 없었다. 케빈은 머리에 챙 모자를 눌러쓴 채, 담배라도 마는 건지 아니면 잠든 건지 몸을 잔뜩 웅크리고 있었다. 아니사는 언제나처럼 맨 앞줄에 앉아서 무언가를 노트에 적고 있었다. 이 생각의 공간에서 학생들은 띄엄띄엄 자리를 잡고서 집중력의 정도를 잘 보여주는 상당히 절묘한 자세로 앉아 있었다. 의자의 뒷다리만 바닥에 댄 채 균형을 유지하며 몸을 까딱거리거나, 책상에 푹 엎드려 있거나, 볼펜으로 책상을 긁어 파느라 정신이 없다는 말이었다.

"몇 주 후면. 여러분은. 선택해야 한다. 내년의 진로를. 그리고 졸업. 이후의 진로도."

제롬 선생님이 말을 이었지만 다들 말이 없었다.

"이에 대해서. 무언가 드는. 생각이 있나? 케빈?"

케빈은 당황하며 상반신을 벌떡 일으켰다.

"어, 드는 생각은… 그러니까… 그게, 선택할 때 실수하면 안 된

269

다는 거죠."

그렇게 말하며 당황한 얼굴로 빠르게 주위를 둘러봤다.

제롬 선생님은 케빈이 아주 심오하고 오래된 진리를 이제 막 일깨워 준 샤먼이라도 되듯 생각에 잠긴 태도로 고개를 끄덕였다.

"아주 좋군. 케빈."

선생님은 내게 몸을 돌려 얄궂은 눈길로 나를 쳐다봤다.

"뭐 더할. 말이 있나. 레오?"

"어… 그게… 아뇨, 그러니까…."

케빈이 한 말보다 나을 게 없는 대답이었지만, 나는 이렇게 덧붙였다.

"지금 우리한테는 선택 과목이나 진로를 고를 자유가 있어요. 하지만 그 선택이 20년이나 30년 후에 우리를 행복하게 만들지 어떻게 알죠? 지금 당장 자신에게 맞는 것을 선택하는 게 나을까요? 아니면 지금은 맘에 안 들어도 삶을 더 잘 살게 해 줄 것 같은 길을 선택하는 게 나을까요?"

제롬 씨는 팔짱을 끼고 고개를 숙인 채 잠시 생각에 잠겼다. 이윽고 그는 고개를 들고 학생들을 바라보며 미소를 지었다.

"레오가 말하려는 건. 자유롭다는 것이. 자신의 자유를. 포기할 수 있음을. 뜻한다는 거다."

그 말을 듣고 아무도 반응하지 못했다. 나조차도 그 말을 제대로 이해하지 못한 것 같았다. 내가 말하려던 것이 그거였나? 어쩌면 그럴지도. 하지만 완벽하게 이해하긴 어려웠다.

"너무 어려워요, 선생님."

케빈이 한숨을 내쉬었다.

나는 교실 한구석에서 책상 위에 몸을 웅크린 채 노트에 그 문장을 휘갈겨 적었다. '자유롭다는 것은 자신의 자유를 포기할 수 있는 것이다.'

"물론 어렵지."

선생님이 수긍했다.

"하지만 그런 법이다. 그 누구도 너희더러. 자유로워지라고 강요할 수 없다. 아닌가?"

철학 과목의 논술 주제 같았다. '누군가가 자유롭도록 강요할 수 있는가?'

"그건 아니죠."

첫째 줄에 앉은 여학생이 말했다.

"만일 누군가가 강요한다면, 그 사람은 더 이상 자유롭지 않잖아요."

"맞아. 아주 좋구나, 아니사."

제롬 선생님은 잠시 칠판 앞을 오가더니 질문을 던지듯 학생들을 쳐다봤다.

"여러분을 자유롭게 만드는 것은. 선택할 수 있다는 사실이다. 레오가 말했듯. 너희들의 삶의 진로. 나중에 너희들을 더 행복하게 만들 수 있을 것이. 무엇인지 잘 생각해 보면서. 여러분 자신의 선택을 하는 것. 아닌가?"

학생들이 웅성거리며 수긍했다.

"그러니 결국. 여러분을 자유롭게 만드는 것은. 여러분이 받는 교육. 학습 과정. 학업이다."

학생들은 고개를 끄덕였다.

"하지만."

제롬 선생님이 말을 이었다.

"여러분은 수업에. 와야 할 의무가 있다. 여러분은 교육받도록. 강요받는다. 그게 법률이다. 여러분은 달리할 수 없지."

그는 잠시 뜸을 들이다가 의기양양한 얼굴로 이렇게 결론을 맺었다.

"어떻게 보면. 사회가. 여러분의 부모가. 선생님들이. 여러분더러 자유로워지라고. 강요하는 중이라고. 볼 수 있지 않을까?"

———◆———

학교를 나설 때도 하늘은 여전히 화창했다. 학생들 대부분은 호수로 향했다. 그들이 옹기종기 작은 무리를 지어 그늘진 소나무 숲으로 이어지는 오솔길로 들어가는 모습을 지켜봤다. 아직 해가 떠 있는 몇 시간 동안은 계속 더울 게 분명했다. 나는 그들이 수영복 차림으로 잔잔하고 깊은 물에서 노닥거리는 모습을 상상했다.

나는 그 반대쪽으로 갔다. 체육관에 가서 권투 연습을 하고 싶었다. 에너지를 발산하고 싶었다. 발미 중심가로 이어지는 플라타너스 대로를 지나서 기메 거리 모퉁이에 있는 실베스트르 아저씨의 슈퍼마켓으로 들어갔다.

"잘 지내냐, 레오!"

그는 온화하면서도 느릿한 특유의 목소리로 말했다.

"그래, 하늘 아래 무슨 새로운 일 있냐?"

계산대 한구석에 놓인 작은 라디오에서는 1980년대 음악이 흘러나왔다. 음조가 높아지며 가게 안을 울리다가 금세 잡음 섞인 바이브레이션으로 낮아졌다.

"아무 일도 없어요. 그러니까 아직까지는 말이에요."

나는 살짝 미소를 지으며 말했다.

실베스트르 아저씨는 짓궂은 웃음을 터뜨렸다. 그의 가늘고 굴곡진 얼굴이 위아래로 흔들리고, 조금 벗겨진 머리에 바깥의 햇빛이 반사됐다.

에너지 음료 한 병과 풍선껌 한 통을 산 후, 체육관으로 향했다. 평소보다 조금 늦었지만, 그렇다고 서둘러 걷지는 않았다. 여름 공기와 초여름에 풍기는 향긋한 냄새를 조금 더 만끽하고 싶었다.

———◆———

한 시간 정도 체육관에서 샌드백을 치면서 몸에 담긴 모든 땀을 발산해냈다. 훈련을 끝내고 나니 온몸을 세탁기로 돌려낸 것 같았다. 간단히 샤워를 하고 나온 다음 출구로 향하는 복도를 가로질렀다.

보비가 그곳에서 빗자루에 몸을 한껏 기대고 손으로 턱을 괸 채 멍하니 서 있었다. 그런 그의 모습을 보니 순간적으로 연민이 들며 마음이 쩽했다. 활처럼 약간 휜 가늘고 긴 다리와 수년간 들이켰을 맥주와 온갖 나쁜 습관 때문에 묵직해진 배가 균형을 이룬 그의 실루엣이 유령처럼 기이해 보였다. 어쩌다가 그렇게 잘 생기고 자신감 넘치고 선망의 대상이었던 마르코가 저 지경이 된 걸까?

나는 천천히 그에게 다가갔다. 다가갈수록 그의 열린 옷자락 사이로 가슴에 그려진 작은 용 문신이 또렷이 보였다. 보비는 나를 보자 몸을 자세를 고치더니 아무 일도 없었다는 듯 비질을 시작했다. 그의 몸짓은 느리고 둔하고 묵직했다. 30년 전에 본 마르크 올리비에와는 딴판이었다.

"늦게까지 일하네요…."

나는 침묵을 깨고 대화를 시작하려고 무심한 어조로 말을 걸었다.

보비는 조금 놀란 듯 고개를 들어 나를 보더니 무어라 중얼거렸다. 그가 움직일 때마다 빗자루가 바닥에 스쳐 건조한 바람 소리를 냈다. 나는 그를 잠시 바라보다가 다시 말했다.

"보비… 그게 진짜 이름이에요?"

"그게 너랑 무슨 상관이냐, 꼬마?"

"아무것도 아녜요…. 그냥 궁금해서요. 보비라는 이름이 잘 안 어울려 보여서, 단지 그뿐이죠, 뭐."

그는 다시 고개를 들어 붉게 충혈된 눈으로 나를 쳐다보더니 갑자기 비질을 멈췄다. 푸른색 작은 용은 보비와 나 사이로 내리비치는 희끄무레하고 깜빡이는 형광등 빛을 받아 허공에 떠 있는 것처럼 보였다.

"보비. 여기 사람들은 나를 그렇게 불러."

그의 목소리는 거칠게 떨렸다. 마치 무언가에 매달리려는 것 같았다. 아주 짧은 순간, 그의 얼굴에 침울한 기색이 감돌았다. 그의 마음이 흔들리며 쓰러질 것 같았다. 그를 가만히 놔두고 싶었지만 어쩔 수 없다. 나는 알아야만 한다.

"여기서 일한 지는 얼마나 됐어요?"

나는 역시 무심하게 물었다.

"8년 됐을걸. 그전에는 자동차 정비소에서 일했어. 그런데 끝이 별로 안 좋았지. 또 여기저기에서 이런저런 일들을 했고."

그는 잠시 후, 이렇게 덧붙였다.

"왜, 궁금하냐?"

"아, 그냥 물어봤어요. 얘기하고 싶어서요."

그는 나를 의심스럽다는 듯 쳐다보더니 다시 빗자루를 좌우로 놀리며 바닥을 쓸기 시작했다.

"제시카 슈타인, 아는 사람이었어요?"

나는 마음에 이는 동요를 겉으로 드러내지 않으며 물었다.

"고등학교에서 추모 행사를 한다던…."

"아니."

단호한 그의 목소리가 내 말을 거칠게 끊었다. 그의 눈은 바닥을 향해 있었지만, 빗자루는 다시 멈췄다. 그의 손이 빗자루의 손잡이를 힘껏 움켜쥐고 있는 것 같았다. 그의 근육이 팽팽하게 긴장하고 손의 관절이 하얗게 변했다. 갑자기 그의 얼굴이 신경질적으로 변하며 그의 입이 통제할 수 없는 듯 가볍게 동요했다. 그는 입술을 깨물고 눈살을 찌푸렸다. 그의 가슴에 그려진 용이 나를 불타는 눈길로 쳐다보는 것 같았다.

"나이가 비슷해서 혹시 아는 사이는 아니었을까 했어요. 또 사진에서…"

보비는 별안간 몸을 똑바로 세우더니 빗자루를 바닥에 내던졌다. 빗자루 손잡이가 바닥에 거칠게 부딪히는 소리가 온 복도에 울렸다. 그는 단숨에 내 멱살을 거머쥐고 나를 벽으로 밀어붙였다. 그의 눈에는 미세한 붉은 혈관이 무수히 보였다. 내 등은 복도의 벽에 부딪히며 둔탁한 소리를 냈다. 그는 거친 숨을 신음하듯 몰아쉬었다. 상처 입고 겁에 질린 짐승이 내는 울음 같았다. 그는 강하고 굳센 두 손으로 내 멱살을 움켜쥔 채 온몸의 무게를 다해 나를 짓눌렀다. 그의 목소리는 싸늘했다.

"그 이름, 다시는 꺼내지 마. 절대로. 알았냐?"

나는 천천히 고개를 끄덕이며 그의 손을 밀어냈다. 그는 붉어진 눈으로 나를 쳐다본 후, 빗자루를 집어 들었다. 순간적으로 확신이 들었다. 말도 안 되지만 나를 떠나지 않는 그 확신은 나의 뇌를 온통 점령했다.

그는 뭔가 알고 있다.

분명 그만 아는 무언가가 있다.

그리고 그는 30년 동안 그 비밀을 힘겹게 간직한 채 살아왔다.

— ◆ —

체육관을 나서니 8시가 다 되어갔다. 나는 '비디오 2000'의 문을 천천히 밀고 가게로 들어섰다. 계산대 뒤에는 꼬마 요정 의상을 입은 벨린다가 환하게 미소 지으며 나를 맞이했다.

"안녕 레오."

"안녕 벨린다. 별일 없지?"

그녀는 고개를 끄덕이며 작은 종들이 달린 옷으로 갈아입으려고 가게 뒤쪽으로 가는 내 모습을 쳐다봤다. 가게 안쪽에는 비디오 가게 사장 세르조가 커다란 광고 문구를 붙여 놓았다. '크리스마스 특별 할인, 앞으로 단 48시간.'

"바보처럼 차려입는 것도 앞으로 48시간이면 끝이네."

나는 그 앞을 지나가며 중얼거렸다.

옷을 갈아입고 나오자 손님 몇 명이 나를 보며 킥킥댔다. 나는 그들을 애써 못 본 척하고 계산대로 갔다. 벨린다는 어느 손님이 대여하는 〈새벽의 저주〉와 〈데드 얼라이브〉의 바코드를 찍는 중이었다.

"저녁은 좀비 타임이네요!"

나는 짐짓 밝게 꾸민 목소리로 말했다.

손님은 아무런 대꾸 없이 나를 쳐다본 후, 차임벨 소리와 함께 가게 문을 나갔다. 나는 벨린다를 쳐다봤다. 그녀의 눈에서 아직 미소가 가시지 않았다.

"최고의 좀비 영화는?"

그녀가 갑자기 퀴즈 쇼 진행자처럼 물었다.

나는 잠시 생각해 본다.

"〈신체 강탈자의 침입〉."

"그건 좀비가 아니라 외계인 영화잖아!"

"아 그럼… 〈나는 전설이다〉."

"그건 뱀파이어고!"

그런 식으로 이야기를 계속하다 보니 거의 자정이 되어 가게 문을 닫을 때가 되었다.

"집까지 데려다줄까?"

나는 꼬마 요정 의상에서 헐렁한 티셔츠와 조금 빛바랜 청바지로 갈아입은 벨린다에게 물었다.

"좋아."

그녀는 차분하게 대답하며 '비디오 2000'의 셔터를 내렸다.

발미쉬르라크의 거리는 아직 더웠다. 벨린다와 나는 말없이 몇 미터를 걸었다. 이따금 우리의 시선이 마주칠 때면 서로 미소를 지어보였다.

내가 먼저 말을 꺼냈다.

"있잖아, 네 그림 다시 생각해 봤는데, 아무리 봐도 정말 멋져."

벨린다의 그림 노트를 말하는 거였다. 그녀는 약간 부끄러운 표정으로 나를 쳐다보더니 들릴 듯 말 듯 '고마워.'라고 속삭였다.

"누군가 나에게 재능이 있다고 말해준 건 처음이야."

그녀가 덧붙였다.

"농담해? 부모님이 잘해 보라고 격려해 주지 않아?"

"흠, 글쎄⋯."

그녀의 목소리에는 깊은 고통과 회한 같은 것이 서려 있었다. 나는 굳이 그 이야기를 더 언급하지 않았다. 작가가 되고 싶었지만 결국 발미를 떠날 용기를 내지 못한 엄마를 떠올렸다.

"네가 너를 믿지 못하면, 아무 일도 못 해낼 거야."

벨린다에게 말했다.

"그걸 네가 어떻게 알아?"

"그냥 알아. 이 도시가 너를 집어삼키고 말 거야. '만일 그때 기회를 잡았더라면' 하는 후회를 평생하게 되겠지."

"그게 그렇게 간단한 일이라고 생각해?"

"응. 그렇게 간단한 일이야."

나는 벨린다가 어떻게 자기 자신을 그토록 의심할 수 있는지 모르겠다. 그녀는 똑똑하고 재미있고 독특하고 창의적이다. 그런데도 무언가가 그 애를 붙들고 있었다. 벨린다가 제 자신을 조금만 놓아준다면, 자기 능력에 조금만 더 자신감을 가진다면, 그녀는 자기가 원하는 것을 전부 해낼 수 있을 텐데. 사실 모든 사람이 그럴지도 모른다. 도대체 누가 꿈을 묻어두고 야망을 포기해야 한다고 말했을까?

벨린다가 말없이 나를 쳐다봤다. 그녀의 눈에 드리운 어둑한 작은 그늘이 떨리기 시작했다. 우리는 발미 거리를 계속 걸었다. 길가에서 이따금 귀뚜라미가 울고, 호수 쪽에서 우는 개구리와 밤새소리가 우리에게까지 들려왔다.

"레오…."

벨린다가 안경을 고쳐 올리며 속삭이듯 말했다.

나는 그녀가 힘들게 말을 꺼냈다는 느낌을 받았다. 그 말을 하려고 엄청난 요기를 낸 듯, 그녀의 목소리가 가볍게 떨렸다.

"있잖아… 음… 학교 축제 말이야…."

"내일 축제?"

"그래… 너 거기 갈 거야?"

나는 발랑틴을 떠올렸다. 그리고 그녀의 파트너가 되기 위해 내가 쏟은 모든 노력도. 목표 달성은 이제 코앞이다. 제레미가 탈락했으니 도전하지 않을 이유가 없었다. 분명 그렇지만….

"모르겠어."

나는 벨린다에게 말했다.

"그러니까… 혹시 네가 원하면… 같이 가면 어떨까 해서…."

그녀는 소심하게 나를 쳐다보며 고개를 끄덕였다.

"그게, 그러니까… 네가 원한다면 말이지…."

나는 뭐라고 대답해야 할지 망설였다. 고개를 쳐들고 머리 위에 펼쳐진 거대한 밤하늘을 잠시 쳐다봤다. 어렸을 때 나는 별이 죽은 사람들의 영혼이라고 생각했다. 할아버지, 할머니, 조상들. 그들이 하늘의 아주 먼 곳에서 반짝이며 우리 귀에 대고 계속 속삭인다고 생각했다. '이것 봐. 나는 여기에 있어. 너와 함께 영원히.'라고.

지금의 나는 그런 것을 더 이상 믿지 않는다. 하지만 벨린다가 가까이 다가서는 지금, 그녀의 숨소리를 들으며 우리 둘 사이에 있는 공기가 팽팽하게 긴장하는 것을 느꼈다. 한순간 제시카는 하늘의 어디쯤에 있을지 궁금했다. 저 별 중에서 어느 것이, 저 미미한 빛 중에 어느 것이 한밤중에 그녀를 위해 빛나고 있을까?

"그래, 안 될 거 없지."

나는 무심하게 말했다.

벨린다는 뭔가 시큰둥한 내 말투에 조금 실망한 것 같았다. 하지만 그녀는 그런 내색을 하지 않고 그저 머리카락을 이마 위로 넘겼다. 그러더니 나를 보며 애써 미소를 지었다.

"잘 됐다."

그녀는 최대한 침착한 어조로 말했다. 실은 그 모든 일이 별로 중요하지 않다는 듯.

가로등과 별빛 아래로 이어지는 발미 거리를 계속 걸으며 나는 우리가 저 멀리에 가 있다고 상상했다. 이 빌어먹을 도시를 떠나 있다고. 사춘기를 훌쩍 넘긴 어른이라고. 나름의 삶과 직장과 할 일이 있다고. 아주 먼 도시, 모든 것이 가능한 대도시에 살고 있다고. 지금과 완전히 다른 삶, 지금 우리 모습과는 정반대되는 삶을 살고 있다고.

"10년 후에 우리가 뭘 하고 있을지 생각해 본 적 있어?"

내가 벨린다에게 물었다.

그녀는 한숨을 내쉬었다.

"항상 생각해."

"너는 영화 쪽에서 일할 거야. 이런 곳 말고—손을 휘저으며 주위의 거리와 건물들을 가리켰다— 엄청나게 근사한 곳에서 살고 있을 거야. 성공해서 네가 원하는 삶을 살고 있겠지. 무진장 특이한 영화들을 만들 거야. 지적인 예술 영화면서 B급 감성도 들어 있는 그런 멋진 영화."

벨린다는 웃음이 터지려는 것을 참고 고개를 끄덕이며 그런 일이 생겼으면 좋겠다고 말했다.

"네가 원하는 그대로 될 수 있어."

나는 짐짓 심각한 목소리로 말했다.

벨린다는 나를 쳐다봤다. 그녀의 얼굴에서 미소가 서서히 걷히고 안경 너머로 그녀의 눈에 그늘이 졌다.

"10년 후라…"

그녀는 꿈꾸듯 말했다.

"시간이 별로 없네…"

약간 떨리는 그녀의 목소리에서 억눌린 감정과 걱정이 느껴졌다. 그녀를 끌어안고 걱정하지 말라고 말해 주고 싶었다. 하지만 그러는 대신, 나는 슬쩍 미소 지으며 작게 중얼거렸다.

"시간은 너무 심각하게 여길 것이 못 돼…."

———◆———

집에 들어오자 힘이 쭉 빠졌다. 이상하게도 집이 텅 비어 있었
다. 부엌에 있는 냉장고에 엄마가 써 놓은 쪽지가 붙어 있었다.

레오,
우리 걱정은 하지 마, 영화관에 갔으니까. 남은 음식 냉장고
에 넣어 놨으니 배고프면 꺼내 먹어.
뽀뽀.
엄마.

나는 충격을 받아 잠시 멍하니 서 있었다. 엄마랑 아빠가 영화
관에 갔다고?! 이런 상황은 처음이었다. 말도 안 됐다. 아빠는 밖
에 나가는 걸 싫어했다. 그리고 엄마는 하루 일을 끝내고 나면 너
무 피곤해서 외출할 엄두도 내지 못했다. 이게 무슨 농담인가? 두
사람이 시내에서 도대체 뭘 한다는 걸까?

나는 질문과 의구심으로 머릿속을 가득 채운 채 방으로 올라갔
다. 방금 보낸 하루를 떠올렸다. 다니엘의 사진들도. 밤 11시 10분.
제시카가 마지막으로 사진에 찍힌 시각이었다. 마르크올리비에, 일
명 '보비'를 떠올렸다. 내가 그의 옛 여자 친구 이름을 말했을 때

그가 보인 증오와 원한, 슬픔에 찬 시선을.

침대에 눕자, 피로하고 나른한 감각이 몰려왔다. 그 얼굴들이 무언극의 등장인물들처럼 눈앞에서 떠돌았다. 누가 결백할까? 누가 범인일까? 뭐가 뭔지 하나도 모르겠다.

그들 가운데에 벨린다가 보였다. 그녀가 나에게 축제에 같이 가자고 말한 그 부드럽고 떨리는 목소리가 들렸다. 그녀와 함께 가는 게 좋은 생각일까? 그럴지 모른다. 아니, 확실히 그럴 거다.

순간 청바지 주머니 속에서 휴대폰이 진동했다. 발랑틴이 문자를 보냈다.

그 문자를 읽으며 나는 세상이 내 주위로 오므라드는 느낌을 받았다. 어떤 시간의 틈새에 다시 빠져든 느낌이었다. '젠장, 끝이 없네.'라고 생각하며 휴대폰을 침대 옆에 떨구었다. 이 모든 것에서 벗어나고 싶어서 마음을 비우고 눈을 감았다.

방금 확인한 메시지가 잠시 휴대폰 화면에 떠올라 있다가 대기 모드가 되며 사라졌다.

안녕 레오. 우리 내일 축제에 같이 갈까?
역사상 최악의 아이디어일까, 아닐까? ;-) ♥

———————————————— 금요일

12

오전 6시 18분

시끄러운 알람 소리에 잠에서 깼다. 위에 종이 두 개 달려 있고 작은 망치 하나가 그사이를 오가며 소리가 울리는 구식 알람시계였다. 나는 한 팔을 내밀고 시끄럽게 울리는 고문 도구를 주먹으로 내리쳤다. 견딜 수 없는 소리가 뚝 그쳤다. 창문으로 바깥의 희미한 빛이 보였다. 해는 떴지만, 아직 조금 어둑했다.

나는 눈을 감고 다시 잠들었다.

오전 6시 52분

방문 두드리는 소리에 소스라치며 잠에서 깼다. 누군가 방문이 부서져라 두드려댔다. 그 바람에 벽까지 흔들리는 것 같았다.

"야! 일어나!"

문 너머에서 굵직하고 커다란 남자 목소리가 들려왔다. 나는 깜짝 놀라서 일어나 앉으며 내가 또다시 과거로 떨어졌다는 걸 알아 챘다. 내가 어디에 와 있지? 지금은 몇 시고? 그리고 무엇보다, 오 늘 나는 누구지?

"알았어요, 갈게요!"

내 입에서 나오는 목소리는 가늘고 섬세했다. 여자 목소리였다. 나는 천천히 일어나 내 모습을 확인했다. 내가 입고 있는 하늘색 실크 잠옷은 남자 옷이 아니었다. 주위를 둘러봤다. 무언가 이상했 다. 평소 같지 않았다.

방의 벽지는 누렇게 바래 있었고 벽지의 이음새들이 벽에서 떨 어진 채였다. 영화나 가수의 포스터는 하나도 없다. 침대 옆에 있 는 책상 위에는 음반도, 카세트도 없었다. 고등학교 교과서를 제외 하면 책도 전혀 없었다.

낡은 책상은 한쪽이 움푹 패어 있다. 벽에는 습한 흔적이 보였 고 바닥에서 천장까지 둥그스름한 얼룩들이 있었다. '이번에 온 곳 은 부잣집이 아니네.'라는 생각이 들었다.

나는 살며시 침대에서 일어나 나를 둘러싼 좁은 공간을 걸었다. 서서히 공포감이 올라왔다. 혈관에서 피가 더욱 빠르게 돌며 관자 놀이가 두근거렸다. 옷이 있을 거라고 짐작되는 작은 장을 열었다. 문짝조차 제대로 달리지 않은 나무로 된 장이었다.

그 안에는 달랑 옷 세 벌이 걸려 있었다. 오래된 원피스들로 꽃 무늬가 있고 색이 바래서 70년대 옷 같았다. 한순간 나는 시간 이 동에 새로운 버그가 생긴 것은 아닌지 의심했다. 1988년으로 오지 않은 건가? 그보다 10년 앞선 때로 떨어져 내린 것일까? 이번에는 진짜로 시간의 흐름 속에서 길을 잃은 게 아닐까?

내 손목에는 우스꽝스러운 핑크색 시계가 6시 52분을 가리키고 있었다.

피가 뇌로 점점 더 빠르게 솟구쳤다. 생각할 겨를도 없이 공포감이 몰아쳤다. 나는 비틀거리며 책상으로 가서 첫 번째 서랍을 열었다. 종이와 여러 물건 사이에서 작은 화장품 세트를 꺼냈다.

"좋아."

작은 케이스를 여니 거기에는 펜슬과 브러시 몇 개와 무엇보다 중요한 작고 둥근 거울이 하나 들어있었다. 나는 그 작은 물건을 집어서 내 모습이 최대한 잘 보이도록 앞에 놓았다. 순간, 너무 놀란 나머지 다리가 후들거리고 뱃속 깊은 곳에서 무슨 덩어리 같은 것이 뭉쳤다. 갑자기 구토감이 올라와 하마터면 기절할 뻔했다.

하지만 곧장 마음을 가라앉히고 침대로 돌아가 걸터앉았다.

좋은 소식은 내가 시간 속에서 길을 잃지 않았다는 사실이었다. 나는 발미쉬르라크에 와 있고, 때는 1988년이었다.

나쁜 소식은 내가 제시카의 몸을 하고 있다는 사실이었다.

그리고 내 예상이 맞는다면 나는 오늘 밤에 죽는다.

오전 7시 9분

나는 10여 분이 지나서야 충격에서 헤어 나왔다. 제대로 본 건지 확인하려고 몇 번이나 내 앞에 다시 거울을 놓고 얼굴을 관찰했다. 그것은 여지없이 제시카의 눈, 입술, 광대뼈, 순진무구해 보이는 얼굴이었다. 그렇다면 이 방은 대체 뭘까? 이렇게 보잘것없는 옷장이 왜 있는 것일까? 제시카는 학교에서 가장 인기 있는 여자애 아니었나? 옷도 제일 잘 입고, 화장도 제일 잘하고, 쿨한 게 무엇인지 가장 잘 아는 애가 아니었나?

그런 애가 어떻게 이런 집에서 살고 있지?

나는 책상으로 되돌아가 서랍에서 다른 물건을 몇 개 더 꺼냈다. 자개가 박힌 빗, '이탈리아에서 보내는 인사!'라고 적힌 베니스 우편엽서, 에펠 탑이 들어있는 스노 볼. 그리고 작은 액자 하나.

액자를 집어 들고 사진을 확인했다.

나는 액자 속 사진을 바로 알아봤다. 사진 속 두 소녀는 어깨동무를 한 채 웃음을 터뜨리고 있었다. 두 소녀는 환하게 빛났다. 내가 엄마의 방에서 본 바로 그 사진이었다.

'영원한 베프'인 엄마와 제시카가 마치 자신들 앞에는 삶이 활짝 펼쳐져 있고, 그 무엇도 두 사람을 결코 갈라놓을 수 없다는 듯 렌즈를 바라보고 있었다.

액자를 책상 위에 내려놓고 옷장으로 갔다. 입고 있는 파란색 잠옷을 벗고 가장 먼저 눈에 띄는 옷으로 갈아입었다. 촌스러운 무늬가 그려진 갈색과 주황색이 섞인 두꺼운 원피스였다.

마침내 방을 나서서 칙칙한 벽지가 발라진 어두침침한 복도를 지나 식당으로 갔다.

오전 7시 31분

식탁에 자리를 잡고 앉았다. 내 앞에는 시리얼이 조금 든 그릇과 오렌지 주스 한 잔이 놓여 있었다. 맞은편에서 어떤 남자가 아무 말 없이 빈들거리는 미소를 지은 채 나를 쳐다봤다. 그는 뚱뚱했다. 한 150킬로 정도는 되어보였다. 제시카의 아빠일 거라고 생각했다. 그는 테가 가는 커다란 안경을 끼고 있었는데 솔직히 말하자면 미국 범죄 다큐멘터리에 나오는 연쇄살인범들을 쏙 빼닮았다. 그는 '누가 대장이지?'라고 적힌 머그잔에 얼굴을 처박았다가 소매로 커피가 묻은 입술을 훔쳤다.

"네 엄마는 아직 누워 있다."

그는 느끼한 목소리로 말했다.

"오늘 아침은 조금 피곤하다네."

"그, 그랬군요."

그는 계속 나를 쳐다봤다. 두 눈동자가 눈을 둘 장소를 찾아 헤매는 듯 데굴거렸다. 불룩하고 기름지고 광택을 발하는 두 마리 파리 같았다.

"너도 이해하겠지만… 네 아버지가 떠난 이후로 네 엄마가 별로 안 좋아. 다행히도 내가 가끔 여기 와 있기에 망정이지. 그러니까… 그게… 네 엄마랑 같이 있어 주려고 말이야. 너도 알고 있겠지만."

"아아…"

나는 혐오감을 드러내지 않으려고 애쓰면서 대꾸했다.

남자는 꿈쩍하지 않고 내 눈을 똑바로 바라봤다. 음란하고 병적인 미소가 얼굴에 떠올랐다. 그 모습을 보고만 있어도 토할 것 같았다. 나는 마음속으로 더 이상 그런 이야기는 하지 말아 달라고 애원했다. 그들의 속사정을 자세히 알고 싶은 마음은 추호도 없었다. 이상하게도 남자가 내 생각을 알아들은 듯 입을 다물었다. 그는 혀로 추룹 소리를 내며 다시 커피를 한 모금 들이키고는 버터 바른 빵을 한 입 베어 물었다.

그가 아침 식사를 집어삼키고 입가에 맺힌 기름기를 닦아내는 모습을 보면서 비탄과 슬픔으로 이루어진 덮개가 내려와 내 위로 닫히는 느낌을 받았다. 매사가 항상 이래야 하는 걸까? 내 말은, 어른의 삶은 항상 이렇게 보잘것없고 역겨워야 하는 걸까? 세상은 그토록 어두운 것일까? 여기서 벗어날 희망은 절대로 없는 걸까?

나는 머릿속에 떠오르는 이런 생각들을 몰아냈다. 항상 그럴 수는 없는 법이다. 아니, 그럴 리가 없다. 이런 상황에서도 자유와 기쁨의 작은 불꽃은 반드시 존재할 테니까.

나는 자리에서 벌떡 일어나 가능한 한 빨리 밖으로 나갈 핑계를 찾았다.

"저는 이제 나가 봐야 해요. 카뮈신하고 같이… 어… 만나기로 했어요… 발표 과제를 준비하려고요…."

뚱뚱한 남자가 나를 쳐다보며 얼굴에 이는 신경질적인 경련을 억눌렀다. 그의 입가에 침이 맺혔다.

"벌써?"

그가 일어서며 말했다.

그는 다가와서 나를 붙들려는 듯 내 허리로 한 손을 내밀었다. 나는 잽싸게 그 손길에서 벗어나 그와 거리를 벌렸다. 눈동자가 떨리고 혈관이 미친 듯 두근거렸지만, 내색하지 않으려 애쓰며 말했다.

"네…. 그래서… 가 봐야 해요…."

기계적인 말이 입 밖으로 나왔다. 남자는 경련이 이는 얼굴로 나를 계속 쏘아봤다. 그가 나를 향해 한 걸음 더 다가오는 순간, 당장 도망쳐야 한다는 생각이 들었다.

왜인지는 모르겠다. 일종의 본능이 내게 이렇게 말했다.

'여기에 단 1초도 더 머무르면 안 돼.'

나는 즉시 몸을 돌려 현관문을 향했다. 뚱뚱한 남자가 조금 절뚝거리는 걸음으로 나를 쫓아오기 시작했다. 거대한 살덩이들이 그가 입은 회색 운동복 아래에서 흔들거렸다. 그는 내게 한 손을 뻗으며 이제 막 100미터 달리기라도 끝낸 듯 헐떡이며 "기다려!"라고 외쳤다. 나는 그 말을 무시하고 밖으로 나가 그의 코앞에서 현관문을 쾅 닫았다.

나는 일단 달렸다. 목적지는 없었다. 길 끝까지 가서 왼쪽으로 돌았다. 내가 신은 샌들 소리가 콘크리트 바닥을 치며 울렸다. 아직 이른 아침이라, 아직 아무도 밟지 않은 너른 순백의 눈밭처럼 길이 텅 비어있었다. 내 발밑에서 자갈들이 부딪히는 소리가 정적을 갈랐다.

100여 미터를 정신없이 달리고 나서야 정신을 차렸다.

"괜찮을 거야…, 괜찮을 거야…."

나는 숨을 몰아쉬며 정체를 알 수 없는 두려움에 여전히 몸을 부들부들 떨면서 이렇게 되뇌었다.

이상하게도 내 목소리를 들으니 마음이 놓였다. 혈관 속 피가 빠르게 돌며 요동쳤다. 아무 일도 벌어지지 않았지만, 나는 방금 어떤 커다란 위험을 모면했다고 느꼈다. 포식자에게서 벗어났다고 느끼는 짐승처럼. 밖은 화창하고 따뜻했다. 하늘은 푸르렀고, 제비와 매미 울음소리가 들려왔다. 일그러진 표정의 그 뚱뚱한 남자를 떠올렸다. 그의 병적인 미소, 누런 치아, 붉은 반점이 돋은 뺨. 은밀한 욕망으로 번뜩이며 신경질적으로 이리저리 움직이던 그의 시선.

나는 지난주까지만 해도 '아직까지는 별일 없다'고 생각했던 발미 거리를 목적지도 없이 걷고 있었다. 발미 변두리를 지나 호수를 향해 내려가다가 부유한 동네로 들어섰다.

감도는 분위기가 이상했다. 태평하고 가벼우면서도 알 수 없는 흉흉한 기운이 서려 있었다. 지금은 눈에 보이지 않는 지평선 너머에서 시커먼 먹구름이 뭉게뭉게 피어오르는 것처럼.

오전 8시 7분

"제시카! 애, 제시카!"

나를 부르는 목소리는 가늘지만 힘찼다. 고개를 들고 잠겨 있던 생각에서 빠져 나왔다. 주위를 둘러보니 단정하고 잘 관리된 벽돌

집이 있는 주택가였다. 변호사, 의사, 중역들이 사는 곳이었다. 왼쪽에는 소나무로 둘러싸인 채 안개가 서린 호수가 한눈에 내려다보였다.

"어서, 서둘러!"

어느 집의 창문에서 내민 손 하나가 나에게 신호를 보냈다. 자세히 보니 줄리엣처럼 발코니에 몸을 기댄 빅투아르가 나에게 다정하게 미소를 짓고 있었다.

집 가까이 다가가자 빅투아르는 알아들을 수 없는 손짓을 커다랗게 해 보였다.

"대문 열려 있어. 얼른 와!"

안으로 들어가자 안전한 곳에 들어섰다는 느낌이 가슴속에 기포처럼 형성되어 점차 커지더니 내 마음을 가득 채웠다. 빅투아르는 충분히 신뢰할 만 했다.

그녀는 양팔을 벌리며 나를 맞이했다. 나는 미소를 지어 보이고 그녀의 품에 안겼다. 왜인지 모르겠지만 눈물이 차오르더니 걷잡을 수 없이 흘러내렸다.

오전 8시 34분

빅투아르와 몇몇 이야기를 나누면서 제시카가 매일 아침 이곳에서 옷을 갈아입고 화장을 한다는 사실을 알게 됐다. 제시카는 자기 가족과 멀리 떨어진 이 부자 동네에서 매일 고등학교의 여왕으로 변신하는 거였다.

"뭐, 매일 아침?"

내가 놀라서 물었다.

"그렇다니까…. 왜 그래, 제시카, 어디에 머리라도 부딪쳤어?"

"그런 것 같아…."

나는 작게 중얼거렸다. 빅투아르는 듣지 못한 것 같았다.

그녀는 무지막지하게 커다란 옷장을 열었다. 그 안에는 섬세한 문양과 우아한 디자인의 원피스가 수십 벌 걸려 있었다. 프린스, 마돈나, 퀸 같은 유명한 가수의 얼굴이 프린트 된 티셔츠들도 있었다. 나의 시선은 이 옷장 속의 옷들과 약간 통통한 실루엣의 빅투아르 사이를 오갔다.

그중에서 빅투아르에게 맞을 만한 옷은 한 벌도 없는 것이 확실했다. 그녀는 오로지 제시카를 위해서 그 옷들을 보관하고 정리하고 세탁했다. 그 생각을 하자 다시 눈물이 나고 결국 흐느껴 울었다.

"참, 제시카, 이제 그만 울어."

빅투아르는 나를 안심시키려는 듯 미소를 지어 보이며 다시 나를 품에 안았다. 그토록 상냥하고 친절한 태도에 나는 어리둥절할 지경이었다.

"고마워."

나는 희미한 목소리로 말했다.

"내가 벌써 고맙다고 말했는지 모르겠네. 좋은 친구가 되어 주어서 고마워. 몇 년 동안이나 이 모든 일을 해 줘서 고마워."

빅투아르는 걱정스러운 듯 나를 쳐다봤다. 제시카는 평소에 고마움을 표현하는 일이 별로 없는 모양이었다. 나는 빅투아르를, 그녀가 그동안 겪었을 삶을 생각해봤다. 잘나가는 무리의 분위기메이커이자 평범하고 통통한 여학생. 조연. 엑스트라. 그럴듯한 대사조차 몇 마디 없는 아이.

"자 이제, 기대하시라!"

빅투아르는 명랑하면서 흥분이 섞인 어조로 말했다.

그녀는 옷장에서 옷걸이를 하나 꺼냈다. 거기에는 섬세한 장식이 달린 흰색과 푸른색이 섞인 슬림한 핏의 원피스가 걸려 있었다. 다니엘의 사진에서 본 적이 있는 옷, 바로 제시카가 축제 때 입을 원피스였다. 나는 잠시 꼼짝도 하지 않은 채 천이 그리는 하늘하늘한 실루엣을 바라봤다.

"멋지다."

나는 감탄하며 말했다.

"그래."

빅투아르가 있지도 않은 먼지를 털어내듯 손으로 부드럽게 옷을 쓸어내며 동의했다.

그러더니 진지한 목소리로 속삭이듯 덧붙였다.

"완벽한 저녁을 위한 완벽한 옷이야."

오전 9시 27분

빅투아르와 나는 수업이 끝난 오후에 만나 축제에 갈 옷으로 갈아입기로 했다. 나는 이야기를 나누다가 기회를 틈타 축제에 가고 싶지 않다고 말했다. 하지만 그녀는 왜 그런 농담을 하느냐는 듯 웃는 얼굴로 나를 쳐다보며 손을 내젓더니 나를 안심시키려는 듯 말했다.

"아무 걱정도 하지 마. 정말 멋진 축제일 거야."

학교에 도착하자 날은 이미 완전히 밝았고 태양이 쨍쨍하게 내리비췄다. 빅투아르는 내게 낮에 입을 소박하면서도 우아한 원피스도 빌려주었다. 우리는 곧바로 운동장 안쪽, 인기 있는 학생들이 모여 있는 장소로 향했다. 옹기종기 모여 있는 책가방들 사이로 지나가자 모든 시선이 우리에게, 아니 나를 향해 쏠렸다.

불쾌하면서도 도취되는 묘한 느낌이었다. 주목받는 대상이라는 것. 모든 시선이 쏠리는 바로 그 순간의 중심이라는 사실. 제시카에게는 일상이었지만, 나에게는 너무나 생소한 일이었다.

운동장 안쪽으로 마르코가 보였다. 그는 야트막한 벽 위에 한쪽 다리를 깔고 앉아 다른 다리를 건들거리고 있었다. 그는 자신의 보디가드인 에티엔과 토니에게 둘러싸여 있었다. 그들은 자신감이 깃든 가벼운 미소로 나를 쳐다봤다. 카퓌신은 태평하게 마르코에게 딱 달라붙어 있었다. 내가 다가가는 동안 마르코는 꿈쩍하지 않다가 내가 그의 곁에 서자 거만하게 윙크해 보이며 인사했다.

"별일 없지, 베이비?"

그는 풍선껌을 질겅질겅 씹고 있었고, 포마드를 잔뜩 바른 머리카락은 싸구려 반항아 같은 인상을 줬다. 80년대 미국 영화에서 곧장 튀어나온 인물 같았다. 나는 속으로 '한물간 놈.'이라고 생각했지만, 입 밖으로 내뱉지는 않았다. 그는 나의 팔을 붙들고 내 뺨에 입을 맞췄다. 나는 올라오는 혐오감을 드러내지 않으려 애썼다.

나는 고개를 돌려 그를 마주 봤다. 공식적으로 나는 그의 여자친구였다. 하지만 그가 카퓌신과 바람을 피우고 있다는 사실을 알고 있다.

마르코도 나를 쳐다봤다. 입가에 즐거운 표정이 서려 있었다. 그에게는 다른 사람들에게는 없는 특유의 건방진 아름다움이 있었다. 그는 그 유리한 외모 덕분에 자신에게 무엇이든 할 권리가 주어진다는 사실을 아는 듯했다.

그가 알지 못하는 건 삶에서 거저 주어지는 것은 절대로 없다는 사실이었다. 모든 것은 언젠가 그 대가를 치러야 했다.

그도 이 사실을 깨달을 때가 올 것이다.

오전 11시 42분

수학 수업이 끝나려는 참이었다. 여전히 곱셈 공식을 배우고 있었다. 나는 얼마간 수업에 귀를 기울이다가 창문으로 눈길을 돌렸다. 창밖으로 나무들의 머리꼭지가 보였다. '곱셈 공식'. 미리 정해진 어떤 특정한 형태에 대응하는 수학 방정식 풀이를 이렇게 불렀다. 예를 들면 $(a+b)^2 = a^2 + 2ab + b^2$ 같은 것이었다. 그건 쉽다. 공식을 알기만 하면 굳이 생각할 것 없이 모든 방정식을 풀 수 있었다.

아주 짧은 순간, 나는 우리의 삶에도 곱셈 공식이 적용된다면 모든 게 간단할 거라고 생각했다. 그렇게 해서 사람들이 생각하고 믿는 것을 알아내고 식별해낼 수 있다면. 겉모습이라는 베일 아래에 숨은 의도들을 읽어낼 수 있다면 말이다.

나는 주위를 둘러봤다. 20여 개의 얼굴이 앞에 놓인 종이를 들여다보고 있거나 칠판과 선생님을 향해 있었다. 어떤 아이들은 이야기를 나눴고, 또 어떤 애들은 집중하거나 웃음을 참고 있었다. 그중에서 몇몇 얼굴은 친숙했다. 카퀴신은 연필 끝을 잘근잘근 씹고 있었다. 빅투아르는 나를 재미있다는 눈길로 힐끗 쳐다봤다. 마르코는 창밖을 보고 있었다.

그 얼굴들. 그들의 삶. 내가 결코 해독해내지 못할 그 곱셈 공식들.

오후 5시

수업이 끝난 후 우리는 학교 축제에 갈 준비를 했다. 그토록 기대되면서도 두렵기 그지없는 순간을 위해서. 나는 운명의 드레스로 갈아입으려고 빅투아르와 함께 그녀의 집으로 갔다. 가는 길에 우리는 이런저런 이야기를 나눴다. 고등학교에 대해서. 학교를 졸업한 다음에 무엇을 하고 싶은지에 대해서. 남학생들에 대해서.

"나는 패션 디자이너가 되고 싶어. 고급 의상을 디자인하는 그런 사람 말이야."

빅투아르가 내게 말했다. 나는 미소를 지으며 그녀를 바라봤다.

"하지만 여기에서는…."

그녀가 절망적인 몸짓으로 우리를 에워싼 집들과 거리를 가리켜 보이며 덧붙였다.

"꼭 발미에 남아 있을 필요는 없잖아."

내가 말했다.

"알아…. 하지만…. 아니, 실은 잘 모르겠어. 한편으로는 떠나고 싶어. 여기에는 아무것도 없는 것을 아니까. 그런데 다른 한편으로는, 난 평생 이 망할 도시에서 살아왔잖아. 과연 다른 곳에서 무언가를 해낼 수 있을까?"

나는 아무 대꾸도 하지 않았다. 빅투아르의 질문은 곧 나의 질문이기도 했으니까. 사람이 자신이 살아온 곳을 벗어날 수 있을까? 그럴 수 있을 거라는 확신이 없다. 제롬 선생님의 수업을 생각해봤다. 물론 우리는 자유롭다. 모든 것을 시도할 자유가 있다. 적어도 이론적으로는. 하지만 현실은 그렇게 녹록지 않았다.

빅투아르는 나보다 앞서 자기 방으로 들어갔다. 나는 아늑한 분위기, 패션 그림이 잔뜩 붙어 있는 벽, 향수 냄새가 은은한 공기 속으로 다시 들어섰다. 빅투아르는 작은 가구 위에 거울 하나를 올려놓고 그 주위에서 분주하게 움직였다. 서랍에서 화장품을 꺼내고 커다란 옷장에서 파티용 드레스를 두 벌 꺼내 왔다.

그녀는 조바심 어린 눈을 반짝이며 속삭이듯 말했다.

"너무 기대된다!"

나는 침대에 걸터앉아 그녀가 분주히 움직이는 모습을 말없이 바라봤다. 오늘 축제가 그녀의 삶에서 가장 중요한 일인 것 같았다. 실제로 그럴지도 모른다. 고등학교 축제는 청소년기, 그리고 수년간의 수업과 고생에 작별을 고하는 일이었다. 이제 우리는 발미를 떠나 각기 다른 삶을 살아갈 것이다. 빅투아르처럼 패션 디자이너가 되거나 다니엘처럼 프로 사진작가, 마르코처럼 관리인, 우리 엄마처럼 신발 가게 판매원으로 살아갈 것이다.

운명은 거대하고 예측 불가능했다.

오후 7시 26분

카퓌신이 우리가 있는 빅투아르의 집으로 왔다. 우리 셋은 모두 화장을 하고 원피스를 차려입었다. 지는 해를 받은 우리의 모습은 박물관에서 본 그림 속의 요정들 같았다. 아름답고도 금방 사라져 버릴 것 같았다.

카퓌신은 볼에 연한 블러셔를, 입에는 새빨간 립스틱을 발랐다. 그녀의 얼굴에는 어린 소녀 같은 느낌이 있었다. 한편 빅투아르는 머리카락을 전부 위로 끌어 올려 묶었다. 머리칼 몇 가닥만 아무렇게나 얼굴 위로 떨어져 내렸다. 그녀는 미소 띤 얼굴로 나를 쳐다보며 우리 주위에 마치 관중이 있듯 말했다.

"얘 좀 보세요, 얼마나 예쁜지!"

카퓌신은 손뼉을 치며 제자리에서 경중경중 뛰었다. 나는 거울을 마주 보며 아침 이후 처음으로 내 얼굴을 봤다. 제시카의 침울하고도 심각해 보이는 커다란 눈으로 나를 뚫어지게 바라봤다. 묵직한 충격이 뱃속으로부터 느릿하게 퍼져나가며 가슴을 턱 막히게 하고 나를 완전히 마비시켰다. 제시카 슈타인. 그녀가 바로 여기에 있다. 그녀는 살아 있으며 숨 막히게 아름다웠다.

우리는 함께 마르코 일행을 만나기로 한 '완벽 그 이상'으로 향했다. 카퓌신은 그들을 '남자애들'이라고 불렀다. 먼 곳에 사는 어떤 신비롭고 매혹적인 동물 종의 이름을 부르는 것 같았다.

"가끔은 걔들이 무슨 생각을 하는지 궁금해."

빅투아르가 말했다.

"학년말 축제를 앞두고 우리처럼 초조하고 긴장하고 있을까? 하루 종일 느긋하고 태연해 보이던데, 아마 자존심 때문에 그런 척했던 거겠지?"

발미 거리를 거닐자 사람들의 시선이 우리에게 쏠리는 것이 느껴졌다. 우리가 다가가자 자동차 한 대는 경적까지 울렸다. 걸음을 내디딜 때마다 내 원피스의 천이 펄럭이며 다리를 스쳤다. 나는 굽이 높은 신발까지 신었다. 그야말로 난생처음 겪는 고문이었다. 비틀거리며 조금 어눌하게 걷는 내 모습을 보며 카퓌신은 재미있어하면서 넘어지지 않도록 내 팔짱을 꼈다.

"너 왜 그래? 마르코를 만날 생각에 긴장한 거야?"

그녀가 웃으며 말했다.

나는 대충 웃어 보이고 다시 울퉁불퉁한 길에 집중했다. 카퓌신과 마르크올리비에. 제시카는 자기 몰래 벌어지는 일을 알고 있었을까? 그 때문에 제시카가 황급히 축제 자리를 떠난 걸까? 모르겠다. 다니엘의 사진에는 카퓌신이 댄스홀을 달리며 떠나는 장면도 찍혀 있었다. 대체 그 순간에 무슨 일이 있었던 걸까?

"너는 어때, 에티엔을 빨리 만났으면 좋겠어?"

"으-응, 물론이지…."

카퓌신이 답했다. 그 목소리에 의심과 불확실함이 서려 있었다. 카퓌신-에티엔 커플과 빅투아르-토니 커플은 모두가 알다시피 단역에 불과했다. 오늘 저녁 축제의 진정한 중심인 마르코와 나를 돋보이게 만들기 위한 단역.

빌맹 대로 모퉁이를 돌자 '팰리스' 영화관이 나타났다. 영화관 옆에는 '완벽 그 이상'이 있었다.

나는 지나온 한 주를 떠올렸다. 모든 일이 방금 일어난 것 같다가도 동시에 먼 옛날 일인 것처럼 느껴졌다. 지난 일요일에 다니엘의 몸으로 잠에서 깬 이후로 벌써 6일이 지났다는 게 믿기지 않았다. 내가 '완벽 그 이상'으로 요란하게 들어섰다가 제시카 무리에게 놀림을 받은 일이 떠올랐다. 또 침대 매트리스 아래에 보관해 놓은 비밀 사진이 담긴 작은 상자도 떠올랐다. 훔친 사진들, 광택지에 영원히 고정된 제시카 슈타인의 삶의 찰나.

에티엔과 토니도 떠올랐다. 뜨거운 욕망으로 격렬했던, 공공연히 드러낼 수 없었던 소나무 숲에서의 키스. 다니엘의 카메라가 낸 찰칵 소리와 토니가 증오에 차 울부짖으며 내뱉은 말. '이 새끼, 다니엘, 넌 죽었어!' 나는 토니가 다니엘을 죽이지 않았음을 알고 있었다. 그렇다고 해도 토니가 보복을 완전히 포기했을까? 지금, 이 순간 토니가 복수를 준비하고 있는 건 아닐까?

마지막으로 엄마와 아빠를 떠올렸다. 엄마와 에마뉘엘. 아빠와 그의 방에 붙어 있던 커다란 포스터, 〈매드 맥스2〉.

내가 의도치 않게 그들의 인생을 바꾸어 버린 것은 아닐까?

여섯 날.

여섯 명의 인생.

그리고 내 인생까지.

그 모든 생각이 머릿속에서 소용돌이치는 가운데 우리는 '완벽 그 이상'의 문을 밀고 들어섰다. 평소처럼 라이더 두 사람이 맥주잔을 마주하고 앉아 있다. 우리가 들어서자 그들은 고개를 돌려 우리를 쳐다봤고, 그중 한 명의 시선은 우리의 실루엣에 한참 동안 머물렀다. 나는 그 시선을 의식하지 않으려고 고개를 숙이며 투명인간이 되면 좋겠다고 생각했다.

카페의 안쪽에는 마르코와 에티엔, 토니가 붉은 가죽 의자에 나른하게 앉아 있었다. 빅투아르가 밝은 미소를 띠고 제일 먼저 그들을 향해 다가갔다. 카퓌신과 내가 그 뒤를 따랐다. 초조하고 흥분된 기운이 카페를 맴도는 것이 느껴졌다.

우리가 다가서자 마르코가 훌쩍 일어나 우리에게 태평한 미소를 지어 보였다.

"와우!"

그는 우리를 보며 감탄했다.

"오늘 너희 진짜 끝내준다!"

카퀴신은 만족한 듯 가볍게 웃음을 터뜨리며 모두가 자기 모습을 감상하도록 제자리에서 빙글빙글 돌았다. 에티엔과 토니는 의자에 앉아 움직이지 않고 아무 말도 하지 않았다. 마르코는 카퀴신의 허리를 끌어안고 그녀와 함께 어렴풋이 댄스 스텝을 밟았다. 라디오에서 흘러나오는 일렉 기타 소리가 그들의 움직임에 반주를 넣었다. 그 장면에서 무언가 야릇한, 매우 아름다우면서도 위태위태한 기운이 느껴졌다.

마르코가 움직임을 멈추더니 질질 끄는 걸음으로 나에게 다가왔다. 그는 에티엔과 토니처럼 흰 턱시도에 검정 나비넥타이 차림이었다. 그의 눈이 나의 눈을 뚫어지게 바라봤다. 그는 나를 자랑스러운 전리품을 보듯 했다. 마치 내가 영원히 그의 소유물인 것처럼.

그는 내 허리를 끌어안았다. 그의 강한 손, 가는 손가락이 나를 붙잡았다. 잠시 어떤 이미지가 머릿속을 스쳤다. 이를테면 맹금류의 발톱 같은 거. 마르코의 얼굴에 띤 미소가 더욱 밝아졌다. 그는 잠시 나를 바라보더니 내 쪽으로 고개를 숙인 채 속삭였다.

"너하고 나, 오늘 저녁에…."

그는 몸을 일으켜 나를 마주 보며 의미심장한 시선을 보냈다. 그 순간, 나는 학년말 축제가 제시카와 마르코에게 단지 여름 방학의 시작을 축하하는 단순한 파티가 아님을 깨달았다.

그들이 첫 경험을 약속한 날이었다.

오후 8시

'완벽 그 이상' 안쪽 테이블에 앉아 있는데 웨이트리스가 우리 테이블로 다가왔다. 남자애들은 각자 맥주를 한 잔씩 시켰고, 카 퓌신은 모히토, 빅투아르는 이름을 발음하기 불가능한 어떤 브라 질 칵테일을 시켰다. 내가 웨이트리스에게 '프싯' 한 잔을 주문하 자 친구들이 놀란 눈으로 나를 쳐다봤다.

"마음을 가라앉히고 시원하게 프시…."

나는 말을 삼켰다. 테이블 앞에는 앞치마를 조여 맨 엄마가 서 있었다. 그녀의 굳은 얼굴에는 침울한 표정이 감돌았다. 나는 잠시 당황했다가 물었다.

"이자벨? 여기에서 목요일하고 일요일에만 일하는 줄 알았는데?"

"평소에는 그래. 오늘은 급한 일이 생긴 애 대신이야."

그제야 모든 것이 분명해졌다. 그래서 엄마가 다니엘의 사진에 등장하지 않았던 것이다. 엄마는 빌어먹을 학년말 축제에 아예 참 석하지 못했다.

"보나마나 시시할 테니 아쉬워할 것 없어."

나는 그녀를 안심시키기 위해 이렇게 말했다.

그녀는 내가 건네는 위로에 조금 놀란 것 같았다. 대체 무슨 꿍 꿍이인지 알아내려는 듯 눈을 살짝 찡그리고 말없이 나를 바라봤 다. 우리 사이에 잠시 침묵이 감돌았다.

엄마가 카운터로 돌아가자 테이블 주위로 요란하게 웃음이 터졌다.

"마음을 가라앉히고 시원하게 프싯!"

카퓌신이 웃으면서 내 말을 흉내 냈다.

"대체 뭐 하는 거야, 제시카?"

"아, 나도 몰라…. 그냥 갑자기 그 말이 튀어나왔어."

나는 얼굴을 조금 붉히며 무심한 목소리로 말했다.

라디오에서 새로운 노래가 흘러나왔다. 조앤 제트의 노래였다. 전자음이 카페를 가득 메우며 빈티지한 분위기를 연출했다. 나는 그 순간, 내가 역사의 한순간을 경험하고 있다는 사실을 깨달았다. 1988년. 이 모든 것은 이미 오래 전에 전부 일어난 일이었다.

나는 천천히 의자에서 일어났다. 마르코의 팔이 나를 붙들었지만, 그 손을 뿌리치고 마치 최면에 걸린 듯 느린 걸음으로 카운터를 향했다. 엄마는 음악에 맞추어 가볍게 몸을 흔들며 금전 등록기에 무언가를 누르고 있었다. 나는 팔을 뻗어 살며시 그녀의 어깨를 만졌다.

그녀가 뒤를 돌아봤다. 그녀의 눈에 감돌던 침울함이 더욱더 깊어진 것 같았다. 그녀는 머리칼을 한데 틀어 올렸고, 블라우스는 조금 구겨져 있었다. 그녀는 내가 입은 근사한 원피스를 말없이 쳐다봤다. 나는 침묵을 개고 말했다.

"있잖아…. 하고 싶은 말이 있는데…."

나는 소심한 목소리로 말했다.

무슨 말부터 해야 할지 모르겠다. 엄마는 고개를 살짝 왼쪽으로 기울이고 나를 이상하다는 표정으로 쳐다봤다.

"하고 싶은 말은… 우리가 좋은 친구였다는 사실을 내가 잊지 않았다는 거야…. 그러니까, 오래전에…."

한 순간 엄마의 얼굴이 동요했다. 속눈썹이 내리깔린 눈이 빛나며 입술이 떨렸다. 그녀는 태연한 척하기 위해 무심하게 머리칼을 이마 위로 쓸어 올렸다. 그리고 마침내 입을 열었다.

"나도 잊지 않고 있어."

그녀가 떨리는 목소리로 속삭였다.

"영원한 베프."

나는 미소를 지으며 말했다.

나의 말에 그녀는 눈물을 가득 머금은 웃음을 터뜨리며 나를 품에 안았다. 너무 세게 끌어안는 바람에 숨을 쉬기 힘들었다.

"미안해."

한참 후에 내가 말을 꺼냈다.

"그러니까, 내가 지난 몇 년간 너한테서 조금 멀어졌던 거 말이야. 사춘기는 철이 없는 시기라고들 하잖아."

그녀는 내 어깨에 얼굴을 파묻고 중얼거렸다.

"그동안 내내 네가 정말 그리웠어."

그러더니 울음을 터뜨렸다. 내게 무슨 일이 벌어졌는지는 모르겠지만, 나도 울음을 참을 수 없었다. 그녀를 가능한 한 힘껏 끌어안았다. 그런데 갑자기 그녀가 웃기 시작하는 게 느껴졌다. 우리 꼴은 우습기 짝이 없을 테지만, 그런 것은 아무래도 상관없었다.

카운터 테이블에 앉은 라이더 두 명이 연속극을 보듯 맥주잔을 거머쥔 채 아무 말 없이 우리를 쳐다봤다.

우리가 포옹을 풀고 떨어졌을 때, 엄마 얼굴에 침울한 기색은 이제 없었다.

"너 정말 멋지다."

그녀는 나를 위아래로 살펴보며 말했다.

"고마워."

"축제에서 좋은 시간 보낼 거야. 그러길 바라."

오후 8시 55분

우리는 '완벽 그 이상'을 나섰다. 날은 아직 밝았다. 마르코와 나는 팔짱을 끼고 빌맹 대로를 걸어 올라갔다. 그는 우리가 마치 외부의 공격에 방어하기 위해 합쳐져야 한다는 듯 제 몸을 내게 바짝 붙였다. 나는 그 어떤 말과 행동도 취하지 않았지만, 마음속 깊은 곳에서 커다란 얼음덩어리 같은 것이 굳는 느낌을 받았다. 그가 한 말을 떠올렸다. "너하고 나, 오늘 저녁에…." 그는 그 말을 내 목에 대고 속삭였다. 그게 마치 무척 중요하고 무척 위험한 비밀이나 되듯. 뭐, 그런 것이긴 했다.

빌맹 대로는 사무실에서 나오는 직장인들로 가득했다. 우리는 기메 거리 모퉁이를 돌아 실베스트르 씨의 슈퍼마켓 앞을 지나서 고등학교 정문을 향해 올라갔다. 갈수록 심장 박동이 빨라졌다. 오늘 저녁 축제에 가지 않으려면 어떻게 해야 할까? 이제 불가능한 일이었다.

우리는 발미 중심가를 가로질러 고등학교 정문 앞에 이르렀다.
체육관은 오른쪽에 있었다. 간소하고 장식이 없어 밖에서 보면 마
치 창고처럼 보이는 밋밋한 건물이었다. 입구에 색색의 꽃장식과
함께 커다란 현수막도 걸려있었다. '마르셀비알뤼 고등학교, 1988
년도 학년말 축제'.

다리에 힘이 빠졌다. 더 이상 걸을 수 없을 것처럼 다리가 떨리
며 후들거리기 시작했다. 심장이 죄어들고 손이 축축해진다. 나도
모르게 마르코의 팔을 꽉 붙들었다. 눈앞이 희미해졌다.

"괜찮아?"

그가 나를 쳐다봤다.

"제시카, 너 좀 이상해 보여!"

빅투아르가 덧붙였다.

"아-아니, 아냐, 괜찮아…."

친구들은 모두 나를 걱정하는 표정이었다. 하지만 금세 축제 분
위기에 휩쓸린 채 걸으며 체육관에 이르렀다. 이미 많은 커플이 와
있었다. 학생들은 건물 입구 앞에서 기다리고 있거나, 이미 체육관
안에 들어가 있었다. 입구에서 디스코 음악 선율이 희미하게 흘러
나왔다. 미러볼에 반사된 빛도 얼핏 보였다. 이따금 웃음소리와 박
수 소리가 크게 들려왔다.

"이제 시작이다!"

마르코가 중얼거렸다.

모든 학생의 눈길이 우리를 향했다. 오늘 저녁 축제의 스타 커플은 우리였다.

체육관에 들어서자 정면에서 음악이 후려치듯 울렸다. 관자놀이를 따라 가느다란 땀이 한 줄기 흘렀다. 체육관의 네 구석에 배치된 커다란 스피커에서 마돈나의 노래가 흘러나왔다.

축제 장소는 다니엘의 사진에서 본 것과 똑같았다. 그런데 그 애는 어디에 있을까? 아마도 어느 한구석에 숨어서 카메라를 얼굴에 대고 있겠지.

체육관은 커다란 댄스홀로 변해 있었다. 안쪽에는 춤추는 사람들이 올라갈 수 있도록 작은 무대가 마련되어 있었고, 오른쪽 탁자에는 음식이 가득 담긴 접시들이 놓여 있었다. 과일 주스와 탄산음료가 담긴 병들도 있었다. 마르코는 그것을 보더니 작게 웃으며 토니를 팔꿈치로 쳤다.

"마실 걸 가져오길 잘했지."

그러면서 그는 재킷 안주머니에서 납작한 작은 병을 꺼냈다.

그는 병마개를 열고 길게 한 모금 마신 후 토니에게 병을 내밀었다. 그의 입김에서 금세 독한 술 냄새가 풍겼다. 위스키 같은 술인 듯했다. 토니도 웃으며 한 모금 마셨다. 그는 웃고 있었지만, 그의 시선에서 아주 잠깐 슬픈 기색이 내비치는 것을 똑똑히 봤다.

우리는 리듬감 있는 음악이 울려 퍼지는 홀을 가로질렀다. 어떤 커플들은 이미 춤을 추고 있었지만, 대다수는 춤을 추지 않고 음식 테이블 앞에서 머뭇거리며 뭘 해야 할지 잘 모르는 것처럼 보였다. 카뷔신과 빅투아르는 발걸음을 내디딜 때마다 즐거운지 가볍게 킥킥대며 웃었다. 에티엔은 아무 말이 없었다.

댄스홀 위쪽에는 사진에서 본 대로 커다란 시계가 걸려 있었다. 초침이 재깍대는 소리가 들리는 것 같았다. 틱. 탁. 틱. 탁.

음식 테이블 바로 앞에 마예 선생님이 팔짱을 끼고 있는 모습이 보였다. 그가 나를 싸늘한 눈으로 쳐다봤다. 그는 화가 난 것 같으면서도 흥미진진하다는 얼굴이었다. 나는 즉시 시선을 돌렸다. 이 축제에서는 모든 것이 이상하고 위험하게 보였다. 언제 어디에서든 위협이 닥칠 것처럼.

머리 위로는 여전히 시계가 규칙적으로 재깍거렸다. 1초가 흐를 때마다 나는 죽음에 다가섰다.

시곗바늘이 9시 17분을 가리켰다. 이제 나에게는 약 세 시간이 남았다.

밤 9시 26분

음악이 마이클 잭슨의 노래로 바뀌었다. 점점 더 많은 커플이 무대에서 춤을 췄다. 마르코와 나도 순진하게 얼싸안은 학생들의 물결에 합류했다. 붉게 상기되고 열기를 띤 얼굴들이 우리를 에워싸고 빙글빙글 돌았다. 그들 중 얼마나 많은 이가 오늘 저녁에 사랑에 빠질까? 그들 중 얼마나 많은 이가 실망하고 마음에 상처를 입을까? 나는 그런 생각에 잠식당하지 않으려고 그저 음악에 몸을 맡기면서 움직이기 시작했다.

몇 미터 떨어진 곳에서 카메라 셔터 소리가 들렸다. 곧바로 그쪽으로 고개를 돌리자 댄스홀에서 조금 떨어진 곳에 내가 잘 아는 실루엣이 보였다. 나는 춤을 멈추고 곧장 그쪽을 향해 갔다. 카메라에 얼굴을 대고 있는 것은 내가 예상한 인물인 다니엘이 아니었다.

엘리즈 브로솔레트였다.

"엘리즈?"

내가 그녀에게 다가가며 말했다.

그녀는 내가 자기를 골탕 먹이기라도 할 듯 나를 경계하는 눈빛으로 쳐다보면서 뭘 원하느냐고 물었다.

"그런 거 아냐. 조금 놀라서 그래. 오늘 밤엔 네가 사진 찍는 거야? 다니엘?"

"걔는 아파. 그래서 나한테 카메라를 맡겼어."

그녀는 무심하고 무미건조하게 말했다. 나는 정지된 듯 서 있었다. 갑작스레 알게 된 사실 때문에 뇌가 부글부글 끓어오르는 것 같았다. 그러니까 다니엘이 한 말은 사실이었다. 그는 학년말 축제에 오지 않았다!

나는 그를 용의자 리스트에서 제외했었다. 그가 저녁 내내 사진을 찍었다고 생각했고, 그러니 제시카를 살해할 수 없다고 본 것이다. 하지만 방금 엘리즈의 말로 상황은 완전히 바뀌었다.

"아…. 그-그렇구나."

나는 조금 더듬거리며 말했다.

엘리즈는 내 표정을 보고 놀란 것 같았다.

"걔한테 뭐 할 말 있어?"

그녀가 물었다.

"아니…. 없어…. 빨리 나으라고 전해 줘."

"알았어, 꼭 전할게."

그녀는 그 마지막 말을 하며 인상을 찡그렸고, 나는 그녀의 목소리에 비웃음과 분노가 깔려 있음을 감지했다. 나는 다시 입을 열었지만, 아무 말도 나오지 않았다. 엘리즈는 헐렁한 폴로셔츠와 낡은 청바지를 입고 있었다. 내가 입은 파티 복장과 딴판이었다. 엘리즈는 특유의 어눌한 표정으로 나를 뚫어지게 쳐다봤다. 그녀의 얼굴은 볼품없었다. 뺨은 지나치게 통통하고 코는 납작했다. 나는 고개를 숙인 채 아무 말도 하지 않았다. 그녀가 제시카와 운명을 탓하는 것도 일리가 있었다. 또 삶은 그녀의 생각이 옳았다는 걸 확인시켜줄 터였다.

엘리즈는 말없이 내게 등을 돌리고, 다시 카메라를 얼굴에 댄 채 홀을 누비고 다니기 시작했다.

마르코에게 돌아가는데 카퓌신과 빅투아르가 댄스 무대 옆에 있는 작고 긴 의자에 앉아 있는 모습이 보였다.

"에티엔하고 토니는 어디에 있어?"

내가 물었다.

"몰라."

마르코가 대꾸했다.

"둘이 좀 싸운 것 같아. 뭐 때문인지는 모르겠지만."

그는 다시 재킷 안주머니에서 작은 술병을 꺼내 길게 한 모금 마시고 내게 내밀었다. 나는 역겹다는 표정으로 거절했다. 마르코는 이미 조금 취한 것 같았다. 그의 몸짓은 불확실했고, 말은 뚝뚝 끊겼고, 걸음은 비틀거렸다. 나는 황급히 카퓌신과 빅투아르에게 갔다.

"남자애들은 어디 있어?"

내가 물었다.

"화장실에 있는 것 같아. 떠난 지 한 5분은 됐을걸. 남자애들도 같이 화장실에 가는 줄은 몰랐네. 우리 여자애들처럼 말이야…."

그렇게 말하며 카퓌신은 비웃듯 키득 웃음을 터뜨렸고, 빅투아르도 따라 웃었다. 무슨 일이 벌어지고 있는지는 모르지만, 예감이 별로 좋지 않았다.

나는 체육관 안쪽에 있는 '화장실'이라는 푯말이 붙은 작은 문을 향해 천천히 갔다. 커다란 홀이 소란스러운데도 불구하고 발소리를 죽인 채 다가갔다. 갑자기 화장실 문이 요란하게 열렸고, 나는 당황해서 잠시 멈칫했다. 토니가 머리가 헝클어진 채 화가 난 표정으로 화장실에서 나왔다. 그는 나를 지나쳐 춤을 추는 학생들 사이로 사라졌다.

뒤이어 에티엔이 화장실에서 나왔다. 누군가에게 무엇을 빼앗기기라도 한 듯 얼이 빠진 것 같았다. 금방 울음을 터뜨릴 듯 얼굴이 가볍게 떨렸다. 나는 에티엔을 불렀다.

"에티엔!"

하지만 그는 멈추지 않았고 대꾸도 하지 않았다. 무언가를 찾기 위해 자기 존재의 깊숙한 곳으로 빠져든 것 같았다. 나는 몇 초 동안 그를 따라가다가 포기했다. 그의 셔츠 깃은 세워져 있었고 머리카락은 헝클어져 있었다.

별안간 체육관에서 커다란 소리가 들려오더니 색색의 종잇조각들이 날렸다. 종잇조각이 우리 머리 위로 가벼운 눈송이처럼 무수히 떨어져 내리는 가운데 요란한 웃음소리와 외침이 들렸다. 미러볼에 반사된 빛이 여기저기를 향해 번쩍였다. 에티엔이 그 온갖 색깔과 소리 한가운데로 지나가는 모습이 보였다. 걷는 모습이 마치 유령이나 그림자 같아 보였다. 나는 안전한 곳에 몸을 숨긴 이방인에 불과했다. 내 마음속에서 덧없고 무기력한 연민의 감정이 물결처럼 밀려왔다.

조금 떨어진 곳에서 카메라가 찰칵이는 소리가 들렸다. 엘리즈가 이상한 미소를 짓고 있었다. 몸을 돌려 댄스 무대로 갔다. 그곳에서 마르코는 자신에게만 들리는 노랫가락에 맞추어 점점 더 심하게 비틀거리며 거친 동작으로 춤을 추고 있었다.

밤 9시 54분

남은 밤은 별일 없이 지나갔다. 음악에 맞추어 춤을 추는 사이사이 친구들과 열띤 대화가 오갔다. 마르코는 여러 번 내 허리를 끌어안고 나를 강렬하게 쳐다봤다. 나에게 확실히 무언가를 기대하고 있으며, 내가 그의 욕망에 부응해야 한다는 메시지를 보내는 것 같았다. 나는 그를 은근슬쩍 밀어내면서 그가 갑자기 화를 내거나 거칠게 반응하지 않도록 애썼다. 최선을 다해 그를 다독이며 무대 위에 걸린 시계를 계속 확인했다.

'내가 체육관 안에 있는 한 아무 문제도 없을 거야.' 나는 무슨 주문이나 기도, 마법의 문구를 외듯 속으로 반복해서 외쳤다. 절대로 밖에 나가서는 안 된다.

마르코가 '담배 한 대 빨러' 밖에 나가려고 할 때조차도 체육관 안에 있어야 한다고 우겼다. 나는 그의 팔짱을 끼고 댄스 무대 한가운데로 갔다. 다시 한번 모두의 시선이 우리에게 쏠림을 느꼈다. 우리는 아름답고 또, 완벽했다. 참으로 잘 어울렸다.

과연 그럴까…. 이 아름다운 그림 뒤에 무엇이 숨겨져 있을까? 미래의 알코올 중독자와 전락한 여왕이 있었다. 그러니 동경할 이유는 하나도 없었다.

무대의 네 구석에 놓인 스피커에서 뱅글스의 노래 〈이터널 플레임 Eternal flame〉의 첫 선율이 들렸다. 갓 피어나는 감정과 영원한 사랑, 두 연인의 두근거리는 마음에 대한 이야기였다. 나는 마르코를 끌어안은 채 걱정스러운 눈길로 주위를 둘러봤다.

정말 살인자가 우리 가운데 있을까? 마예 선생님은 여전히 튼실한 가슴에 팔짱을 낀 채 멀찍이 서 있었다. 우리 옆에는 카뮈신과 에티엔이 춤을 추고 있었다. 에티엔은 여전히 멍해 보였지만 상태가 조금 나아진 것 같았다.

토니는 저 멀리 긴 의자에 앉아서 이따금 에티엔을 흘낏 쳐다봤다. 빅투아르는 사라지고 없었다.

뱅글스 보컬의 감미로운 목소리가 나른하게 우리를 에워쌌다.

눈을 감고 음악이 내 안으로 흘러들어오게 놔뒀다. 리듬을 타고 허리가 움직이는 게 느껴졌다. 더 이상 깊이 생각하고 싶지 않았다. 그냥 춤을 추고 싶었다. 그냥 그렇게 이곳에 머무르고 싶었다.

온 감각을 몸에 집중하자 시계의 똑딱거리는 소리가 차츰 사라졌다. 더 이상 아무것도 중요하지 않았다.

갑자기 눈물이 차올랐다. 이상했다. 딱히 울 이유도 없는데. 나도 모르는 사이에 눈물이 걷잡을 수 없이 흘렀다. 마르코가 조금 당황한 얼굴로 나를 쳐다봤다.

"괜찮아, 자기야?"

그가 물었다. 그의 목소리에서 걱정이 묻어나왔지만, 그건 나를 위한 걱정이 아니라 그 자신을 위한 이기적인 걱정임을 알고 있다. 나는 한순간 그를 응시하며 아무 말도 하지 않았다.

그리고 주변에 있던 학생들이 당혹스러운 눈으로 쳐다보는 가운데 그의 품에서 빠져나와 무대를 떠났다.

밤 10시 43분

예기지 못하게 축제는 멜로드라마처럼 흘러가기 시작했다. 화장실에서 눈물을 닦고 있는데 에티엔과 토니가 다시 남자 화장실로 들이닥치는 소리가 들렸다. 의심할 여지없이 그들의 목소리였다. 어조는 겁에 질린 듯 다급한 어조였다. "시간이 별로 없어."라고 토니가 말하는 소리가 벽 너머로 들려왔다.

불쑥 카퓌신이 여자 화장실로 들어섰다. 자기 파트너가 왜 그렇게 화장실에서 오랜 시간을 보내는지 의아해하는 표정이었다. 나는 그녀의 주의를 돌리기 위해 온갖 방법을 동원했다.

"별일 없지, 카퓌신?"

나는 벽 뒤쪽에 있는 두 사람이 내 목소리를 듣고 애정 행각을 멈추기를 바라며 가능한 한 큰 소리로 말했다.

"어…. 괜찮아. 너는?"

"좋아, 좋아…. 춤하고 번쩍이는 빛 때문에 조금 어지러워."

"너는 적어도 의자에 앉아서 네 파트너가 나타나기를 기다리지는 않지."

"아, 그건…:

그 순간, 무언가 벽에 부딪히는 크고 둔탁한 소리가 들려왔다. 칸막이벽에 몸이 부딪히는 소리 같았다.

"너무 더워서 그럴 거야. 너무 덥지 않니? 응?"

카퓌신이 천천히 고개를 돌렸다. 그녀는 이제 우리 사이의 대화가 아닌 벽 반대편에서 들려오는 소리에 집중하고 있었다.

"쟤들 저기에서 뭐 하는 거야? 싸우는 건가?"

그녀가 속삭이듯 말했다.

나는 황급히 대꾸했다.

"그러게. 아, 남자애들이란…. 하하, 어쩔 수 없다니까! 안 그래, 카퓌신? 카퓌신!"

내가 세 번째 그녀의 이름을 부르기도 전에 카퓌신은 화장실을 나섰다. 나는 그 뒤를 쫓아 달려가다가 치마에 다리가 걸려 화장실 타일 바닥에 철퍼덕 넘어졌다.

간신히 일어나니 벽 건너편에서 카퓌신의 새된 외침이 울렸다. 마치 단검에 찔린 듯, 고통과 경악에 차서 신음처럼 내지르는 외침이었다.

"에티엔?!"

밤 10시 55분

밤의 축제는 점점 더 험악해지고 있었다. 머리 위로 또다시 색종이 조각이 흩뿌려졌지만, 이제 아무도 축제 따위에는 관심이 없었다. 마르코만 제외하면 말이다. 그는 술에 취해 댄스 무대를 휘젓고 다니며 계속 몸을 흔들고 있었다. 나는 카퓌신이 달아나는 모습을 곁눈질했다. 위쪽 계단석에 앉아 있던 엘리즈가 다시 한번 카메라의 셔터를 눌렀다. 오늘 밤이 영원히 지속되는 것 같았다. 나는 완전히 지쳐서 잠에 빠질 것 같은 감각에 사로잡혔다. 뇌가 마비되는 것 같았다. 세포들이 숙면을 취하기 위해 시동을 거는 느낌이었다.

'안 돼! 지금은 안 돼!'라고 생각하며 정신을 차렸다. 경계를 늦추면 안 된다. 살인자는 이곳 어딘가에 있다. 계속 경계해야 한다.

이미 여러 번 흘러나온 블루스에 맞추어 다시 서로를 얼싸안고 춤추는 학생들의 행렬을 바라보고 있는데, 갑자기 누군가 내 어깨에 손을 얹었다. 단단하고 차가운 손, 야행성 새의 발톱 같은 손.

나는 천천히 몸을 돌렸다. 미러볼에 반사된 빛이 무수한 색조로 체육관을 비추며 돌았다. 그 빛은 사람들의 얼굴과 몸을 통과하며 기이하고 비현실적으로 실내를 밝혔다. 그 모든 것이 꿈의 한 장면 같았다. 음습하고 불편하며 별안간 악몽으로 변하는 그런 꿈.

내 앞에는 단단한 체구의 마예 선생님이 서 있었다. 그는 걱정스러운 미소를 짓고 있었다. 굵고 긴장된 그의 목소리가 마치 폭발음처럼 울렸다.

"제시카, 문제가 생겼어. 나랑 같이 가야겠다."

밤 11시 4분

나는 마예 선생님을 따라서 체육관의 구불구불한 복도를 거쳐 갔다. 선생님의 빠르고 곧은 걸음을 간신히 따라갔다. 원피스와 굽이 높은 구두 때문에 쉽지 않았다. 근육질의 어깨가 떡 벌어진 그의 실루엣이 복도들을 가로질러 나아가다 마침내 사무실 같은 작은 방에 이르렀고, 그는 나를 그 안으로 들여보냈다. 문에 붙은 작은 판에 '행정실'이라고 적혀 있었다.

마예 선생님은 등받이가 있는 작은 의자에 앉은 후, 책상 반대편에 있는 의자를 가리키며 내게 앉으라고 손짓했다. 나는 느릿느릿 그 지시에 따랐다. 무언가가 잘못되어가는 느낌이었다. 이 모든 상황이 연극 같았다.

책상에 놓인 작은 램프는 그다지 위로가 되지 않는 창백한 빛으로 실내를 밝혔다. 마예 선생님은 나를 바라보고 한숨을 쉬더니 의자의 등받이에 몸을 기대고 다시 한숨을 쉬었다. 어떻게 말을 꺼내야 할지 고심하는 것 같았다.

"제시카, 너희 집에 문제가 생겼다. 어떤 남자가 전화를 걸었는데, 아마 너의… 양아버지겠지?"

그 순간, 아침에 나를 잠에서 깨운 남자의 얼굴, 땀이 줄줄 흘리던 기름지고 투실투실한 얼굴이 떠올랐다. 나의 양아버지라고? 그 사람은 자신을 그렇게 소개하지 않았다. 그는 자신이 제시카의 엄마와 "같이 있어 준다"고 말했다….

"그 사람은 제시카의… 아니, 내 양아버지가 아니에요."

나는 변명하듯 말했다.

마예 선생님은 그런 항의를 무시하려는 듯 가볍게 손을 휘저었다.

"어쨌거나, 문제는 네 어머니다. 어머니께… 문제가 생겼어. 그러니 네가 집에 가 봐야 할 것 같다, 제시카. 내가 데려다주마."

제시카가 체육관을 떠난 것은 바로 이런 이유 때문이었다. 그리고 집에 가는 길에 그녀는 누군가에게 살해당했고, 호수 밑바닥의 진흙 속에서 시신을 찾아낼 때까지 아무도 그녀를 보지 못했다.

"절대 안 돼요!"

나는 나 자신도 놀랄 만큼 크고 단호한 목소리로 말했다.

"저는 이 체육관을 떠나지 않을 거예요. 안 돼요, 절대로 안 돼요."

"제시카. 그 마음은 이해한다. 학년말 축제를 많이 기다린 건 알

아. 하지만 네가 여기 머물러 있을 상황이 아니야. 그리고 네 파트너… 마르크올리비에 군은… 지금 너를 데려다 줄 상태가 아니고."

마르코를 마지막으로 보았을 때 무대 위에서 춤추던 모습을 떠올렸다. 술에 취해 비틀대고 불안하게 휘청거렸다.

"이 상황을 처리하는 건 내 책임이다. 그러니 따라와라. 좋든 싫든 간에."

마예 선생님이 말을 이었다.

그는 그렇게 말하며 얼굴을 앞으로 내밀었다. 그의 얼굴은 작은 램프의 빛을 받아서 이목구비가 또렷이 드러났다. 그는 완벽하게 정렬된 하얀 치아를 드러내며 알 수 없는 미소 지었다.

체육관에서는 클라이맥스를 알리는 디스코 음악의 선율이 흘러나왔다. 마예 선생님은 팔을 뻗어 나를 일으킨 후, 자기를 따라오게 이끌었다.

그의 얼굴에 떠오른 미소가 점점 짙어졌다가, 순식간에 우리를 에워싼 시커먼 어둠 속으로 사라졌다.

밤 11시 17분

우리는 아무도 없는 체육관 앞 주차장으로 나왔다. 깊은 밤은 반짝이는 빛으로 장식된 이불을 밤하늘에 펼쳐 놓았다. 달과 별 몇 개, 길모퉁이에 있는 가로등. 모든 게 점점 더 비현실적으로 보였다. 나도 모르게 운명의 어느 정확한 지점을 향해 인도되어 가는 것 같았다. 내가 아무리 싸우고 저항해도 삶은 내가 어디로 가야 하는지 알고 있는 듯했다. 축제 장소를 떠나지 않으려고 안간힘을 썼지만, 이렇게 낯선 남자와 함께 바깥에 나와 있었다.

선생님은 자동차 문을 열고 나에게 앉으라는 신호를 보냈다. 내 행동 하나하나는 면밀히 계산된 듯 느렸다. 사형수가 도망칠 작은 틈새를 노리는 것처럼. 하지만 그런 틈새는 전혀 없다. 선생님은 자동차 문을 가차 없이 닫더니 운전석으로 갔다.

그는 운전대 앞에 앉아서 차창을 내리더니 덥다고 말하며 나를 흘끗 쳐다봤다. 온몸이 얼어붙은 것 같았다. 그 어떤 행동도, 말도 할 수 없었다. 선생님이 열쇠를 돌려 자동차의 시동을 걸자 엔진이 떨리기 시작했다. 자동차의 라디오가 자동으로 켜졌고, 비좁은 공간에 옛 노래 〈킬러 퀸Killer Queen〉의 달콤한 선율이 울려 퍼졌다.

나는 천천히 고개를 돌렸다. 자동차는 조금 낡은 빨간 소형차였다. 좌석은 군데군데 천이 해어져서 그 안의 누런색 스펀지가 보였다. 백미러에는 작은 전나무 모양의 방향제가 달려있었고, 운전대에는 융단 같은 천이 씌워져 있었다.

"She's a Killer…Queen…"

선생님이 기어를 1단으로 넣고 주차장을 나서면서 흥얼거렸다.

"너 퀸 좋아하니? 나는 77년에 콘서트에서 봤는데, 그 당시에 정말 대단했지!"

선생님의 입에서 나오는 말들이 왠지 어색했다. 자기 자신을 안심시키기 위한 일방적인 대화 같다는 막연한 생각이 들었다. 그는 태연한 척하려고 애쓰는 것 같았다. 우리는 체육관 모퉁이를 돌아

마르셀비알뢰 고등학교 앞을 지나쳤다. 닫힌 학교 철문, 그리고 더 멀리 내가 수업을 듣는 건물이 보이자 내 마음속에선 약간 감상적인 선율이 울리기 시작했다.

체육 선생님은 음악에 맞추어 손바닥으로 운전대를 두드렸다. 차 안의 공기가 답답하게 느껴졌다. 차창을 열자 바람이 밀려들어와 내 머리칼이 흩날렸다. 바깥의 밤은 고요하고 아름다웠다. 〈킬러 퀸〉의 기타 선율 사이사이로 작게 귀뚜라미 울음소리가 들렸다.

"더운 모양이구나?"

마예 선생님이 나를 쳐다봤다. 그의 얼굴에서는 여전히 미소가 떠올라 있었다. 자동차는 발미 거리를 쏜살같이 가로질렀다. 차창으로 지나치는 집들이 마치 어둠을 가로지르는 창백한 유령 같았다. 우리는 서서히 도심을 벗어났다. 집들이 점점 더 드문드문 보였다. 우리가 탄 소형차는 급히 우회전해서 가로등 조명이 희미하고 아스팔트가 울퉁불퉁한 거리로 들어섰다. 자동차 내부가 심하게 흔들렸고, 나는 쓰러지지 않으려고 문의 손잡이를 꽉 붙들었다. 백미러에 걸린 작은 전나무가 겁에 질린 듯 사방팔방 흔들리기 시작했다.

"괜찮니? 너무 심하게 흔들리진 않았고?"

마예 선생님이 내게 물었다.

나는 아무런 대꾸도 하지 않고 도로를 바라봤다. 갑자기 어디로 향하고 있는지 잘 모르겠다는 느낌이 들었다. 아무래도 호수로 향하는 길인 것 같았다. 키 큰 소나무들의 실루엣이 밤보다 더 어둡

게 우리를 에워싸고 있었다. 마예 선생님은 점점 더 일그러지는 내 표정을 본 모양인지 나를 안심시키려는 목소리로 이렇게 물었다.

"이 방향이 맞지? 호수를 우회해서 따라가면 벨리브 구역이 나오는 거?"

솔직히 말하면 이 방향이 맞는지 잘 모르겠다. 제시카가 어디에 사는지 더 이상 기억나지 않았다. 나는 오늘 온종일 몽롱한 안개에 휩싸인 기분으로 지냈다. 벨리브는 발미에서 평판이 좋지 않은 서민 주거 지역 중 하나였다. 그러니 이 방향이 맞을 가능성이 컸다.

제시카의 집을 떠올리자 불현듯 무엇이 나를 기다리는지 깨달았다. 나는 '양아버지'의 얼굴이 떠올랐다. 어딜 보는지 알 수 없는 눈, 어렴풋한 분노와 감추어진 욕망이 드러나는 그 표정. 안 돼! 그곳으로 갈 수는 없다!

나는 차창 너머를 흘낏 쳐다봤다. 소형차는 맹렬한 속도로 밤을 가로질렀다. 나무들이 몸을 기울여 우리를 붙들려는 것 같은 느낌이 들었다. 마예 선생님은 계속 노래를 흥얼거리며 음악에 맞추어 운전대를 두드렸다.

내 관자놀이를 지나는 혈관이 부풀어 오르며 둔탁하게 두근거렸다. 피가 뇌로 쏠리며 마비 상태에서 벗어났다. 정신을 차린 것 같았다. 더 이상 선택의 여지가 없다. 공포의 감각이 내 안에서 폭발했다.

나는 이 함정에서 반드시 벗어나야 했다.

밤 11시 31분

"요즘 왜 이렇게 더운지 모르겠구나. 도무지 견딜 수가 없네. 밤인데도 말이지. 너는 친구들과 호숫가에서 여름을 보내겠지? 수영하고 선탠하면서? 젊다는 건 좋은 거지. 좋을 때야."

나는 마예 선생님이 던지는 그 어떤 질문에도 답하지 않고 묵묵히 앉아 있었다. 자동차는 계속 덜컹거렸다. 갈수록 도로 상태가 나빠졌다. 우리는 호수를 에워싼 도로로 접어들었다. 가로등 하나 없었고 심지어 별빛조차 보이지 않았다. 커다란 소나무들이 밤을 집어삼켰고, 우리는 소나무 그늘 속으로 잠겨 들었다.

갑자기 자동차가 심하게 덜컹거렸다. 도로에 난 구멍 때문에 차가 기우뚱했다.

"젠장!"

마예 선생님이 거칠게 브레이크를 밟았다.

나는 기회를 놓치지 않고 내 오른쪽의 문손잡이를 붙들고 확 잡아당겼다. 곧바로 차 문이 열리며 차 안으로 바람이 밀려들었다. 나는 망설임 없이 치맛자락을 감싸 쥐고 뛰어내렸다.

"야!"

마예 선생님이 깜짝 놀라 외쳤다.

나는 자갈과 흙바닥에 부딪히는 둔탁한 소리를 내며 굴러 떨어졌다. 떨어진 충격에 다리가 아프고 오른팔은 바닥에 심하게 쓸렸다. 하지만 나 자신을 불쌍히 여길 시간이 없었다. 몇 미터 떨어진 곳에서 소형차의 후미등이 괴물의 붉은 두 눈처럼 빛나고 있었다.

나는 굽이 높은 구두를 벗어 던지고 가능한 한 빠르게 반대 방향으로 달리기 시작했다. 멀리에서 차 문이 큰 소리를 내며 닫혔고, 마예 선생님이 화가 난 목소리로 다시 한번 외치는 것이 들렸다.

"어이!"

나는 커다란 나무들의 굽은 손길 사이로 몸을 숨겼다. 나뭇가지들이 나의 원피스 자락에, 팔에, 다리에 부딪히며 온몸을 할퀴었다. 그들이 속삭이는 소리가 들리는 것만 같았다. 나는 '바람 소리일 거야.'라고 생각했다. 가벼운 산들바람이 일며 소나무 꼭대기를 흔들고 있었다. 나는 망설임 없이 어둠 속을 달렸다. 계속, 계속, 계속해서. 무언가로부터 기필코 벗어나야 한다는 듯. 피에 굶주린 끔찍한 짐승이 나를 쫓아오기라도 하듯.

그렇게 몇 분 동안 미친 듯 달린 후, 나는 결국 지쳐서 쓰러졌다. 숨이 찼고 맨발은 온통 상처를 입어 피투성이였다. 팔이 너무 아팠다. 원피스는 엉망으로 찢겨 있었다. 나무에 몸을 기대고 숨을 돌렸다. 바람과 귀뚜라미 소리 말고는 아무 소리도 들리지 않았다. 마예 선생님은 포기한 모양이었다.

나는 눈을 감고 크게 한숨을 내쉬었다. 다 끝난 걸까? 내가 제시카를 구해낸 걸까?

왠지 아니라는 생각이 들었다.

눈앞에는 불안하게 거품이 이는 호수의 수면이 눈앞에 펼쳐져 있었다.

그 순간, 나는 내가 어디에 와 있는지 깨달았다.

제시카의 시신이 발견된 바로 그 장소였다.

밤 11시 44분

나는 운명의 순간에 도달했다. 이 상황을 피하려고 온갖 노력을 다했고 발버둥 치며 저항했음에도 불구하고, 마치 모든 일은 정해져 있다는 듯 말이다. 이번에도 운명은 나를 이겼다. 이 세상은 제시카가 바로 이 순간, 바로 이 장소에 와 있기를 바랐다. 나는 그걸 피할 수 없었다.

"우리는 원하는 모든 것을 할 자유가 있다."라고 제롬 선생님이 말했었다. 말도 안 되는 헛소리다.

우리는 그 무엇으로부터도 자유롭지 않았다. 그저 정해진 길을 따라가야만 할 운명이었다.

나는 허탈감에 빠져 몇 분 동안 꼼짝하지 않았다. 그 무엇도 소용없다는 끔찍한 감각이 마음속에 서서히 들어찼다. 죽음이 다가와 나를 에워싸도 더 이상 맞서 싸울 수 없다는 느낌이 들었다.

주위에서 귀뚜라미 소리가 점점 더 크게 들려왔다. 도무지 견딜 수 없는 마찰음 같았다. 그 소리가 나의 고막을 꿰뚫고 나의 뇌를 때렸다.

반면에 호수의 수면이 찰랑거리는 소리는 마치 자장가 같았다. 나는 손목시계를 봤다. 이제 곧 그 일이 벌어질 것이다. 멀리에서 국도를 달리는 자동차 소리가 들렸다. 마예 선생님의 소형차 소리?

선생님이 나를 찾아 나선 걸까? 엔진 소리가 멀어지다가 이내 사라졌고, 주위는 다시 깊은 밤과 짙은 초목의 향기에 휩싸였다.

자정이 다 되어가는 지금, 나는 이제 내가 죽을 거라는 사실을 알고 있다. 이제 유일하게 할 수 있는 일은 아마도 범인의 얼굴을 확인하는 일일 것이다. 마음속에 고통과 슬픔의 긴 물결이 일었다. 나는 제시카를 구해내는 데 성공하지 못했다. 운명의 장난으로 영영 쓰러진 고등학교의 작은 여왕.

"미안해…"

낮은 소리로 말했다. 마치 그녀가 내 말을 들을 수 있다는 듯.

"미안해…"

그 말을 하는 순간, 등골이 오싹해졌다. 내 뒤에서 무언가가 움직이는 게 느껴졌다. 물론 그 움직임이 나무 사이로 분 바람이거나 먹이를 찾아 헤매는 야행성 동물일 수도 있다.

하지만 그게 아니었다. 바스락거리는 소리가 들리더니 뒤이어 소나무 숲을 가로지르는 가벼운 발걸음 소리가 났다. 확실했다. 나를 죽일 사람이 다가오는 중이었다.

나도 모르게 주먹이 꽉 쥐어지며 온몸의 근육이 팽팽하게 긴장했다. 나는 똑바로 서서 조그마한 움직임이라도 포착하기 위해 대비했다.

별안간 소나무의 낮은 나뭇가지들이 흔들렸다. 먼저 바지가 보이더니 상반신, 뒤이어 얼굴이 보였다.

나를 살해할 사람이 희고 벌거벗은 달빛을 받으며 서 있었다.

그 얼굴에 가볍게 비죽거리는 웃음이 떠올랐다. 악랄한 육식성의
미소, 자신이 저지르려는 끔찍한 일을 잘 알고 있는 미소였다. 그
는 거침없으면서도 주저하는 것 같은 이상한 걸음으로 천천히 내
게 다가왔다. 나는 몸을 움직일 수 없었다. 그를 쳐다봤다.

그는 소심한 구혼자가 처음으로 사랑의 몸짓을 해 보이듯 서툴
러 보였다. 나는 그가 누구인지 알고 있다. 아주 잘 알고 있다. 그
리고 제시카도.

그는 팔을 뻗기만 하면 나를 만질 수 있을 거리에서 입을 열었
다. 그의 입술이 일그러지면서 요란한 귀뚜라미 소리 사이로 가늘
고 부드러운 목소리가 들려왔다.

"그래, 하늘 아래 무슨 새로운 일 있나?"

밤 11시 59분

무슨 일이 벌어지고 있는지 깨달을 틈이 없었다. 내 앞에 서 있
는 사람이 그저 순하기만 했던 슈퍼마켓 주인 실베스트르 씨라
는 사실을 깨달을 틈이 없었다. 나는 달아나려 했지만, 욱신거리
는 발이 모래 속으로 푹푹 빠졌다. 실베스트르 씨가 한 손을 뻗어
내 팔을 붙들었다. 그의 가느다란 손가락이 내 살을 움켜쥐는 것
이 느껴졌다. 그 강한 손힘은 결코 내 팔을 놓지 않았다. 나는 그
가 이렇게 힘이 세리라고는 전혀 상상하지 못했다.

나는 발버둥 쳤지만 아무 소용없었다. 몸부림치며 그 상황에서
벗어나려 안간힘을 쏠수록 발이 모래에 파묻혔다. 그의 손아귀에

서 벗어나려 그를 할퀴고 때렸지만 소용이 없었다. 아주 짧은 순간, 나를 해치려는 남자의 얼굴에 희미한 달빛이 비쳤다. 그는 일그러진 잔인한 미소를 띠고 있었다. 그 미소에서 그가 느끼는 우월감과 이제껏 억제되었다가 발산되는 힘이 느껴졌다.

"오, 얌전해야지."

그는 내 팔을 손으로 꽉 움켜쥐며 마치 길들여야 하는 말이나 야생동물 대하듯 내게 말했다.

그의 눈은 이제 억눌린 열기로 붉어져 있었다. 실베스트르 씨가…. 이 모든 일이 실제로 벌어지고 있다는 사실을 믿기 힘들었다. 하지만 엄연한 현실이었다.

"겁낼 것 없어."

그가 짐짓 상냥하고 부드러운 목소리로 속삭였다.

그는 다른 손으로 내 목덜미를 붙들고 손가락으로 목을 감쌌다. 그의 손바닥이 내 목을, 나의 힘줄을, 나의 뼈를 누르는 힘이 느껴졌다.

그는 내게 바짝 다가서며 땀에 젖은 자기 몸을 내 몸에 댔다. 나는 등 뒤로 그의 가슴이 호흡하는 리듬에 따라 오르내리는 것을 느꼈다. 그의 숨결이 나의 머리칼에 달라붙었고, 내 팔을 붙들고 있는 그의 손에는 더욱 힘이 가해졌다.

실베스트르 씨는 천천히 나의 목덜미에 얼굴을 갖다 댔다. 나는 겁에 질린 작은 신음을 냈다. 제시카의 몸이 강한 힘에 굴복하며 꺾이는 것이 느껴졌다. 그녀의 모든 근육이 위협에 경계하며 팽팽하게 긴장되어 있었지만, 아무것도 할 수 없었다.

나는 침착해지려고 노력했다. 마치 내가 이 상황에 속에 없는 것처럼 다른 생각을 하려 했다. 힘든 일이었지만, 계속 눈을 감고 있노라니 터무니없었던 지난 한 주가 파노라마처럼 스쳐 지나갔다. 내가 경험했던 뒤얽힌 삶들. 열일곱 살 엄마의 얼굴. 발랑틴의 얼굴. 벨린다의 다정한 모습. 아레스키. 나는 그들을 한 명씩 떠올리며 그 이름을 불러 봤다. 그들이 내 주위를 빙글빙글 돌며 마지막 작별 인사를 보냈다.

체육관의 복도도 생각났다. 마르크올리비에 '보비' 카스탱, 제시카 슈타인이라는 이름을 말했을 뿐인데, 그의 눈에 떠오르던 그 분노. 그가 만일 그날 밤에 술에 취해 있지 않았다면, 그런 비극을 피할 수 있었을까? 그는 이따금 이런 질문을 자기 자신에게 할까? 제시카에 대한 생각에 사로잡혀서 그의 삶이 엉망이 된 걸까? 나는 그렇다고 확신했다.

끝으로 권투 자세를 연습하며 체육관에서 보낸 시간을 떠올렸다. 그 빌어먹을 샌드백을 두드리며 자세를 바로잡고, 똑같은 기술을 무수히 반복해서 연습하고, 상대방의 공격을 예측하던 일을. 그 모든 게 아무런 쓸모도 없는 걸까? 내 몸이 아닌 이 몸으로는 싸우는 게 전혀 불가능할까? 그런 생각을 하면서 실베스트르 씨의 몸이 나를 묵직하게 감싸는 것을 느꼈다. 그가 내 귀에 대고 내뿜는 숨결. 내 얼굴에 가까이 밀착된 그의 끈적끈적한 얼굴. 벗어나야 했다. 아직 끝나지 않았다. 모든 게 미리 정해져 있지 않았다.

나는 왼쪽 어깨를 움직여 몸의 균형을 잡고 그에게 기댔다. 내 방에 있는 〈록키 3〉 포스터를 떠올렸다. '호랑이의 눈이야, 레오! 호랑이의 눈이라고!' 삶은 그저 힘으로 결정되는 것이 아니다. 계책이 있어야 한다. 적의 힘을 이용할 줄 알아야 한다. 나는 천천히, 아주 천천히 왼팔을 빼내어 실베스트르 씨의 허리 뒤로 넘기는 데 성공했다. 그는 내가 갑자기 몸을 움직여 놀란 것 같았지만 자세를 바꾸지 않았다. 그는 나를 질식시키려는 듯 계속해서 나를 압박했다. 먹잇감을 투명한 실로 만든 고치에 가두기 전에 꼼짝 못 하게 만드는 거미처럼.

그는 갑자기 내 오른팔을 나의 등 뒤로 올린 후, 자기 배로 고정했다. 그는 자유로워진 자신의 손을 서서히 내 입과 얼굴에 얹었다. 토할 것 같았다. 손가락의 더러운 냄새가 코로 올라와 독처럼 허파로 퍼졌다. 땀과 피, 물과 흙의 냄새였다. 실베스트르 씨의 살갗은 물고기의 살갗처럼 끈적끈적했다. 나는 계속 고개를 좌우로 돌리며 그에게서 벗어나려고 애썼다. 그의 손가락이 내 얼굴을 점점 더 강하게 죄어왔다. 고통스럽고 더 이상 숨쉬기조차 힘들었다.

나는 포기하는 척 조금 힘을 뺐다. 실베스트르 씨는 만족에 찬 신음을 냈다. 그 순간, 나는 왼손으로 그의 허리춤을 붙잡은 다음, 왼쪽으로 몸을 크게 비틀어 간신히 몸을 빼냈다. 나는 자유로워진 두 손으로 그의 목 뒷덜미를 붙들고 무릎을 들어 그의 배를 강하게 때렸다.

그의 시선이 한순간 충격으로 멍해지는 것이 보였다. 나는 그가 정신을 차릴 틈을 주지 않았다. 그가 입으로 짧은 숨을 내쉬자마자 나는 다시 한 번 있는 힘껏 그의 양다리 사이를 발로 찼다.

실베스트르 씨는 몸을 웅크리며 고통에 찬 비명을 내질렀다.

나는 천천히 그에게 다가가 무릎을 구부려서 정확히 계산된 동작으로 힘차게 그의 코를 올려 찼다. 그의 코가 부러지며 피가 철철 흘렀다. 끝으로 나는 그의 눈 위 돌출부를 향해 맹렬한 오른손 훅을 날렸다.

실베스트르 씨는 정신을 잃고 뒤로 넘어졌다.

"아무 일도 없었어…. 오늘까지는 말이지."

나는 느리게 말했다.

"하지만 이제부터는 달라질 거야."

나는 몇 걸음 떨어져서 그가 널브러져 있는 모습을 바라봤다. 내가 운명의 흐름을 바꾸는 데 성공한 걸까? 그런 것 같았다. 나는 기진맥진해서 모래 위에 풀썩 쓰러졌다. 울고 싶었지만 그러지 않았다. 나는 찢어지고 핏자국이 선명한 하얀 원피스를 멍하니 쳐다봤다. 헝클어진 머리를 손으로 쓸어 넘겼다. 내 머릿속에는 〈록키 3〉의 주제가, 〈아이 오브 더 타이거 Eye of the Tiger〉가 울려 퍼졌다.

저 멀리, 어두운 호수 너머에서 깊은 밤의 침묵을 가르며 사이렌 소리가 들려왔다.

새로운 세상이 시작되는 중이었다.

13

　그 이후의 시간은 의식이 몽롱한 가운데 흘러갔다. 마예 선생님은 제시카의 실종 사실을 경찰에 알렸다. 경찰차들이 사이렌을 울리며 비상등을 요란하게 밝힌 채 호수 주위로 몰려들었다.

　내가 상황을 설명하자 실베스트르 씨는 수갑이 채워진 채 차에 실렸다. 소방대원들이 나를 안전한 곳으로 데려갔다. 그중 한 명은 내 머리를 쓰다듬으며 계속 이렇게 말했다.

　"이제 다 끝났어…. 이제 다 끝났어…."

　다음 날 잠에서 깨어났을 때, 그 운명적인 밤의 여파는 하나도 남아 있지 않았다. 평소의 멀쩡한 내 몸으로 깨어났다. 싸운 흔적이나 근육통도 없었다. 마치 아무 일도 벌어지지 않은 것 같았다.

　새가 명랑하게 지저귀는 소리와 블라인드 사이로 비쳐 드는 햇살 때문에 잠에서 깼다. 곧바로 상반신을 일으켜 앉아 만족스러운 기분으로 익숙한 내 방을 둘러봤다. 다시 집으로 돌아왔다. 더 이상 이곳을 떠나는 일이 없기를 바랐다.

침대에서 일어나 잽싸게 옷을 갈아입었다. 이 새로운 삶을 최대한 만끽하고 싶었다. 마침내 숙명이라는 거울을 통과해 도달한 이 세상을 말이다. 나는 운명 거슬러, 그 모든 역경에도 불구하고 우리가 인생의 흐름을 바꿀 수 있다는 사실을 깨달았다. 우리는 미래에 영향을 미칠 수 있었다!

그 생각만으로도 가슴이 벅차올랐다. 티셔츠와 청바지를 입고 방에서 나오는데 아래층에서 사람들의 목소리와 웃음소리가 들려왔다. 7시 43분이다. 평소라면 어림없는 일이었다.

천천히 계단을 향해 다가갔다. 마치 새로운 위협이 금방이라도 닥칠 것처럼. 목소리는 거실에서 들려왔다. 엄마와 어떤 여자가 함께 웃고 농담을 하는 소리였다.

당황스러운 마음에 잠시 걸음을 멈추었다가 천천히 소리 내지 않고 계단을 내려갔다. 1층에 가까워질수록 목소리와 웃음소리가 또렷이 들렸다. 무엇보다 엄마의 목소리가 평소와 달랐다.

그렇게 명랑한 엄마의 목소리는 정말 오랜만이었다.

나는 계단 아래에 이르러 조심스레 거실 문을 밀었다. 커피 잔이 놓인 식탁에 앉아 있는 엄마가 보였다. 미소를 머금은 얼굴이 행복해 보였다. 엄마 앞에는 다른 한 여자가 내게 등을 돌린 채 이야기 중이었다. 훤칠한 키에 금발 머리였다. 재미있는 이야기를 하는지 엄마가 계속 웃었다.

엄마는 나를 보더니 말을 멈추고 미소를 지었다.

"오, 레오, 미안해, 우리 때문에 깼나 보구나!"

그때 엄마와 얘기를 나누던 여자가 환한 미소를 지어 보이며 몸을 돌려 물었다.

"잘 지냈니, 레오?"

그 순간 나는 꼼짝도 하지 못했다. 얼굴이 창백해지면서 다리가 휘청거리는 게 느껴졌다.

"어머? 왜 그렇게 창백하니. 무슨 유령이라도 본 것 같이!"

그녀가 그렇게 말하면서 나를 쳐다봤다. 활기찬 얼굴에 약간의 걱정이 서렸다. 그녀의 얼굴은 갸름하고 아름다웠다. 입술은 가늘고 혈색이 돌았다. 눈을 감고도 그녀의 얼굴을 그릴 수 있을 것 같았다.

나는 이 얼굴을 속속들이 알고 있었다.

— ◆ —

"제시카가 일하러 가면서 나를 데리러 왔어."

엄마가 부드러운 목소리로 말했다.

"레오, 뭐 좀 먹을래?"

"제, 제, 제시카 슈타인…."

나는 손에 잡히는 대로 의자를 끌어당겨 그들 옆에 풀썩 주저앉았다.

"그래…! 그런데 무슨 일 있니?"

엄마가 물었다.

"아, 아무것도 아녜요. 조금 피곤해서요. 그런데 말예요… 두 분… 여전히 친구예요?"

엄마와 제시카가 잠시 나를 쳐다보더니 내 질문이 조금 어이없 다는 듯 동시에 웃음을 터뜨렸다.

"영원한 베프지!"

제시카가 미소를 지으며 오렌지 주스가 담긴 자신의 컵을 축배 인 양 들어 올리며 말했다.

엄마가 동의하는 뜻으로 자신의 커피 잔을 들어 보였다.

"사실은…."

제시카가 말을 이었다.

"서로 연락하지 않고 지낸 시기가 있었어…. 고등학교 때…. 그때 나는 정말 못된 애였지!"

엄마가 웃음을 터뜨리며 덧붙였다.

"정말 그랬지!"

제시카가 웃더니 변명하듯 말했다.

"열일곱 살로 살아간다는 게 모든 사람한테 쉬운 일은 아니야! 사춘기 아니니. 나 자신을 찾고 있었다고나 할까. 더욱이 그때는 80년대였잖니!"

엄마가 향수에 젖은 듯 가볍게 미소를 지으며 고개를 끄덕였다.

"아, 정말이지 레오, 네가 그 시절을 살아 봐야해!"

엄마가 한숨을 쉬며 말했다.

"그리고 네가 그 시절에 우리를 봤어야 해!"

제시카가 덧붙였다.

나는 묵묵히 그들을 바라봤다. 그들은 다시 만나 반가운 고등학생들 같아 보였다. 그 뒤로 잠깐 동안 그들이 젊은 시절을 추억하는 이야기를 들었다. 그들은 이따금 나를 쳐다보며 '아, 정말이지 네가 그 모습을 봤어야 하는데!'라거나 '네가 그 자리에 있었다면 좋았을걸!'같은 말을 했다. 나는 그저 미소를 지은 채 고개를 끄덕이며 그들이 나누는 명랑하고 밝은 이야기를 들었다.

8시가 가까워지자 제시카가 불쑥 자리에서 일어나 내 볼에 입을 맞추고 엄마에게 말했다.

"얘, 우리 이제 가 봐야 할 시간이야!"

엄마가 의자에서 일어나 내 볼에 입을 맞추고, 작은 수첩과 만년필을 집어 들었다. 나는 내가 아빠였을 때 엄마에게 선물했던 커다란 뚜껑 달린 만년필임을 금방 알아봤다. 또 이 새로운 삶에서 엄마와 제시카가 함께 일한다는 사실도 알게 됐다. 그들은 기메 거리에 북 카페를 열었다. 30년 전, 실베스트르 아저씨의 슈퍼마켓이 있던 바로 그 자리에.

———◆———

나는 아레스키의 집으로 향하면서 조금 전 제시카가 거실 탁자에 앉아서 했던 말을 떠올렸다. '열일곱 살로 살아간다는 건 모두

에게 쉬운 일은 아니야.'

이번 주에 겪었던 모든 일을 떠올려 봤다. 제각기 달랐던 상황들을. 비슷하면서도 다른, 독특하고도 무수한 고뇌를. 지금까지의 경험으로 봤을 때, 청소년기에서 살아남는 일이란 거의 기적처럼 보였다. 사람들은 어떻게 이 시기를 무사히 거쳐 가는 것일까? 어떻게 영영 길을 잃지 않고 또 회복되는 것일까? 솔직히 말해서 불가사의였다.

나는 아레스키를 데리고 고등학교로 갔다. 우리는 가는 동안 이런저런 이야기를 나눴다. 그는 전날 한 온라인 게임과 자기를 가만히 놔두지 않는 그의 부모님, 지긋지긋한 형제자매에 대해 이야기했다. 그는 어렴풋이 발미를 떠나고 싶다는 말도 털어놓았다.

"일류 레스토랑에서 일류 셰프가 되는 거야, 상상해 봐…. 하지만 그러려면 우선 요리학교에 가야해. 그런 다음 파리나 리옹의 호텔에서 일하는 거지."

그가 꿈꾸듯 말했다.

나는 아무 말 없이 고개를 끄덕였다. 여기에서든 다른 곳에서든 행복해지는 방식이 아주 다양하다는 걸 알고 있다. 애초에 삶은 우리가 상상한 대로 흘러가지 않는다는 사실도.

나는 발미의 아스팔트 위로 아레스키의 철제 감옥을 천천히 밀면서, 초목의 향기와 호수에서 불어오는 습한 기운을 느꼈다. 오늘은 그 어떤 것도 위험해 보이지 않았다. 날씨는 여느 때처럼 화창했고, 나는 햇빛과 여름 바람, 사람들의 외침 소리를 만끽하고 싶었다. 또 나의 열일곱 살도 만끽하고 싶었다. 모든 게 허락된 나의 젊음을 한껏 발산하고 싶었다.

나는 아무런 예고 없이 휠체어를 꽉 쥐고 전속력으로 달리기 시작했다.

"야! 조심해, 임마!"

아레스키가 외쳤다.

나는 그가 불평하는 소리를 무시한 채 더욱 속도를 내어 달리며 기쁨과 해방감에 웃음을 터뜨렸다.

———◆———

학교 앞에 도착하자 움츠리고 서 있는 제레미 클라카르의 모습이 보였다. 가죽 재킷을 입은 그의 모습은 이상하게도 30년 전 마르크올리비에를 연상시켰다. '보비'가 되기 전의 그를. 제레미는 폼을 잡은 채 담배를 피우고 있었다.

아레스키가 장난스럽게 항의하는 소리—"됐어, 이제 놓아도 돼, 학교에 살아서 도착하고 싶으니까!"—에 나는 휠체어를 놓고 제레미에게 다가갔다. 그를 이렇게 가까이에서 보는 건 처음이었다. 나와 제레미 사이의 거리가 1미터 정도로 좁혀지자, 그는 마침내 얼굴을 들고 커다란 눈으로 내 눈을 쏘아봤다. 그의 시선에 무슨 뜻이 담겨 있는지는 확실히 모르겠다. 하지만 폼을 잡으며 으스대는 태도 뒤에, 약간 그늘이 져 있는 것 같았다.

학교의 게시판에 학년말 축제 포스터가 붙어 있었다. 포스터는 예전과 같지 않았다. #벌써30년 해시태그는 여전했지만, 제시카 슈타인 한 명의 얼굴 대신에 1988년도의 모든 학생 얼굴 사진이 일종의 거대한 만화경을 이루고 있었다. 그 얼굴 중에서 다니엘 마르퀴조와 카퓌신 쇼슈앵, 에티엔 페르노의 얼굴도 보였다. 그리고 한가운데에는 영원한 사랑으로 서로를 비추듯 미소 짓는 엄마, 아빠의 젊은 얼굴이 나란히 마주 보고 있었다.

제레미는 다가서는 나를 경계하듯 힐끗거렸다.

"제레미. 우린 서로 잘 아는 사이는 아니지만. 그래도 얘기를 좀 해야 할 것 같아서."

"무슨 얘기?"

그가 방어적인 태도로 물었다.

"발랑틴에 대해서지, 멍청아. 또 사소한 짓거리 때문에 망친 것에 대해서도."

뒤이어 나는 몇 분 동안 거침없이 말을 퍼부었다. 그는 꼼짝하지 않고 내 말을 들으며 이따금 고개를 끄덕였다. 그는 지쳐 보였지만, 내 말을 어느 정도 이해하는 것 같았다. 내가 말을 끝내자 그는 몸을 완전히 일으켜 세우고—그는 이제껏 기둥에 몸을 반쯤 기대고 있었다— 내 등을 툭 쳤다. 그러더니 조금 감동받은 것 같은 목소리로 말했다.

"오케이, 고맙다."

나는 그에게 미소를 지어 보이고 B동 건물 앞에 있는 아레스키에게 갔다. 이제 하루가 시작되었다.

나는 늘 앉던 자리에서 수학 수업을 들었다. 학년말이고 이제 새로 배울 내용은 없었지만, 선생님은 복습을 감행했다. 그 내용은 바로…

"곱셈 공식입니다!"

크라제브스키 선생님이 마치 놀랍고 경이로운 무언가를 발표하듯 외쳤다.

터져 나오려는 한숨을 꾹 참았다. 내 앞에 앉은 발랑틴이 뒤돌아보며 동정하는 미소를 지어 보였다. 그러더니 두 번 접은 작은 쪽지를 살짝 내 필통 안에 넣었다. 나는 선생님에게 들키지 않도록 조심하며 쪽지를 펼쳤다.

거기에는 그녀 특유의 고운 글씨체로 이렇게 적혀 있었다. '오늘 저녁 축제, 같이 가는 거지?'

솔직히 말하자면 그 빌어먹을 학교 축제에 다시 갈 용기가 나지 않았다. #벌써30년 해시태그가 긍정적으로 변했어도 말이다. 가지 않는 게 옳다는 생각이 들었다. 발랑틴을 위해서도, 나를 위해서도. 그리고 너무 늦었다. 그녀는 이미 한차례 나를 버렸다. 우리는 그 사실을 인정하고, 끝난 우리 관계에 각자 작별을 고해야 했다.

볼펜 뚜껑을 열어 그녀가 쓴 메시지 바로 아래에 이렇게 적었다. '미안, 조금 피곤해서. 학년말 축제는 그냥 넘기려고. 대신, 제레미가 너한테 할 말이 있는데. 걔랑 얘기해 봐.'

작은 스마일 이모티콘으로 글을 마무리하고 종이를 접어 잽싸게 발랑틴의 책상 위로 던졌다. 발랑틴은 쪽지를 읽은 후 나를 쳐다보며 미소를 짓더니, 자기 손에 가볍게 키스해서 내게 날려 보냈다. 나는 그것을 받아 쥐는 시늉을 해 보이고 손을 가슴에 얹었다.

이걸로 우리는 비긴 셈이다. 이제 우리의 이야기는 이걸로 끝이 났다.

—◆—

수업이 끝난 후, 아레스키를 집에 바래다줬다. 그리고 벨린다와 꼬마 요정 의상이 나를 기다리는 '비디오 2000'으로 갈 준비를 했다. 즐거움과 흥분, 조바심 때문에 무언가가 뱃속에서 뭉치는 것 같았다.

자전거를 타고 발미쉬르라크의 거리를 가로질렀다. 속도를 낼수록 바람이 티셔츠 속으로 파고들었다. 주변의 집과 건물, 가게들을 바라본다. 오늘은 모든 게 달라 보였다.

'비디오 2000' 앞에 도착해서 자전거를 세우고 철책에 체인으로 묶었다. 가게 안에 들어서자 벨린다가 내게 인사했다. 그녀는 꼬마 요정 모자를 쓰고 있었다. 천천히 그녀에게 다가가자 그녀가 안경 뒤로 내 눈을 피하는 게 보였다.

"오늘 저녁에 혹시 무슨 할 일 있어?"

내가 물었다.

불쑥 눈을 들어 나를 바라보는 그녀의 얼굴에 부드러운 미소가 번졌다. 볼이 약간 불그스름해졌다. 그녀는 아랫입술을 살짝 물고 초조한 듯, 한 손을 귀 뒤로 넘겼다.

"어… 아니. 아무 일도 없어."

그녀가 말했다.

나는 계산대 앞으로 다가가 그녀와 마주 봤다. 그녀는 내 행동에 조금 놀란 것 같았다.

"8시에 데리러 올까?"

"하, 하지만… 너 오늘 일하는 날 아니야?"

"세르조한테 나 그만둔다고 말해 줘."

나는 아무 말도 덧붙이지 않고 가게를 나와 자전거의 체인을 풀었다. 자전거 페달을 밟으며 전속력으로 빌맹 대로를 가로질렀다. 강렬한 자유의 감각이 내 안에 가득했다.

—◆—

저녁은 이르게 찾아왔다. 나는 집을 나서면서 아빠와 마주쳤다. 신발을 신은 채 외투를 옷걸이에 걸고 있는 것을 보니 이제 막 집에 들어온 것 같았다.

"아빠, 안녕. 오늘 일 어땠어요?"

"뭐, 늘 똑같지."

아빠가 웃으며 말했다.

전보다 훨씬 나아 보였다. 더 이상 삶의 무게에 짓눌려 있지 않은 표정이었다. 얼굴의 주름이 조금 더 밝아 보였다. 내가 과거 어딘가에서 그에게 막혔던 무언가를 해소해 준 모양이었다.

8시쯤, 벨린다가 미소를 띤 채 〈비디오 2000〉 앞에서 나를 기다리고 있었다. 우리는 나란히 길을 걸었다. 그녀가 발걸음을 내디딜 때마다 그녀의 몸이 내 쪽으로 기우는 것이 느껴졌다. 내 마음속도 같은 상태였다. 나는 이따금 주체하지 못하고 그녀를 쳐다봤다. 벨린다는 아까와 달리 머리를 다시 정돈했고 얼굴에는 옅은 화장을 했다. 나 역시 신경 써서 검은 바지에 완벽하게 다림질이 된 흰 셔츠를 입고 구두를 신었다.

천천히 그녀에게 다가서서 그녀의 손을 조심스럽게 잡았다.

벨린다는 아무 말도 하지 않았지만, 미소를 띤 채 내 손을 놓지 않았다. 오히려 그녀의 손가락이 내 손가락을 꽉 쥐는 게 느껴졌다. 지금, 이 순간 우리는 아무 말도 할 필요가 없었다. 밤은 길고, 하늘은 아직 밝았다. 그리고 우리는 열일곱 살이다. 온 우주가 우리를 기다리고 있었다.

"청소년기를 다룬 최고의 영화 다섯 편은?"

내가 물었다.

벨린다는 웃음을 터뜨리며 즉시 답했다.

"너무 쉽지! 〈그리스〉, 〈배틀 로얄〉, 〈청춘 낙서〉, 〈아웃사이더〉."

"하나가 부족하잖아. 〈캐리〉?"

"당연히 〈도니 다코〉지!"

이번에는 내가 웃었다. 우리가 어느 건물 모퉁이를 도는데 벨린다가 조심스럽게 물었다.

"너 학교 축제에 가고 싶어?"

나는 고개를 가로저었다. 나는 그녀의 손을 더욱 꽉 쥐고 그녀가 나를 따라오게 이끌며 달리기 시작했다. 우리는 광장에 있는 작은 공원을 가로질렀다. 나아갈수록 속도가 붙었다. 금세 우리는 전속력으로 자동차 경적이 시끄럽게 울리는 도로를 가로질렀다. 벨린다는 웃으며 나더러 뭐 하는 거냐고 물었지만, 나는 대답하지 않고 달렸다. 멈추지 않고, 숨도 제대로 쉬지 않고 달렸다.

마침내 시립 운동장 앞에 다다르자 나는 벨린다가 시멘트 담장을 넘게 도와줬다. 우리는 운동장 한가운데에 있는 풀밭에서 가쁜 숨을 몰아쉬며 근심 없이 드러누웠다. 머리 위 하늘은 이미 엷은 보랏빛을 띠었고 초저녁 별들이 떠 있었다. 그 별들은 우주 한복판에서 오로지 우리만을 위해 빛을 비추는 자그마한 반딧불들 같았다. 벨린다는 다시 내 손을 잡더니 머리를 내 어깨에 기댔다. 무수한 색채를 띠며 펼쳐진 하늘 아래에서 나는 천천히 눈을 감고 그 순간을 만끽했다.

호수에서 가벼운 산들바람이 불어오며 차분해진 우리 얼굴을 쓰다듬었다. 소나무와 이끼 냄새가 났다. 가만히 귀를 기울이니 호수가 찰랑이는 소리가 들리는 것 같았다. 귀뚜라미가 내는 미미한 소리 사이사이, 검은 침묵에 잠긴 호숫가와 부딪쳐 오는 물의 속삭임.

"이 순간을 만끽해야 해."

나 자신에게 주문을 외듯 차분한 목소리로 말했다.

벨린다는 내 품을 파고들며 자기 손을 가만히 떨어져 내리는 나뭇잎처럼 내 가슴에 얹었다.

"앞으로도 수많은 기회가 있을 거야. 네가 원한다면, 당장 내일부터라도."

그녀는 이렇게 대꾸했다.

나는 말없이 몽상에 잠겼다. 단순한 기쁨과 헤아릴 수 없는 신비가 도처에 흩어져 굴곡진 도로 같은 세상이 내 앞에 펼쳐지는 상상을 했다. 그러자 기쁨에 찬 전율이 온몸을 훑고 지나갔다.

"내일이라…"

나는 천천히 말하며 눈을 떴다.

"내일이면 또 다른 삶이 펼쳐질 거야."

"맞아. 그리고 우리는 그 삶을 누릴 자유가 있지."

나는 높은 하늘을 바라보며 이 세상의 가장 위대한 신비는 바로, 우리가 살아가는 매 순간이 자유롭다는 사실인 것 같다고 생각했다. 우리는 각자의 인생을 치열하게 살아가고, 매 순간을 전환점으로 삼을 수 있는 자유를 지녔다고.

왠지 모르게 눈물이 날 것 같았다.

옮긴이 이정은

이화여자대학교에서 사회복지학을 전공하고 프랑스 낭트 시립대학 대학원에서 프랑스어를 공부하였다. 현재 바른번역 소속 번역가로 활동하며 다양한 프랑스 도서를 한국어로 번역하는 데 힘쓰고 있다.

초판 2022년 8월 1일 1쇄
저자 나타엘 트라프
옮긴이 이정은
ISBN 979-11-90157-72-8   03860

출판사 북플라자
주소 서울시 강남구 논현동 118-13 5층
홈페이지 www.bookplaza.co.kr

영화 판권, 오탈자 제보 등 기타 문의사항은 book.plaza@hanmail.net으로 보내주세요.
잘못된 책은 구입하신 서점에서 교환해 드립니다.